GABRIELA COSTA

COLLAPSE

Copyright © Gabriela Costa, 2025. Todos os direitos reservados.

Todos os direitos desta publicação são reservados à Vida Melhor Editora Ltda. Nenhuma parte desta obra pode ser apropriada e estocada em sistema de banco de dados ou processo similar, em qualquer forma ou meio, seja eletrônico, de fotocópia, gravação etc., sem a permissão dos detentores do copyright.

Copidesque	Clarissa Melo
Revisão	Wladimir Oliveira e Daniela Vilarinho
Projeto gráfico e diagramação	Tiago Elias
Capa	Osmane Garcia Filho
Imagens capa	© Lidia Vives Rodrigo / Trevillion Images; Dimedrol68 / Shutterstock; Zamurovic Brothers / Shutterstock; tr3gin / Shutterstock; Anastasiia Malinich / Shutterstock; Randy Runtsch / Shutterstock.

C837c
1. ed   Costa, Gabriela

    Collapse / Gabriela Costa. – 1. ed. – Rio de Janeiro: Thomas Nelson Brasil, 2025.
    288 p.; 15,5 × 23 cm.

    ISBN 978-65-5217-294-5

    1. Ficção de suspense. I. Título.

04-2025/50   CDD B869.3

Dados Internacionais de Catalogação na Publicação (CIP)
(BENITEZ Catalogação Ass. Editorial, MS, Brasil)

Índice para catálogo sistemático:
1. Ficção de suspense: Literatura brasileira   B869.3
Aline Graziele Benitez – Bibliotecária – CRB-1/3129

Os pontos de vista desta obra são de responsabilidade de seus autores e colaboradores diretos, não refletindo necessariamente a posição da Thomas Nelson Brasil, da HarperCollins Christian Publishing ou de suas equipes editoriais.

Thomas Nelson Brasil é uma marca licenciada à Vida Melhor Editora LTDA. Todos os direitos reservados à Vida Melhor Editora LTDA.

Rua da Quitanda, 86, sala 601A - Centro
Rio de Janeiro/RJ - CEP 20091-005
Tel.: (21) 3175-1030
www.thomasnelson.com.br

A todos aqueles que floresceram no deserto, esperando que um coração árido pudesse cultivar um jardim.

PRÓLOGO

31 DE OUTUBRO DE 1983

MEU OLFATO É O PRIMEIRO A ALCANÇAR O QUARTO: o cheiro forte de sangue me revela, com alguns segundos de antecedência, que sangue tinge lentamente o carpete de vermelho-escuro. Sinto os braços arrepiarem e os ossos congelarem ao subir as escadas. Mas, ao entrar no cômodo e ver a substância pegajosa jorrando fresca, percebo que o calafrio foi causado pela premonição do que encontraria, e não o odor, ainda imperceptível.

Meus olhos parecem perdidos, como se, eletrocutada pelo choque, eu tivesse me esquecido como me movimentar naturalmente. Trêmula, minha visão salta das vinte e oito pessoas, provavelmente tão conturbadas quanto eu, para os dois corpos que eu mal pude reconhecer graças à sua tez fantasmagórica e, é claro, aos cortes no estômago.

Embora exposta a cenas de conteúdo perturbador na televisão, nada me preparou para a repulsa de ver um esôfago dentro de alguém.

Ainda sentindo as gotículas de água correrem pelos fios do meu cabelo e encharcarem o chão, olho para baixo e noto uma sombra escura se formando no carpete ao meu redor. O meu corpo treme, mas não sei dizer se é pelo frio ou pelo choque.

É engraçado, de verdade. Eu acho que gargalharia alto se o meu rosto fosse capaz de esboçar qualquer outra reação além da completa inércia. Há poucos minutos, todos os jovens deste quarto faziam barulho — não calavam a boca sobre seus problemas e contavam inúmeras fofocas.

Agora, porém, nada é mais importante do que os dois corpos imóveis que, há pouco, dançavam no jardim.

Meus olhos voltam aos dois corpos — não consigo acreditar. Todos ainda vestem as fantasias de Halloween. Contudo, talvez seja o primeiro momento do ano em que ninguém usa máscaras. Num curto intervalo, o tempo parece congelar, o dinheiro perde o poder e nos tornamos iguais: jovens vulneráveis ao medo, trêmulos e completamente perdidos.

A morte tem um jeito de nos fazer reconhecer o quão pequeno é tudo o que, antes, nos sufocava: esses problemas deixam de importar para quem não pode mais cometer erros. E, de repente, o que parecia roubar a beleza da vida se torna um privilégio, porque você ainda está aqui e pode sentir alguma coisa. Ao fim do dia, não importa como você tenha vivido, sempre será um sortudo, mesmo que lhe reste apenas a consciência de que não possui nada.

Eu não sei dizer por quanto tempo estamos parados aqui. O quarto não passa de um coral de respirações pesadas e meio engasgadas, numa espécie de sinfonia de gritos silenciosos. Quatro minutos — esse é o curto tempo que nos divide de uma vida com um trauma a menos.

— NÃO! — berra a voz feminina, quebrando o silêncio. A voz sai rasgada e frágil e, ainda assim, muito, *muito* alta. Não sei se é porque ela é a primeira pessoa com energia para dizer alguma coisa ou se seu grito foi assustadoramente forte, mas meu corpo arrepiou da espinha até a nuca.

Não, penso. Como se a vida lhe devesse favores e fosse responder: "Você disse não, garota? Opa, eu achei que você quisesse seus amigos mortos. Tudo bem, me deixe trazê-los de volta à vida, apenas para você". Não… Expressão meio esquisita para bradar depois de encarar por quase cinco minutos dois corpos mortos bem à sua frente. Ou talvez tenhamos encontrado os cadáveres há apenas um segundo e ninguém tenha ficado em silêncio. Pode ser que eu esteja parada e imóvel, alheia ao real ritmo dos ponteiros.

Sinto, em seguida, a textura de pele e de tecido raspar contra meu corpo. Só então percebo que ainda estou encostada na porta e que os demais se movimentam agitados.

Num baque, a minha mente é atingida por um cometa de realidade. De repente me torno ciente do estardalhaço do quarto. As cores das fantasias se tornam mais brilhantes do que estavam no início da noite, mas há menos pessoas no cômodo. Essa é a primeira vez que consigo retirar os olhos... daquilo.

Sinto um nó na garganta. Ao cair em mim, me lembro que cheguei há vinte segundos, atraída por um grito. Todos vieram por conta do mesmo som agudo.

Com um gosto de ferrugem na boca, permaneço frente à porta, dificultando o novo curioso que se aproxima. Não posso conter meus impulsos e, como se por um espasmo, olho para os cadáveres outra vez. *Alguém conseguiu fazer isso com seres humanos e, ao olhar pra eles, eu sequer consigo mover as pernas.*

Abaixo de mim, a poça d'água está um pouco maior. Eu ainda tremo, mas não encontro energia para esfregar as mãos nos braços e me aquecer. Não tenho forças para nada além do que chorar, mas não soluço. Não. Meu lamento me faz parecer um objeto inanimado vazando água, deixando-a escorrer por todos os cantos, incapaz de reagir a ela. Não consigo nem arquear as sobrancelhas como é meu costume quando triste. No rosto inexpressivo, as lágrimas seguem um curso tortuoso por minhas bochechas. Me movendo pela primeira vez, belisco meu braço, apenas para comprovar que não estou sonhando. É real. Meu braço arde, e eu permaneço aqui.

De longe, ainda dentro dos primeiros segundos, me afundo na sensação de estar flutuando sobre o ambiente. Então, sou atingida por um medo tão profundo que me assusto com a minha própria capacidade de sentir. Alguém dentro desse mesmo quarto matou meus colegas de classe, e pode ser uma das pessoas que está ao meu lado agora.

CAPÍTULO 1

24 DE OUTUBRO DE 1983

— **POSSO TE PERGUNTAR O QUE EU QUISER?** — sussurra o homem na mesa à minha frente. Ele veste um terno com bom caimento, mas de um marrom desbotado que o deixa pálido, além de ressaltar a barba desordenada e as olheiras escuras. Ele parece cansado. Definitivamente aquele tom não o favorece. Talvez azul lhe cairia melhor. Eu só espero que ele não dê o azar de esbarrar no amor de sua vida hoje. As roupas caras e surradas demonstram muito esforço para pouco resultado.

Enquanto ainda conjecturava sobre a vida amorosa do estranho, percebo que ele volta sua atenção para a mulher sentada ao seu lado. Nervoso, ele limpa o suor acumulado na testa com o dorso da mão esquerda enquanto a direita move a caneta sobre um pequeno bloco de anotações numa velocidade espantosa. A mulher dirige o olhar para mim, provavelmente sem notar os olhos dele. Talvez, se ele tivesse escolhido um terno que lhe caísse melhor, ela lhe daria mais atenção. E o que é que ele tanto anotava? Que tipo de encontro era esse? Uma entrevista? Mordo os lábios. Novamente, ele seca o suor e, desta vez, com a manga do paletó. Franzi o nariz. É provável que ele não lide bem com mulheres, especialmente as bonitas. Noto, então, que meus músculos estão rígidos. Descanso os ombros, relaxando.

— Apenas escute e não interrompa. Não faça perguntas, apenas ouça com atenção. Você entenderá se apenas escutar. Apenas escute — disse a mulher após levar a xícara de porcelana até os lábios e dar um gole no café quente. Ela também vestia um terno, mas muito mais apresentável do que o dele, com um blazer cinturado e uma saia preta. Atento, o homem a estuda como se ela fosse um quebra-cabeça de mil peças.

Decido, então, voltar minha atenção a qualquer outra coisa que possa diminuir meu tédio.

Ainda chateada por ter esquecido meu livro no táxi, lutei com todas as forças para ignorar a raiva ao lembrar que faltavam apenas duas páginas para terminá-lo. Abaixo da mesa, estico as pernas, torcendo para que, ao endireitar a postura, pudesse milagrosamente consertar minha vida. Vou ter de comprar outro livro. Vinte e seis dólares por duas malditas páginas. Dou um novo gole no meu café, mas rápido demais. Péssima ideia. Queimo a língua e, mesmo assim, engulo o líquido quente, julgando que maltratar a garganta seja melhor do que cuspir num lugar público. Aguardava o outro café que havia pedido para viagem minutos atrás. Bato as unhas sobre a superfície da mesa enquanto imagino possíveis finais para o livro.

Sou tomada por um cheiro doce que dança pela cafeteria. Alienada à minha tempestade interior, a chuva lá fora se intensifica, e eu quase não noto o som do trovão que parece cair bem próximo. Pela parede de vidro, o relâmpago ilumina o salão com raios azulados, antes de devolver-lhe o brilho dourado e rústico de sempre. Com os raios encontrando um jeito para continuarem explodindo flashes de luz dentro de minha cabeça, massageio minhas têmporas com as pontas dos dedos. Eu odeio esses flashes. Eles têm sido mais frequentes nos últimos dias.

Pisco algumas vezes enquanto penso no meu pai, tentando espantar os clarões de luz e o rosto que, de repente, invade meus pensamentos.

Gosto deste lugar. Há almofadas espalhadas pelos carpetes para as pessoas sentarem confortáveis no chão, embora todos estejam nas cadeiras hoje, inclusive eu. Os livros estão em todo lugar e parecem florescer das paredes. Até mesmo a bancada onde são feitos os pedidos é decorada com alguns deles. As cores do ambiente parecem uma escada decrescente de tons, sendo o primeiro degrau aquele clássico marrom-escuro e o último um laranja suave. Se fosse uma melodia, o arquiteto seria um músico famoso, ao menos para mim. Nenhum pigmento parece fora do lugar. Até a iluminação fraca contribui para a decoração — detalhe importantíssimo para mim, já que sofro de enxaqueca.

Deveria trazer papai aqui mais vezes.

Eu conheço o lugar, seu aroma, as manchas do chão e os riscos das mesas. Olhando em volta, analiso os rostos de cada cliente. Todos imersos demais no próprio mundo para notar alguém os encarando. Eles são a única coisa que destoa do habitual, e nem posso afirmar o mesmo sobre alguns, que, assim como eu, são frequentadores assíduos.

Como uma mosca atraída pela luz, meu olhar encontra um par de olhos azuis não muito distantes me encarando.

Prendo a respiração por curtos segundos, inconscientemente. Ele sorri para mim, antes de voltar a rabiscar num pedaço de guardanapo. Eu não sorrio de volta.

Ajustando a postura, desvio o olhar e finjo lembrar de uma notícia arrebatadora ao assistir as gotas de chuva pela janela, me esforçando para ser a garota misteriosa da cafeteria dourada: o centro da atenção de um estranho de olhos bonitos.

CAPÍTULO 2

PIGARREIO. TORÇO PARA QUE TER UMA APARÊNCIA tão boa quanto a dele atraia sua atenção. Odiaria saber que estive sendo observada por um estranho bonitão enquanto encarava desconhecidos. Eu realmente não posso me responsabilizar pelas minhas feições quando estou concentrada ou desatenta.

Volto a olhar para o homem de terno marrom, talvez ele seja jornalista. Ele está com a cabeça abaixada, ainda anotando, e parece bem confuso.

Penso novamente em meu livro perdido: vinte e seis dólares por duas páginas. Inspiro fundo, e dessa vez consigo expirar ao menos nove por cento da minha raiva.

Alheios ao mundo ao meu redor, meus olhos vagueiam sem rumo até esbarrarem no homem que nem disfarça seu interesse. Desta vez, é ele quem desvia o olhar.

Minhas sobrancelhas arqueiam involuntariamente. Tiro os braços de cima da mesa para repousá-los sobre as pernas. Sinto o olhar um tanto distante queimar toda a minha pele. Ainda não sei dizer se a atenção me carboniza por dentro e me sufoca com a fumaça ou se, ao me aquecer, me vicia em seu calor.

Num impulso, levanto a cabeça, desafiando os olhos que me encaram, mas, no susto, eles se viram para o teto. Sorrio pela primeira vez.

Roo as unhas ao estudá-lo, e minha mente curiosa se nutre com os detalhes daquela figura que, mesmo sentada, parece ser ao menos dois palmos mais alta do que eu. O cabelo longo castanho-escuro escapa da orelha quando ele abaixa a cabeça para escrever alguma coisa no guardanapo.

Todas as emoções em meu corpo parecem despertar de repente, misturando-se em uma dança de sensações quentes e frias que se espalham dentro de mim. Sinto cada uma delas como pequenos passos correndo em todas as direções.

A tensão me faz arrancar um bife de um dos meus dedos.

Ao levantar o guardanapo, o estranho revela o rostinho sorridente rabiscado de caneta azul. O desenho me faz rir. Ele levou todo esse tempo para fazer isso?

Com as duas mãos, coloco para trás os cabelos que roçam minhas bochechas. O emaranhado de fios rebeldes volta para frente dos meus olhos, de onde o havia tirado. Diferente da feição concentrada de alguns instantes atrás, meus lábios abrem mais um sorriso, ainda maior do que o primeiro. Por baixo da mesa, com a ponta dos pés, empurro a cadeira da frente para trás.

O barulho faz algumas pessoas olharem para mim, mas o garoto já se aproxima, achando graça. Nesse único minuto, a opinião dele é tudo o que importa. E, ao vê-lo passar os dedos na barba rala e revelar um sorriso de canto, sei que ele apreciou o gesto. Espero que ele se sente.

De repente, contudo, sua expressão muda. Ele para diante de mim, gargalha e aperta as têmporas forte demais. Me contraio e pigarreio baixinho — sinto um nó na garganta enquanto assisto o pomo de Adão ir para cima e, depois, para baixo, sem que ele parasse de rir. Mas a risada é fraca, sem graça, sem vida.

Então, ele puxa, do bolso interno da jaqueta esverdeada, uma faca de açougueiro.

Me esforçando para controlar os dedos trêmulos e fingir jamais ter trocado olhares com o estranho esquisito e armado, encosto a xícara vazia nos lábios. O homem fica parado, absorvendo toda a luz dourada do ambiente, e vejo apenas a sombra de seus ombros largos. Meu cérebro diz que, se eu o ignorar incisivamente, ele irá desaparecer.

Tento não encará-lo. Viro a cabeça em direção à janela, porém ainda sinto a presença imóvel diante de mim. Talvez eu devesse gritar ou correr. Não. Deixá-lo bravo só fará de mim a primeira vítima. *Certo? Certo!*

Viro para outra direção, lentamente, em busca de rotas de fuga. Meus olhos pousam outra vez sobre o suposto jornalista e a mulher que o acompanha. Eles não parecem notar nada, o que é bizarro. Mordo a língua com força e sinto gosto de ferrugem se alastrando pela boca.

É quase como se ele não fosse real. *Por que ele ainda está aqui? Por que ele não se mexe? Por que ainda está parado na minha frente?*

Como se pudesse ouvir meus pensamentos, ele se senta na minha mesa. Seu pé agora chicoteia o chão com curtas batidas frenéticas. Sem novas trocas de olhares, involuntariamente, acompanho o ritmo daquelas botas duras.

De súbito, num movimento brusco, sem avisos, ele se levanta. A faca, então, reflete os rostos indiferentes dos clientes da cafeteria.

Ele, contudo, olha para mim fixamente. Agora tenho certeza de que sua atenção queima, sufoca, carboniza.

CAPÍTULO 3

ELE CONTINUA ME ENCARANDO E EU NÃO ME MOVO. Não sei se a inércia agoniza ou alivia meus nervos. Mesmo em pé, ele continua batendo o pé no chão. A bota dita a velocidade dos meus batimentos. A faca está apontada para mim. Como ele conseguiu enfiar uma faca desse tamanho na jaqueta e passar despercebido?

Já imagino as manchetes dos jornais. "Garota de cabelo vermelho é morta em cafeteria." Ao lerem, as pessoas gemem por consideração e falsa empatia. "Ela era tão jovem", dirão aos colegas de trabalho enquanto seguem suas vidas. Fatídico, belo. Meio sombrio e com um quê de mistério. Confesso que até gosto.

Não tenho para onde ir. Fico de pé e, no desespero, me encosto contra a parede, ao lado da janela. Tentei me isolar, fugir do caos da minha vida, mas o caos me encontrou mesmo aqui.

Ele caminha na minha direção e fica tão perto que posso ouvi-lo respirar. Agora, percebo que seus olhos são tão azuis que parecem cinza. Será que isso tudo é real?

Imersa naquele olhar que me atravessa, percebo que o mundo ao redor se mantém indiferente. Ninguém se move, ninguém intervém. E, ao mesmo tempo, não desejo mais que o afastem. Há algo nessa proximidade que me fascina.

Minha respiração acelera e meu coração bate mais rápido.

Com a mão livre, ele se aproxima do meu rosto e tenta prender atrás da orelha a mesma mecha de cabelo que, antes, eu havia tentado tirar da minha testa. Como eu, ele falha. Não consigo mais parar de encará-lo.

Não quero perder esse momento: estamos compartilhando algo durante esses segundos. Cada um de seus movimentos cria em mim páginas em branco à espera de palavras. Fico curiosa e animada para ler o que ele escreverá. Tudo o que sei é que será com tinta vermelha.

Abro um sorriso. Por cima do moletom, eu sinto o metal espremer contra a minha barriga, mas não o bastante para me ferir. Eu levo as mãos até a lâmina apenas para sentir o metal gelado contra meus dedos. Meus olhos continuam fitando os dele — de alguma forma, sei que ele não vai me machucar.

— Você não pode me consertar — ele sussurra no pé do meu ouvido.

— O quê?

Com um gemido abafado, a lâmina rasga o tecido e a pele, mergulhando fundo em meu ventre. Minhas mãos tremem, agora tingidas do mesmo vermelho que escorre e mancha meu moletom. Ele me encara, seus olhos cinzentos e gelados fixos em mim, enquanto eu sangro vermelho, vivo e quente, em um contraste cruel que parece eternizar aquele instante.

— Eden! — grita a barista de trás do balcão, fazendo meu coração querer deixar meu corpo. Como um espasmo involuntário, minha mão derruba a xícara quase vazia no chão. O vidro se estilhaça sobre o líquido marrom que se espalha, atraindo os olhares de todos que estão ali. Juro que nunca ouvi um vidro fazer tanto barulho ao se despedaçar.

Sem fôlego, toco repetidas vezes na minha barriga, escaneando-a em busca de qualquer ferimento. Nada.

Meu assassino também não está aqui. Nunca esteve. A cadeira onde ele sentava está ocupada por uma mãe jovem de coque frouxo e roupa de academia néon. Ela segura seu bebê nos braços. O prato sujo e o copo vazio em sua mesa me contam que ela está aqui há um tempo.

Eu não sou a garota esfaqueada numa cafeteria, e sim apenas a garota esquisita que cria realidades paralelas dentro da própria cabeça.

CAPÍTULO 4

— **SENHORITA? — UM DOS FUNCIONÁRIOS ME CHAMA** ao se abaixar ao meu lado, pronto para recolher os cacos. — Você está bem?

De repente, me dou conta que o jornalista e sua entrevistada, a mãe assustada e outras pessoas que haviam ido à cafeteria para passarem uma manhã tranquila estão me encarando. Fecho os olhos com força, como se fosse uma mágica capaz de me fazer desaparecer.

Tudo porque esqueci meu livro no táxi! Se eu não estivesse perturbada por não saber o que acontece com Agatha e o estranho na cafeteria, eu não teria sido vítima da minha imaginação. Embora acostumada com todos os gêneros, não leio romance sombrio com tanta frequência. Não tenho, digamos assim, dom natural para imaginar o final de uma história como aquela. Por mais que admiti-lo fira meu ego literário, eu tenho certeza de que o final real não se assemelha em nada ao que imaginei. Apenas duas páginas... talvez eu devesse passar na livraria depois daqui.

Volto à realidade e algumas palavras conseguem sair da minha boca.

— Eu sinto muito mesmo. Foi um acidente — digo, sinceramente.

— Está tudo bem. Não se preocupe. Eu mesmo quebrei duas só na semana passada — responde o menino de avental marrom-canela, cuja barba parecia crescer pela primeira vez na vida.

Me esforço para parar de julgar os pelos ralos do garoto que gentilmente tenta me tranquilizar e sorrio em agradecimento. Estou envergonhada demais para falar qualquer coisa, e "obrigada" tem mais letras do que consigo pronunciar.

Sozinha à mesa, descanso o queixo entre as mãos, os cotovelos firmes sobre a superfície de madeira. *Preciso parar com isso.* Puxo as bochechas para baixo enquanto levanto a cabeça, deixando meus olhos arregalados como duas bolas brancas, e então solto o ar em um resmungo cansado.

Sentada na mesa oposta à minha, está a mãe e seu bebê. Ela sequer olha para mim, mas a criança me encara como se tivesse roubado seu doce. Por fim, reunindo coragem para me levantar, pego minha bolsa no chão e me dirijo ao balcão em busca de algum consolo após o desastre. Sou a única na bancada.

— Valeu — respondo ao pegar o copo de isopor que me acompanhará na volta para casa.

Com as pernas pesadas, como se carregassem o prédio inteiro, parece que esqueci como se caminha enquanto me arrasto em direção à porta, meus pés deslizando pelo chão em movimentos desajeitados e repetitivos. As mãos, escondidas sob as mangas compridas do moletom amarelo, enfiam-se nos bolsos da saia azul de pregas, enquanto me concentro apenas em colocar um pé à frente do outro. Ainda sinto os olhares grudados em mim, como se eu os atraísse com uma força magnética irresistível. É isso aí, aproveitem os últimos segundos da melhor atração do dia. Obrigada pela presença. Mas a vergonha me faz pensar que o show continua mesmo após as cortinas fecharem.

Minha língua pressiona contra a bochecha, criando uma saliência visível na pele. Ainda está chovendo. Viro a esquina e começo a sentir a garoa molhando meu cabelo. Paro de caminhar. Não posso pegar um táxi. Ainda não estou pronta para reatarmos nossa amizade, preciso de um tempo. Aquele livro era importante para mim. Arranco a pelezinha do meu lábio inferior com dentes nervosos enquanto caminho com meus tênis sujos. Não é como se eu fosse molhar as páginas de algo, não é mesmo?

Chegar em casa encharcada seria a punição por ter criado um cenário fictício de novo. Acelerando o ritmo da caminhada ao atravessar a rua, percebo as gotas se desprenderem de mim com mais facilidade. Alcançando o outro lado, mesmo lutando para manter os olhos no chão, não posso evitar ver de relance, através da vitrine, o garoto que se mantém na mesma posição de antes na barbearia. Como alguém pode ter um rosto daquele? Não é culpa minha que eu tenha o usado para imaginar o personagem perigoso que Agatha secretamente amava no livro.

Gosto de me perder em histórias que fogem da realidade monótona que me cerca, mesmo que sejam cenários hipotéticos que jamais vivenciaria. E eu nem me refiro a morrer tragicamente, por mais pacata e segura que essa cidade seja. Para mim, o mais improvável é ser desejada como as mulheres o são nos livros.

Volto a fitar a sujeira dos meus sapatos, enquanto o estranho continua encarando a si mesmo e a seu barbeiro através do espelho, sem ter ideia de nada. *Ele me lembra um pouco o rosto do... Sapatos! Foque nos sapatos, Eden!* Mesmo que o estranho não saiba da minha existência ou do que fez em meus pensamentos, me sinto estranha, como se tivesse feito algo de errado.

— Foi mal — sussurro baixinho ao passar pela barbearia. Se não fosse pelo livro esquecido no táxi, nada disso teria acontecido, e a cafeteria teria uma xícara a mais. Eu só torço para que o próximo passageiro goste de Agatha tanto quanto eu.

Nem me preocupo em puxar o capuz do moletom para me abrigar um pouco da chuva. Em vez disso, deixo meus pés me levarem naturalmente pelo caminho, enquanto saboreio meu expresso reconfortante. Acho engraçado como tantas pessoas bebem café para ganhar energia — eu bebo para relaxar. Para mim, tomá-lo é o mesmo que receber um abraço quentinho, e tudo parece bem por alguns instantes.

Aos poucos, o copo de isopor molhado começa a derreter em minha mão. Meus músculos tensionam. Não que eu esteja ansiosa pelo que me espera, mas minha casa nunca pareceu tão longe.

Às vezes, não consigo deixar de imaginar que sou a protagonista de um livro de página amarelada e capa de tecido. Aqueles clássicos repletos de palavras que, provavelmente, morrerei sem nunca descobrir o significado. Isso é normal, não é? Quer dizer, gosto de pensar que há milhares de pessoas gastando tempo de suas vidas lendo sobre mim, embora eu saiba que estou falando sozinha. Não sou interessante o bastante para ser escrita por alguém, essa é a verdade. Ainda assim, gosto de pensar que sim.

Há um tempo, ouvi os empregados da Mansão Vermelha falarem que nomear o caos de sua mente e narrar seu dia a ela como se fosse uma outra pessoa ajuda a não surtar e estimula a criatividade. Eu faço isso há anos... digo, falar sozinha. Só nunca te dei um nome, mente. Acho que, no fundo, muitos loucos são gênios que escrevem em letras brilhantes demais para serem lidas. Às vezes, o resto de nós precisa de anos para compreender o que, para o gênio, era natural desde sempre. Por isso muitos nomes só se tornam famosos após a morte.

Eu sempre falei sozinha, exatamente como agora, só não sabia que estava praticando uma tática recomendada por cientistas e terapeutas renomados. Eu devo ser um gênio. É isso! Falta só um detalhe para tornar oficial. *Mente, hoje você receberá um nome!*

Chuto uma pedrinha no meu caminho exatamente no momento da decisão, como se distanciasse uma dúvida. Um nome para a bagunça colapsada que existe em mim... Collapse! Esse será seu nome.

O que você acha, Collapse? Bem, considerando que você está dentro de mim, e eu estou no controle, minha primeira decisão como soberana de mim mesma é decretar uma autocracia. Você não tem escolha alguma. Bem, então... Parabéns por ter sido nomeada.

Você saberá de tudo. Todos os meus pensamentos. Os bons e os não tão bons. Eu prometo sempre te contar todas as minhas verdades, só não posso prometer que contarei apenas elas.

Parte de mim é feita de fantasia, e vou te levar para esse mundo junto comigo. Bem, se vamos fazer isso, que seja do jeito mais autêntico possível. Ambas amamos literatura, então, de agora em diante, isto aqui será um livro. Meio quebrado, e talvez não com o mais louvável das narradoras, mas nosso. E eu finalmente serei uma protagonista... Tá bom, nós duas. Seria um desperdício incalculável de papel mental escrever algo com as tintas do pensamento se faltassem as "palavras amarelas", não acha? Quero dizer, as letras requintadas como as daquelas vindas das páginas amareladas dos... Ah, você entendeu, Collapse. Vou me esforçar para te trazer elegância, ainda que mesclada com... comigo. De qualquer forma, palavras romanticamente difíceis precisam aparecer de vez em quando, porque é disso que são feitos os grandes livros, certo?

(Esta é a hora em que você concorda.)

Ok, agora que somos amigas, há algumas coisas que você deveria saber.

CAPÍTULO 5

HÁ UMA PARTE SOMBRIA EM MIM. Ela é preta, azul e verde, curiosamente com alguns raios luminosos, que nunca voltam inteiramente para as nuvens, e fumaça subindo do chão. Esse lado é frio e toca música clássica de violino incessantemente. Maria, uma das empregadas da mansão, chama esse lado de "fase" e às vezes de "drama". Mas eu não sou feita só dele. A parte prevalecente é cheia de cores saturadas e pétalas em formato de coração caindo do céu em uma velocidade que desafia a gravidade. Ela é cheinha de livros de páginas amareladas, discos da Barbra Streisand, sorvete de pistache e cheiro de café com noz-moscada. Eu gosto de misturar as duas, mas só tem um problema: nem sempre o resultado é real.

Dado que estamos sujeitos à aleatoriedade da minha desconexão da realidade, tudo que existe para nós será incontestável, correto? Minha fantasia será nossa realidade, mesclada ao que existe, de fato, no mundo exterior. E, com o tempo, você aprenderá que ela transforma o pacato em eletrizante. Porque nada verdadeiramente emocionante acontece comigo.

De acordo com meu pai e com algumas pessoas que eu não exatamente chamaria de amigos, mas que mantenho certo nível de cordialidade em eventos aleatórios e corredores da escola, eu sou extravagantemente bonita, mas quem decide acreditar ou não é você... Minha beleza é minha. Ela é maior ou menor dependendo com o que você a compara, mas não acho que beleza seja algo comparável. De verdade. Só estou te falando sobre minha aparência porque geralmente é assim que os livros começam, Collapse. Não se acostume, mas vou explicar brevemente como sou apenas para que você saiba como é o exterior da pessoa com a qual você está condenada a viver.

Aqui vai: sou magra, mas minha estrutura óssea não é pequena, então eu não me considero uma garota *petite*. Meus olhos são claros, um verde com mel, que parecem escuros porque minha pele é bastante clara. Não haveria muito contraste se não fosse pelo cabelo vermelho. Este também é liso, mas bem cheio e sempre armado, naturalmente bagunçado, eu diria. Com frequência aparecem pequenos cachos nele. E antes que você me pergunte se é natural ou não, apenas saiba que a resposta é sim e não. Eu sou ruiva de nascença, um ruivo escuro, alaranjado como fogo noturno, por isso, optei por fazer algumas mechas vermelhas. Eu mesma que pintei, com tinta comprada numa loja de conveniência do lado de casa.

Que mais? Tenho testa pequena, queixo fino. Olhos grandes, cílios curtos e claros. Maxilar um pouco marcado, mas não muito. Sobrancelhas por fazer. Lábios volumosos, mas estreitos. Orelhas minúsculas, maçãs do rosto avantajadas, covinhas, ombros largos, seios pequenos. Cintura fina, mas geralmente inchada por conta do meu metabolismo lento. Resumindo: sou feita de opostos, que, de alguma maneira estranha, quando unidos, funcionam. Eu acho. Para mim, eu sou um metro e cinquenta de tudo o que é grandioso. Ao menos quero que você pense assim, Collapse. Do que importa como eu me pareço? Eu sou exclusivamente comum, ordinariamente belíssima. Insubstituivelmente eu.

O corpo que me foi dado é tudo o que terei e não quero gastar nenhum minuto dessa vida o odiando. Acredito que os seres humanos são como flores. Todos sabem que elas são lindas, embora as pessoas jamais entrarão em consenso sobre qual é a mais bela entre elas. Não existe um único padrão para as flores, apenas gostos particulares. A minha favorita pode ser diferente da sua. Bem, não da sua já que você é parte de mim, mas da de alguém vivendo na vizinhança, quem sabe. Da mesma forma, se me visse caminhando na rua, talvez não me achasse bonita, nem mesmo se me visse na festa de aniversário de Maria na semana passada. Cá entre nós, eu estava um arraso naquele vestido verde, mas de que importa? Quem sabe alguém na cafeteria hoje tenha olhado para mim e me elogiado mentalmente. Não somos cavalos de raça em uma pista de corrida, então por que levamos tão a sério os apostadores que gritam números das arquibancadas? Somos flores. De tempos em tempos, alguém aprecia nosso aroma. Não se trata de quanta atenção atraímos, mas de quão sensível e atento será aquele que se aproximar. A rosa não perde seu perfume só porque um garoto com o nariz entupido não a percebeu ali. A rosa continua sendo rosa — e alguém ainda pagaria uma fortuna para tê-la num buquê.

Acho que outra coisa que você deveria saber sobre mim é que estou ansiosa para amar. Amar *de verdade*, como nas histórias que eu sempre leio, sabe? O único problema é que praticamente todas as personagens dos melhores livros se apaixonam pelo mais odioso e irritante dos garotos. E que sempre, indispensavelmente, eles são tão bonitos que Michelângelo seria capaz de destruir seu Davi e eternizar a beleza deles em seu lugar. As protagonistas, por sua vez, jamais, sem exceção, estão à procura do amor, como eu. Será, entretanto, que é possível encontrá-lo quando o desejamos ardentemente? Ou só quando o desprezamos? É mesmo tão errado querer estar com alguém?

Eu gostaria de dizer que sou como as heroínas dos livros, mas a realidade é que, ao ver alguém atraente, crio cenários impossíveis. Ele nem precisa ser bonito, basta eu estar no *mood* certo para um coitado no metrô receber um passado trágico, uma ameaça do pai milionário — que o deserdará se ele não aparecer com uma noiva até o entardecer — ou se tornar um astro de tevê em busca de um refúgio nos subúrbios da cidade, ou em mim!

Me apaixono todos os dias pelas minhas ideias e seus diferentes rostos. Por histórias que saem de mim — que são criadas por você, Collapse. Eu me encanto com minha própria mente e atribuo minha inteligência a garotos que na realidade são tão burros que podem perder uma das pernas ao tropeçarem no caminho para uma floricultura ou perder os dedos ao tentarem escrever uma carta à mão. Nunca serei como aquelas protagonistas; nunca odiarei o menino bonito que acabará incendiando uma cidade para me proteger do homem que arranhou o meu braço por acidente. A vida não é assim. Não é um livro. Eu só estou sonhando, vivendo e falando sozinha.

Eu sou esquisita, Collapse. Tenho dias estranhos. Realmente espero que você me entenda, já que vive aí dentro, porque, sinceramente, eu já abri mão de me entender. Eu sinto frio, mesmo quando a temperatura do meu corpo ferve. Eu gosto de me vestir com roupas coloridas, mas decoro o meu quarto com tons escuros. Meu perfume é cítrico como limão espremido com sal, mas ninguém ama sobremesas mais do que eu. Deixo a água borbulhar para fazer café, mas espero para bebê-lo morno. Eu sou uma boa menina, Collapse. Mas, às vezes, meus anjos precisam cobrir os olhos.

CAPÍTULO 6

EU SOU UMA BOA PESSOA, SÉRIO. Sei que você provavelmente deve estar pensando que ninguém é o vilão da própria história, mas eu discordo. Mesmo que tente se enganar, uma pessoa má sabe que é má. E só porque há bons motivos para você estar na lama, não significa que não saiba que está sujo. No meu caso, eu realmente não ajo com más intenções.

Sabe aquelas notícias absurdas do jornal local, tipo um adolescente que levou uma arma para a escola e, ao atirar para cima, fez todo mundo sair correndo? Isso aconteceu comigo. Mas foi eu quem atirou e você quem correu, Collapse. Às vezes eu realmente sinto que você é tão forte e intensa que o meu corpo é apenas uma ponte entre você e o mundo. Com frequência sinto que, em mim, só há você — e você é o caos.

É por isso que precisamos desse exercício: você é apenas alguém me conhecendo pela primeira vez. Sou eu quem está no comando.

Estou agora no meio da rua, já bastante próxima da mansão. Há anos ouço Maria gritar nos meus ouvidos, toda vez que saio sozinha: "Caminhe sempre no meio da rua. Antes atropelada do que sequestrada!". Acho que é brincadeira, mas faz um pouco de sentido. Sem pedrinhas para chutar — como de costume — na rua lavada pela chuva, meus tênis caçam distração nas poças d'água e sequer ouço as buzinas dos carros que cruzam a esquina. Sinto um nó na garganta como se tivesse acabado de correr uma maratona e precisasse desesperadamente de água. Pigarreio.

A rua é larga e árvores altas se sobressaem por entre as casas da vizinhança. A copa desacelera os pingos, fazendo-os cair lentamente, destoando da tempestade que ainda desaba das nuvens. Meus lábios abrem um sorriso curto sem mostrar os dentes. Tremo, mas nem ligo. Estou me sentindo bem.

Eu moro numa casa enorme. A maior da cidade, para ser precisa. Ela é toda vermelha. E quando digo toda, é toda mesmo. Da parede às molduras da janela, seu exterior é completamente escarlate. Por isso as pessoas a chamam de Mansão Vermelha.

Todos a conhecem, mas quase ninguém sabe quem são os donos. E o mais importante, ninguém, além dos próprios moradores, sabe que eu moro aqui. Os Leungen, a família mais rica da cidade, dificilmente param em casa. E os empregados da Mansão Vermelha foram obrigados a assinar um acordo de confidencialidade para poderem trabalhar aqui. Eu achava os Leungen incríveis quando criança e imaginava milhares de cenários fantasiosos que justificassem seu mistério. Estava certa de que eram uma família superpoderosa secreta que derrotava caras maus com armaduras de ouro. Mas, ao crescer, percebi que só eram extremamente reservados e tinham grana o suficiente para nunca ficarem em casa, passando uma semana em cada canto do mundo se quisessem.

Como você já percebeu, a casa não é minha. Apenas moro aqui por causa do meu pai, Elysium, o jardineiro dos Leungen. Meu tataravô era grego, daí o nome, que ele recebeu de meu avô: na mitologia grega, Elysium era um grande jardim no mundo dos mortos, um lugar de paz eterna e abundância que abrigava as almas dos grandes heróis. Meu pai continuou seu legado ao me batizar.

Os Leungen têm mais de dez quartos apenas no andar de baixo da mansão, reservados aos empregados essenciais. E graças à obsessão da senhora Leugen pelo seu jardim, meu pai é um deles. Eu sou o brinde. Dois pelo preço de um. Você pode estar achando que é incrível, mas acredite quando digo que não há nada de mágico em ter dezessete anos e ainda dividir o quarto com o pai. Ao menos há uns dois anos, eu o convenci a colocar uma cortina bem no meio do cômodo para me dar um pouco de privacidade.

Basta ver meu rosto para que os guardas abram o portão. Com o moletom ensopado e as mãos enfiadas no bolso, continuo caminhando pelo corredor externo que atravessa o gramado e vai até a porta dos fundos. Só volto a notar a chuva quando ela para de cair em mim. Abaixo do toldo que protege o batente da porta, tiro meus tênis sujos e os deixo do lado de fora. Imediatamente sinto frio quando minhas meias molhadas pisam no chão gelado, mas não volto atrás para pegar meus sapatos imundos. E Maria ainda diz que não a amo.

CAPÍTULO 7

SENTADA DIANTE DO ESPELHO DA PENTEADEIRA, sem me importar em molhar o carpete, encaro o rosto que me olha de volta. Eu pareço uma assombração. Meu rímel azul escorre e mancha minhas bochechas rosadas pelo frio. Meu cabelo está ainda maior do que quando saí mais cedo, e o laranja-claro parece castanho-escuro. Definitivamente, não me descreveria nesse momento como graciosa. Chegando mais perto da garota do outro lado do vidro, que claramente precisa de um banho, começo a puxar as bochechas para baixo, analisando as olheiras profundas, tentando garantir que não sejam apenas sombras da luz suave que vem do abajur. Não, são minhas mesmo. Decido culpar a chuva e o corpo cansado por ter caminhado até a casa, e não o fato de ter passado três horas do horário de dormir, presa nas páginas do livro que eu esqueci no tá... deixa pra lá.

Chacoalho a cabeça e levo a unha até a boca. Cuspo ao sentir um gosto de terra, e as gotículas de saliva molham o espelho. Dou de ombros. Com um suspiro dramático, faço minhas pernas levantarem e se moverem. Alongando-me enquanto caminho em direção à cama, pressiono os lábios. Não. Mesmo exausta e encharcada, com cada músculo implorando para que eu caia sobre as cobertas macias, viro os pés para o banheiro. Antes, pego do cabide um dos meus dois pijamas de verão: um conjunto amarelo, com shortinhos fofos e uma blusa de mangas com franjas delicadas. Ouço um dos joelhos estalar enquanto me forço a caminhar. Passando por quatro portas ainda mais próximas ao banheiro do que a nossa — todas de quartos de empregados —, alcanço o final do corredor e tento abrir a maçaneta. Ótimo, trancado. Bato a testa na madeira da porta e solto um gemido meio murmurado.

Viro o rosto em direção à claridade com a testa ainda grudada na madeira e olho para fora através da janela dos fundos da Mansão Vermelha. O carro branco está estacionado de novo, no mesmo lugar de toda semana. O encaro por alguns segundos, sabendo que, como sempre, ninguém entrará ou sairá dele. Acenando e jogando beijinhos para os vidros escuros sem saber se há alguém ou não do outro lado, sustento a história que criei de ser observada toda segunda-feira, no mesmo horário, por um estudante intercambista de cabelos sedosos secretamente obcecado por mim.

Espremo os olhos e rosno de tédio, outra vez.

— Eden? É você?— pergunta a voz do outro lado da porta trancada.

— Não se preocupe! Eu espero — respondo com o tom mais amigável que sou capaz de reproduzir, tentando compensar o gesto insensível ao reconhecer uma das únicas almas gentis daqui. Não é que me tratem de forma grosseira, apenas não me tratam de forma alguma. Morar na casa dos patrões só pode ser explicado por um motivo óbvio: trabalho demais. Com horários, funções e lugares diferentes para se estar, é comum não terem energia para muitas cordialidades, mesmo com vizinhos do mesmo andar. O que mantém todos unidos muitas vezes é o banheiro, o bendito banheiro único do andar inferior... é, eu avisei que não havia nada de especial em morar aqui. Todos os empregados moram sozinhos, exceto meu pai, que conseguiu a regalia de manter a filha, já que não tinha mais ninguém com quem deixá-la. Sorte a minha. Na verdade, sendo a única que mora aqui sem ter de trabalhar, sou a que tem o maior dos privilégios: posso tomar banho por até *cinco* músicas, uma vez que posso ter o banheiro só para mim enquanto os outros cumprem seus turnos.

— Já estou saindo! — Maria berra. Sua voz soa abafada.

Agora com as mãos frente ao corpo, espero com a coluna encostada no batente.

Maria abre a porta e sorri para mim.

— Como você está, querida?

— Bem — respondo, batendo a sola do pé descalço no chão.

Como se seu cérebro a mantivesse distante da realidade, ela só parece perceber o estado em que estou depois que respondo.

— Pelos céus, garota! Onde você se meteu?! Você está bem? Deve estar com frio. — Arregalando os olhos, tira o roupão que usa por cima do pijama e coloca sobre meus ombros. Suas mãos passam a correr de cima a baixo sobre meus braços, uma de cada lado, repetindo o movimento diversas vezes até que o atrito me traga um pouco de calor.

Tal movimento faz meu corpo balançar e começo a rir pensando em quão boba a cena se parece. Às vezes acho que Maria também tem uma Collapse só dela.

— Tô bem. Juro. É só chuva.

Ela é um bocado mais velha e um tantinho mais baixa do que eu. As curvas de seu corpo me lembram a pequena escultura da Vênus de Willendorf. Para mim, Maria é arte.

De súbito, ela para, veste o roupão sobre o pijama e, já de costas, seguindo pelo corredor, sem tempo a perder, ela diz:

— Vê se toma um banho quente, tá bem?

Aceno com a cabeça, apesar de ela nem ver, e observo sua figura desaparecer pelo caminho estreito cantarolando alguma música em italiano. Sua voz alegre me faz sorrir. Eu ainda sorrio ao entrar no banheiro e fechar a porta. Me inclino para trás, deixando a cabeça pesar até estalar o pescoço. Alívio.

Em questão de segundos amontoo as roupas molhadas numa pilha no chão. A água do chuveiro cai forte sobre meu rosto erguido, e, mesmo de olhos fechados, sinto uma leve contração nas pálpebras. Meu corpo desperta aos poucos, enquanto a frescura da água fria escorre pela pele.

Bem, deixe-me aproveitar e contar algumas coisas importantes sobre mim.

Número um: não gosto de banho quente.

Número dois: eu sou uma ladra.

CAPÍTULO 8

EU NÃO SOU UMA CAUSA PERDIDA, NEM FAÇO MAL A NINGUÉM. Meus devaneios imaginativos e pequenos roubos são esporádicos... Bem, não tão esporádicos, na verdade. Eu roubo sempre de domingo a quinta-feira, às cinco e dez da tarde, quando os empregados cansados correm para seus quartos, há poucas pessoas circulando e os Leungen nunca estão em casa, mesmo que estejam na cidade.

Caso você esteja me julgando sem nem ao menos entender, eu sempre devolvo o que pego antes mesmo de notarem que peguei. Tecnicamente nem é roubo. Nunca fiquei com nada para mim. Eu sei, eu sei. Você deve estar confusa, querendo explicações e achando que estou enrolando para não contar a coisa toda. Acontece que... quer saber? Ok. Vou contar. Mas, antes de me julgar, permita que eu dê um pouco de contexto...

De repente meus pensamentos travam. Me sinto fora da minha própria narrativa. A história da minha vida congela, deixando-me indecisa entre duas opções de xampu. Estico o braço até o encosto da janela, onde ficam os produtos, e pego a embalagem roxa.

No meu primeiro ano do ensino médio, fui transferida para uma escola nova, já que a antiga só tinha até o fundamental e as escolas que meu pai poderia pagar eram bem longe daqui. Como a única pessoa com menos de trinta anos na Mansão Vermelha, que basicamente só tem empregados solteiros, fui a escolhida para receber a "boa ação do ano" dos Leungen, que generosamente se ofereceram para pagar meus estudos. Eles disseram ser uma gentileza a seu empregado mais antigo, e, uma vez que moram no melhor bairro da cidade, as escolas mais próximas são todas melhores que a antiga. Decidiram ser melhor me matricular em um lugar próximo à sua residência do que dispor um de seus motoristas particulares. De acordo com eles, seria perda de tempo e dinheiro, uma vez que eu poderia simplesmente andar. Ainda não entendo por que bancar os meus estudos numa escola de elite apenas para que eu não usasse um de seus carros chiques. Eu disse que poderia ir andando até uma estação de trem, mas falaram que, assim, sua solidariedade não seria completa. Sei lá, lógica de gente rica.

Além de ser um dos únicos quatro crânios esquisitos, quer dizer, alunos bolsistas, eu sou a única garota que se distingue brutalmente do resto. É sério, parece que quem nasce em berço de ouro tem um brilho natural na pele, algo que eu simplesmente não tenho e que não dá para comprar — não que eu tivesse dinheiro para isso, de qualquer jeito. Você pode achar que estou exagerando, mas, desde que você tenha ao menos quatro por cento de visão em um dos olhos, será capaz de enxergar que eu simplesmente não pertenço àquele lugar. A mágica, que nem eu sei como acontece — e que provavelmente é o único tempero dos meus dias —, é que, até agora, ninguém percebeu que eu não me encaixo. E não vou deixá-los descobrir.

Quando meu pai chegou com a notícia de que os Leungen estariam me transferindo para East River High School no meu primeiro ano de ensino médio, eu tive a mais brilhante das ideias: a partir daquele dia, ninguém mais me conheceria como a filha do jardineiro ou a menina de cabelo vermelho bagunçado na sala de aula. Eu seria Eden, apenas Eden. E, para que isso acontecesse, eu teria apenas que... Como estou prestes a revelar algo que ninguém além do meu melhor amigo sabe, acho que tenho o direito de contar mais um detalhe antes de revelar a verdade completa.

É hora de falarmos sobre os Leungen. Primeiro, a família é composta por Thomas Leugen, o pai. Ele costuma vestir roupas sociais claras e óculos escuros, mesmo em ambientes fechados. Ele é o clássico homem grisalho que você imaginaria se tentasse juntar vinho tinto em uma taça de cristal e um charuto em forma de pessoa. Thomas é casado com a senhora Selah, que, em contraste com o estilo minimalista do marido, sempre usa vestidos floridos com estampas extravagantes, penteados que deixam o seu cabelo supervolumoso e chapéus com flores enormes. Talvez seja sua obsessão por flores que a faz conceder tantas regalias a papai. Ela gesticula muito ao falar e sequer cresceu na Itália como Maria — não que seja ruim nem relevante, mas é uma das primeiras coisas que me vem à cabeça quando penso nela. Numa das únicas vezes que conversou comigo, quando quis conhecer o rosto para qual estaria bancando os estudos, quase me estapeou duas vezes ao falar sobre como havia sido o seu ensino médio. O senhor e a senhora Leugen dormem em quartos separados, e ele tem um abajur em formato de cavalo, curiosamente.

Há também Timothy, Chiara e Zay, filhos do casal, em ordem de nascimento. Timothy vive em uma cidade próxima, mas vem visitar os pais uma ou duas vezes por ano em datas festivas, sempre com a esposa que conheceu numa concessionária de carros de luxo e os dois filhos, ambos com menos de seis anos. Maria me contou que ele conheceu a mulher quando foi marcar um agendamento para o *test-drive* do Rolls-Royce Silver Shadow, carro que ele sempre desejou. Ela era a recepcionista. Com mais de trinta anos, Timothy é o mais velho e, sinceramente, é tudo o que eu sei sobre ele.

Com a rotina mais insana que já vi, temos a filha prodígio da família: Chiara. Ela é bem magra e sempre veste roupas largas, geralmente na mesma paleta que o pai. O senhor Leugen a ama mais do que aos outros, ao menos é o que penso. Ela ainda mora na Califórnia, não tão longe, mas a vemos ainda menos do que Timothy. Quando eu era menor, acreditava que ela era a mais especial da família. Uma agente secreta que nunca estava em casa, ela dedicava seu tempo a salvar o mundo — tudo porque Maria me fez acreditar que havia encontrado cartas secretas endereçadas a Peter Parker num baú bem abaixo da cama dela enquanto limpava o quarto... É, Maria fala bastante. Depois de mais crescida, descobri que ela é juíza, uma das mais novas do estado, o que justifica bastante coisa.

Por último, o filho mais novo da família, Zay Leugen. Ele é o único dos Leungen que eu já tive um contato mais próximo. Quando éramos bem pequenos, costumávamos brincar juntos quando os pais dele não estavam em casa e o meu trabalhava. Zay era pequeno demais para entender sobre classes sociais. Ainda assim, tirando as histórias das empregadas sobre como éramos amigos, não guardo nenhuma memória dele. Embora seja o mais novo, há muitos anos não pisa os pés na Mansão Vermelha. Pelo que sei, está há anos estudando na Inglaterra, em alguma escola rígida e provavelmente muito cara só para meninos, ou algo assim.

E, como não estou no *mood* para pensamentos tristes, vou só contar brevemente um acontecimento trágico.

Minha mãe faleceu poucos dias após meu nascimento, embora não por minha causa. Ela tinha embolia pulmonar, um quadro respiratório grave, quando um coágulo se desprendeu e parou em uma artéria, impedindo o fluxo de sangue para o pulmão. Basicamente minha mãe parou de respirar no meu parto. Meu pai me contou que os médicos disseram que eu era um milagre, pois, na maioria dos casos, a placenta fica comprometida, sendo fatal para o bebê. Por favor, não fique com pena achando que sou uma das poucas sofredoras do mundo. Essa é a causa número um de mortes de mulheres grávidas. Fora que todos nós sofremos, apenas de maneiras diferentes. Alguém talvez sinta mais dor pela traição de um amigo do que sinto pela perda de minha mãe, já que sequer a conheci. Eu sinto falta da ideia de tê-la, mas não sinto falta dela, se é que você me entende. O que quero dizer é que dor não se compara. Na verdade, é como você se permite sentir e entender suas emoções que ditam o seu futuro.

Desligando o chuveiro, puxo a toalha branca que me espera sobre a borda do box e abro a porta. Piso sobre o tapete, imediatamente molhando-o com a água que cai do meu corpo. Caso você esteja se perguntando sobre a aparência dos filhos, eu vagamente me recordo dela, para ser sincera. Então faça como eu: apenas crie uma imagem que considere justa para cada um deles e agarre-se a ela.

Desde que os Leungen me transferiram para uma nova escola, você me implorava para que fosse diferente, Collapse. E é vantajoso lembrá-la que estar sempre ocupada não é um traço da personalidade apenas de Chiara, mas de todos os Leungen. Eles quase nunca estão em casa, principalmente à tarde, o que facilita muito entrar no armário da senhora Selah e pegar algumas de suas roupas e bolsas caras.

Pronto, essa era a grande revelação! Você provavelmente estava esperando por algo mais grave, mas a real é que não é grande coisa. Além dos vestidos floridos mais bregas já feitos, a senhora Leugen possui um estoque infindável de coisas em seu closet, e muitos presentes de marcas caras que ela nunca tocou — em geral, meus favoritos. Eu juro que sempre devolvo cada peça de roupa e acessório depois da escola. Nunca sujei ou perdi nada. É apenas uma tentativa de dar mais sabor à minha vida, e cada um faz isso à sua maneira. Não sei explicar, mas, quando me visto com roupas que fedem a dinheiro, me sinto diferente, me sinto digna de ser vista. Eu sei que isso contraria tudo o que conversamos, mas é assim que funciona a minha cabeça. Não concordo comigo o tempo todo. Eu sou um caos colapsado, mas, pelo menos, um caos que se veste bem.

CAPÍTULO 9

UM BAQUE SURDO ME CONTA QUE ALGUÉM FECHOU A PORTA do quarto depois de um turno de serviço, indicando ser um pouco depois das cinco da tarde. Enquanto chacoalho a cabeça para expulsar as gotas do meu cabelo em vez de enxugá-lo com a toalha úmida, concluo que tenho apenas alguns minutos para subir e escolher o figurino de hoje.

Por causa da obsessão dos Leungen em proteger sua privacidade, não há câmeras nos quartos nem nos corredores que levam até eles, o que me permite ir até lá sem levantar suspeitas. Por outro lado, a segurança dos portões é tão reforçada que é impossível a presença de invasores.

Xingo em voz alta ao perceber que esqueci de trazer roupas limpas para o banheiro — não posso usar as mesmas com que cheguei, pois ainda estão encharcadas. Me enrolo na toalha, agarro a pilha de roupas molhadas e aperto os olhos, seguindo a lógica infantil de que, se eu não vir ninguém, ninguém me verá. Sentindo-me um tanto exposta, corro na ponta dos pés deixando pegadas de dedinhos pelo chão.

Pela primeira vez, sou grata por nosso quarto ser tão próximo ao banheiro. Abro a porta e vejo meu pai dormindo de bruços. Ele deveria estar trabalhando a essa hora. Inclino a cabeça e desejo poder arrancar suas dores com as mãos. Suspiro. É melhor apenas deixá-lo descansar.

Vou para o meu lado do quarto e fecho a cortina. Coloco o primeiro vestido que vejo e não me preocupo em pentear os cabelos. Meus olhos parecem querer saltar das órbitas enquanto, apressada, escaneio o quarto em busca de tudo que preciso, uma animação eletrizante percorrendo meu corpo.

Na ponta dos pés, outra vez, caminho até a porta, mas dou meia-volta e cubro meu pai com um cobertor para se manter aquecido. Coloco minha mão em sua testa e percebo que ele está ligeiramente febril. Devagar, abro as janelas, mas mantenho as cortinas fechadas para que o ar circule sem que a luz entre. É tudo o que posso fazer por ele agora. "Melhore logo, papai." Com passos leves, subo as escadas em direção ao closet de Selah. Ninguém me vê.

Com movimentos frenéticos e dedos nervosos, tento desesperadamente unir os dois lados da minha franja, que insistem em se separar no meio da testa, enquanto subo as escadas de East River. Ao abaixar os braços, sinto-os relaxarem, e só então percebo o quanto estavam doloridos por ter ficado tanto tempo erguidos, tentando domar a fera mal-humorada e alaranjada que carrego na cabeça. Balanço a cabeça e deixo que os cachos feitos na noite passada se desprendam um pouco. Corro as mãos sobre as calças largas jeans de lavagem esverdeada e cintura alta como se minhas palmas possuíssem uma fonte de calor capaz de desamassar o tecido. Com um movimento deliberado, subo o último degrau com mais ímpeto, fazendo a mochila pular e se ajustar confortavelmente aos meus ombros. O amarelo vibrante das polainas, que escolhi usar nos braços para um visual mais interessante, contrasta com o rosa da blusa justa, que deixa à mostra minha clavícula e parte dos ombros.

Todos devem usar uniformes ao menos na parte de cima, compostos por camisa branca, jaqueta vermelha e gravata azul-marinho. Temos apenas três dias de benevolência por semestre para usar roupas diferentes sem levar uma advertência e decidi que o *look* de hoje valia a pena. De acordo com as políticas estudantis da escola, a exceção dessa regra do uniforme, abria-se exceção para situações corriqueiras, como: "Todas as minhas camisetas e jaquetas estavam para lavar", "Deixei todas na minha mala que foi extraviada na Europa", ou até "Meu irmão mais velho as queimou num surto psicótico" – embora a última só tenha acontecido uma vez. Ao menos, é o que dizem.

Um garoto de camiseta do The Police passa por mim como um vulto, seu skate derrapando pelo corrimão da escadaria externa. Viro para trás por curiosidade e o vejo alcançar a rua cercada por palmeiras altíssimas, onde alguns garotos se exibem fumando apoiados em seus conversíveis.

Num lapso de arrependimento por minha escolha fashion do dia, arranco as polainas e as enfio na mochila no exato momento em que minhas botas, cujo cano alto está escondido pelas calças verdes, tocam o chão do salão principal, que liga todas as salas. Ao entrar, a luz dourada do sol — que nunca parece deixar o ambiente — enche meus olhos, e sou tomada pelo cheiro de maresia misturada a eucalipto. Tudo se encaixa suavemente, deixando cada canto do cômodo com um aspecto meio mágico.

Além disso, há pôsteres coloridos de filmes e bandas espalhados pelas paredes amareladas pelos raios de sol e pelo tempo, e uma parte reservada apenas ao jornal da escola. Com os olhos apontados para o chão, vejo uma centena de pessoas usando o mesmo Converse ou Vans. Ergo a cabeça e puxo os ombros para trás, passando a mão pelos cabelos para garantir que tudo está desarrumado, exatamente como deve ser. Uma garota com cachos mais volumosos que os meus e luvas de couro passa com um rádio apoiado sobre os ombros tocando "Dancing with myself", de Billy Idol.

Do bolso de trás, tiro dois chicletes soltos. Sem me importar em manter a boca fechada, mastigo a goma macia e açucarada, movendo-a de um lado para o outro com a língua. Acho cigarros nojentos. Para mim, chiclete é o bastante para me fazer parecer mais legal na escola, além do bônus de não amarelar meus dentes ou me deixar com o hálito de um cinzeiro ambulante. Enquanto caminho pelo corredor, os corpos se abrem naturalmente, deixando-me passar sem obstáculos.

— Eden, espera!

A menção do meu nome não me faz parar, tampouco olhar para trás. Eu sei de quem aquela voz vem: Miles Walter, meu melhor amigo.

— Se eu não soubesse o quanto você me ama, provavelmente pensaria que você me odeia. — Miles sorri depois de fazer uma careta que faz suas sobrancelhas grossas se inclinarem, quase se conectando no topo, como se formassem o vértice de um triângulo.

Ainda sem olhar para trás, escuto o som dos passos se intensificando enquanto ele tenta acompanhar meu ritmo. Estouro uma bola de chiclete em resposta.

Silêncio. Paro no meio do corredor e olho para Miles pela primeira vez hoje, examinando-o desde os sapatos, passando por sua calça bem passada, sua blusa básica, até olhar para seu rosto emoldurado pelo cabelo *black power*.

— Desculpe, você falou alguma coisa?

Percebo que ele parece desconfortável e sorrio em resposta, ainda mascando o chiclete. Nossos olhos se encontram. Silêncio.

A risada dele convida a minha a escapar e ecoar livre pelo corredor.

Um soco de leve de Miles no meu ombro me faz perder o equilíbrio e bater as costas em um dos armários vermelhos. Miles não é musculoso, mas é muito, *muito* forte.

O barulho faz os alunos próximos o bastante para ouvirem o estouro metálico transpassando suas conversas olharem para nós por um curto segundo.

— Você está bem? — pergunta Miles, ainda rindo da minha cara. Posso ver as pequenas musculaturas do seu rosto relaxarem ao perceber minha resposta através do olhar furioso. — Bem, você sabe como às vezes, não tenho controle da minha força com todos esses músculos.

Colocando os cabelos para trás num movimento dramático, eu retomo a compostura. — Tantos músculos que nem sei como alguém ainda consegue atravessar o corredor com você aqui ocupando tanto espaço. — Arrumo a mochila agora com as alças pressionando meus antebraços e a posiciono de volta sobre meus ombros. — Você quase me fez engolir o chiclete!

Voltamos a andar no corredor no instante exato em que rimos outra vez. As janelas abertas do lado contrário aos armários deixam entrar feixes de luz que fazem a pele negra de Miles brilhar como holofotes sobre a estrela de um musical. Mesmo com ele ao meu lado, o pensamento que tentei evitar o dia todo ontem me alcança novamente, e sinto um frio na barriga. Eu limpo a garganta e volto a mascar o chiclete. Dessa vez, de boca fechada. Enquanto encaro os uniformes que cruzam na nossa frente, sem focar em nenhum exatamente, a simples lembrança vívida *daquele* olhar me faz engolir em seco.

CAPÍTULO 10

AO EXPIRAR, ME ESFORÇO PARA EXPELIR DA MENTE a lembrança daquele olhar. Tento, em seu lugar, pensar nos olhos de Miles. Meu amigo tem olhos pretos, mas não como o das outras pessoas; olhos dele são tão negros que parecem ter sido forjados nas profundezas do céu noturno, onde as estrelas se escondem para descansar.

De repente, uma menina um pouco mais baixa do que eu, vestida de um laranja chamativo e estampado, com um rabo de cavalo tão apertado que provavelmente deve causar dores de cabeça, esbarra em mim e em Miles para abrir caminho.

—Desculpa! — grita ela ofegante, sem parar de correr nem virar para trás.

Estreito os olhos à procura de alguma explicação para o alvoroço. De súbito, um forte flash de luz me faz levar as mãos aos olhos, queimando minhas órbitas por dentro.

Miles olha para mim sem medo, pois já está familiarizado com minhas crises.

— Às vezes eu acho que suas enxaquecas são quase tão fortes quanto meus músculos — diz ao notar a mudança da minha postura. — Mas aí penso que, se isso fosse verdade, você não estaria mais viva.

Ainda meio atordoada, vejo sua silhueta flexionar os músculos para que pareçam maiores enquanto me recomponho. O humor de Miles me cativa: ele se comporta como um garoto desejado e popular do ensino médio, mas é o maior dos geeks. E embora eu morra antes de admitir, eu amo a amizade de Miles; ele está sempre comigo. Se alguém me vir nos corredores dessa escola, pode ter certeza de que encontrará ele do meu lado.

Já com a postura ereta depois de quatro inspirações agressivas, vejo Miles ir até o final do corredor e balançar as mãos, tentando me proteger dos raios de luz que escapam das janelas de vidro. Ele sabe que aquilo não ajuda, mas eu ainda aprecio o ato.

Por trás de Miles, no final do corredor, *aqueles* olhos me encontram como um farol em meio à escuridão. No mesmo instante em que tudo ao meu redor parece desacelerar, meu corpo reage de forma oposta: o coração acelera, a respiração se agita, e pequenos tremores internos tomam conta de mim, antes imóvel.

Fecho os punhos com força. Não quero mover um músculo, mas tudo em mim parece acelerar. Aqueles olhos aparecem por um instante, e eu rapidamente volto a encarar Miles, fingindo que minha atenção está toda nele. Mesmo sem vê-los diretamente, sinto que se aproximam, pairando por trás da figura que tagarela à minha frente. Aquele olhar é a razão das minhas mais belas tempestades. É a menção do nome dele que me causa as maiores ondas, a melodia da composição daquelas cinco letras: Kaden.

Ao notar a perda do meu foco, Miles chega perto de mim e, virando-se para trás para ver o que me deixa tão compenetrada, pigarreia para me fazer retornar à realidade. Eu pisco e Miles está ao meu lado, com Kaden e Evie Harper caminhando em nossa direção. Bem, não exatamente em nossa direção, mas como estamos no meio do corredor, eles não têm muita opção a não ser passar por nós.

Guarde esses nomes, Collapse.

Eles, sim, poderiam ser os protagonistas deste livro, mas não apenas de um jeito bom, infelizmente. Os Harper tem uma das histórias mais trágicas que eu já ouvi. Há uns seis anos, Aaron Harper foi preso pelo assassinado de...

— Cobra. — Miles sussurra me fazendo rir. Devolvo o soco no ombro, embora o meu seja muito mais fraco do que o dele.

Bem, Collapse, digamos que Miles e Evie têm o que chamaremos de "histórico de mágoas e desentendimentos" — da parte dele, pelo menos. A família Harper virou matéria de jornal por conta da tragédia, eu acho que eles ainda sofrem ataques de paparazzi, esporadicamente. Eu sei que você precisa de contexto a respeito disso, e eu vou te falar mais sobre os Harper, eu só preciso tentar me concen...

O perfume de Kaden invade minhas narinas, como se substituísse o ar que respiro e o sangue que corre em mim. Eu gostaria de descrever como ele cheira, queria poder te teletransportar para a magia de estar aqui e senti-lo tão perto, mas até as milhões de frases e comentários que ecoam na minha mente se apagam, transformando-se em uma página em branco quando ele está por perto. Nenhuma outra pessoa poderia cheirar como ele, mesmo quem inventou o aroma. É o tipo de cheiro que você sente a quilômetros de distância, ou lembra ao ver uma foto sua, ou quando fecha os olhos e pensa nos dele. Mesmo vendada, eu poderia dizer se Kaden está entrando num cômodo por conta dessa maldita fragrância que não me deixa esquecê-lo.

Ironicamente, quando eles nos cruzam, eu paro de respirar. Kaden olha para mim e sorri. Kaden Harper sorri para *mim*. Ele nem nota, mas eu sorrio de volta.

Pera, o que eu tava te contando antes disso, Collapse? Não me lembro.

CAPÍTULO 11

— **AQUELA GAROTA É O ANTICRISTO.** Ela sequer olhou para mim. Tipo, o que ela tá tentando fazer? Psicologia reversa? Não vai funcionar. Eu sei que ela é doida por mim. — Miles ajeita os óculos redondos.

— Isso é impossível — respondo ao ajeitar minha mochila e jogar meu cabelo para trás de meus ombros. Voltamos a caminhar.

— O que é impossível?

— Alguns povos ainda temem o dia em que o anticristo chegará, ou seja, ele provavelmente ainda nem nasceu, então não teria como ela ser a reencarnação de alguém que nunca existiu.

Miles parece confuso, mas, depois de alguns segundos, finalmente abre a boca. — Pior ainda, ela pode ser o original!

— Evie não é tão ruim assim, você só quer sentir o nome dela saindo da sua boca e a xinga como desculpa. — digo sorrindo, deixando-o louco.

Evie e Kaden Harper são gêmeos, embora não se pareçam muito. Dividem, porém, os mesmos cabelos pretos e lisos como uma capa: os dela indo até a cintura; os dele, apenas longos o bastante para ser gostoso bagunçá-los com as mãos, imagino. Tusso. Ambos também são muito altos, com sorriso e dentes lindíssimos, olhos amarronzados que parecem esverdeados vistos de perto — não que eu já tenha chegado tão perto de algum dos dois para verificar. O maxilar bem marcado no rosto fino confere a eles um estilo gótico chique. Mas não são iguais. Evie não cheira tão bem quanto o irmão. Seu aroma é fresco e terroso, como o cheiro de pinheiros e terra molhada após uma chuva. Mas a leveza da fragrância se dissolve diante das roupas largas e sombrias que ela usa — jeans e couro que mais sugerem um cemitério do que um jardim. É assim que ela me faz sentir.

Kaden cheira à doce, a futuro e à vida, a tudo o que é brilhante e feliz. Evie cheira à morte. Mas talvez eu esteja apenas pegando as dores de Miles como se fossem minhas. Você pode me chamar de muitas coisas, mas eu sou leal e me importo com meus amigos. Espero que você entenda todos os longos parágrafos escondidos por trás destas três palavras, Collapse: eu me importo.

Miles e eu não somos amigos de infância, mas sinto como se fôssemos. Nos conhecemos quando eu fui transferida para cá, ou seja, há quase dois anos. Lembro como se fosse hoje quando ele chegou até mim, estendeu a mão e se apresentou: "Oi, eu sou Miles Walter. Você está perdida?". Não estava perdida, apenas criando o meu primeiro cenário imaginativo com o garoto cheiroso, alto e moreno que havia visto pelo campus. De acordo com Miles, meu rosto estava inexpressivo, como seu eu fosse um robô e alguém tivesse me desligado. Meses depois, quando já havíamos desenvolvido certa intimidade, ele me disse que achou que eu fosse doida, mas que, depois de me conhecer, teve absoluta certeza. Eu sei que ele se aproximou porque me achou bonita, e até se declarou depois de três semanas de amizade, mas, depois que o rejeitei, nunca mais tocamos nesse assunto.

Miles é minha família. Ele é quem me fez sentir não estar completamente sozinha. Quero dizer, eu tenho meu pai, mas... eu precisava de Miles. Ele tem o tipo de coração que uma pessoa não tem a sorte de encontrar dois iguais na mesma vida. É uma daquelas pessoas que pediria desculpas a uma mosca caso a estapeasse sem querer ao gesticular demais em uma conversa.

E, embora eu o achei lindo, pensava que não era o tipo de garoto que chamaria a atenção de alguém como Evie Harper. Mas aconteceu. Evie é obcecada por ele há anos. Ou melhor, era... Ela o tem evitado de uns dias pra cá. Talvez, depois de ser ignorada por ele por tanto tempo, finalmente tenha caído na real. Antes, ela tentava se vingar por conta da falta de reciprocidade dele.

Miles é o melhor violinista que eu conheço — não que eu conheça muitos ou entenda muito de música, mas ele toca com uma precisão e emoção que fazem o coração parar por um instante. Anos atrás, Miles se inscreveu para uma bolsa como músico em uma escola renomada de Nova York, no primeiro ano do ensino médio, e foi aceito. No mesmo dia, Evie foi até a casa dele para confessar seus sentimentos pela primeira vez. Após ser rejeitada, ao ver a carta de aceitação no correio, ela garantiu que ele nunca a encontraria. Miles esperou por dias e, quando finalmente entrou em contato com a escola para perguntar sobre o status de sua inscrição, já era tarde demais: a oportunidade havia sido concedida a outro candidato devido à falta de resposta. Só sabemos o que aconteceu, porque ela confessou durante uma discussão com Miles.

No ano seguinte, ele me conheceu, e até hoje eu brinco que eu sou melhor do que uma bolsa de estudos na melhor universidade de música do país, mas, apesar de tentar animá-lo, sei o quanto perder a oportunidade o magoa. Ele tenta de novo todo semestre, mas ainda não foi chamado de volta. E, embora East River seja uma escola de elite, o valor da universidade dos sonhos de Miles ainda é exorbitantemente mais caro, mesmo para a família Walter.

Eu nunca entenderei como alguém como Evie gosta de alguém como ele — não que ele não seja ótimo, mas não conheço duas pessoas mais opostas: Evie é cruel e fria, enquanto Miles é... Miles. Além disso, dificilmente garotas que se parecem com ela gostam de meninos como ele. Na verdade dificilmente não é a palavra certa, o termo correto é nunca mesmo. Como eu disse, Miles é o ser humano mais doce e amável que conheço. Ainda assim, por trás dos xingamentos e brincadeiras inocentes, eu sei que, quase tanto quanto seu amor por violino, *Miles odeia Evie Harper*.

CAPÍTULO 12

OS PONTEIROS DO GRANDE RELÓGIO DE MADEIRA quadriculado acima do quadro-negro continuam a se mover lentamente, indiferentes aos vinte e três pares de olhos entediados que o observam sem parar. Bem abaixo do relógio, meus olhos se fixam nas costas da senhorita Buzart enquanto ela escreve mais alguns números com giz, iludindo-se ao acreditar que alguém prestará atenção nos últimos quatro minutos e trinta e dois segundos de aula. Apesar de sua figura diminuta e achatada, senhorita Buzart é a única professora com a presença dominante o bastante capaz de manter todos calados durante suas classes. Alguns o fazem por realmente gostarem dela — é perceptível o quanto ela gosta de seu trabalho. Senhorita Buzart é algo a mais. É uma daquelas pessoas vocacionadas, que sonhou quando criança em ser professora. As roupas largas, porém, a fazem parecer ainda menor. Os óculos que aumentam seus olhos num nível caricato lhe traz um ar de...

Uma bolinha de papel cruza no ar bem a minha frente e me faz jogar a cabeça para trás no susto. Sinto um torcicolo imediato. Apesar de se tratar de uma escola de megarricos, adolescentes ainda são apenas adolescentes.

Num impulso que piora a dor, meu pescoço se volta para dar um nome ao arremessador. Atrás de mim, com o rosto em minha direção, Oliver Lopes transpassa o olhar através de mim como se eu fosse transparente e encontra o de Polar, sentada bem a minha frente, encarando-o de volta e gargalhando sem emitir som. As mãos dela se abrem enquanto seus lábios se curvam algumas vezes até que eu perceba que ela está perguntando o que era aquilo. Os olhos arrendados estampam uma sombra azul, acentuando a ausência de pálpebra dupla.

Oliver e Polar foram o casal clássico composto por duas pessoas ridiculamente bonitas, dignas de capa de revista, embora eles nunca tenham assumido o relacionamento. Clássico de contos de ensino médio, mas não que seja da minha conta.

Enquanto ainda desenha linhas por todo o quadro-negro, o movimento agressivo e sem ritmo da senhorita Buzart prende minha atenção por alguns segundos antes de... uma nova bolinha de papel voar rente ao meu rosto. Perto demais.

Coloco as mãos na mesa e me viro para Oliver, encarando-o com um olhar fulminante. Desejo profundamente que meus olhos demonstrem o quanto gostaria de amassar a cara dele como uma bolinha de papel. Não é que eu tenha um problema particular com ele. Mas não vou com a cara dele.

Oliver é tão popular quanto Kaden, e até é considerado mais bonito por algumas meninas de pequeno intelecto. Como uma menina um dia disse às amigas: "É como um deus grego: sua aparência é de tirar o fôlego. O rosto dele me faz entender melhor porque alguns artistas retratam pessoas ao invés de pintar paisagens, quer dizer, só um doido preferiria desenhar florestas e pequenas casinhas a um cara desses. Ele é o tipo de garoto que qualquer menina olharia no mínimo seis vezes ao cruzar a rua. Só eu já sonhei com ele *duas* vezes essa semana e... blá blá blá". Tavez não exatamente com essas palavras, mas foi isso que eu entendi.

Os dentes dele são grandes e bem brancos. Ele não é muito alto, mas o corpo proporcional faz com que pareça. É magro e espichado, com músculos levemente tonificados. O cabelo é naturalmente loiro e liso e um pouco volumoso por conta de viver com ele molhado de água do mar e secado pelo sol.

Oliver ama surfar. Eu nunca o vi na praia, mas dizem que é ótimo. Não sei se acredito. Ele poderia tirar uma meleca do nariz e as meninas falariam por uma semana como seu braço ficou mais forte pelo movimento. Parece sempre manter os olhos bem abertos e nunca pisca muito, ou talvez seja apenas impressão por conta dos olhos de um azul claro surreal. Acho esquisito. Ele se veste igual ao senhor Leugen: poucas estampas e cores fracas, sobrepondo diferentes tons de marrom sobre jeans de lavagem clara. Também tem os dentes dele. Eu já falei sobre os dentes perfeitos dele?

De todo modo, hoje, pela primeira vez, ele olhou para mim.

Presunçoso, arrogante e egoico, sua empáfia me pareceu um veneno, Collapse.

Por outro lado, Eloise — ou melhor, Polar, como todos a chamam por ter a pele branquíssima, é filha de imigrantes coreanos que se mudaram para os Estados Unidos há uma geração. Ela é a única que não vem de berço rico, como eu — que eu saiba. Nós na verdade saímos da mesma escola do fundamental e éramos amigas quando criança. Não conversamos mais, não como antes. Às vezes acho que ser próxima de mim a faz lembrar de quando a empresa dos pais dela não estava tão bem quanto hoje. Trago lembranças de uma fase ruim, ou algo do tipo. No fundo, sei que ela tem vontade de perguntar o porquê de repente me visto tão bem e estou nesta escola, mas é melhor para nós duas que ela se mantenha calada e distante. Embora soubesse que meu pai era um jardineiro, ela nunca soube onde ele trabalhava. É por isso que não me esforço em me aproximar. Ser colega de Polar não é problema para mim, desde que nossas conversas mais íntimas se resumam a rir das mesmas fofocas. *Desde que ela não me faça perguntas.*

CAPÍTULO 13

OLIVER CONTINUA SORRINDO, o que me frustra. É como se meu ódio pela bola de papel não fosse o suficiente para interromper seja lá o que esteja acontecendo entre ele e Polar.

Ainda assim, ele arrasta o dorso da mão no nariz, revelando o pulso cheio de pulseiras de prata e tiras de tecido colorida. O sorriso diminui. Ele funga e faço uma careta.

— Foi mal, Eden — ele diz antes de voltar a rir quando Polar atira a bolinha de volta e acerta o ombro dele.

— E aí, Eden? — A voz grave e suave, que quase falha ao chamar meu nome, acompanhada de um toque nas minhas costas, faz meu corpo esquentar em uma fração de segundo. É como se eu estivesse nua no frio do deserto à noite e recebesse um abraço que envolvesse todo o meu corpo gelado — só que dezessete vezes mais quente. Contenho um sorriso e me viro.

— Bela roupa hoje. Gosto do seu estilo. É único — sussurra Kaden num tom de aprovação ao passar por mim enquanto ainda arruma a mochila das costas. Ele sempre levanta exatamente quatro segundos antes do alarme. — Todo mundo copia as revistas, mas você poderia estar em uma.

O sino toca. Meu coração bate forte.

— Vejo que tens bom gosto — respondo num impulso, como se fosse uma donzela medieval. Droga, Collapse. Droga. Droga. Droga!

Kaden ri.

— Você parece saída de um livro. Eu leria duzentas páginas sobre você — diz casualmente.

Repreendo o pensamento de que duzentas páginas é um tamanho bem pequeno para um livro. Um elogio de respeito seria dizer que leria *mil* páginas sobre mim – aí, sim. Bem, mesmo assim, ele sabia o que aquelas palavras significariam para mim, não? Sabe como jogar o jogo, e eu gosto disso.

Meus olhos acompanham Kaden até ele sumir pela porta e eu ficar praticamente sozinha na sala, exceto por poucos alunos e Miles, que apoia os cotovelos sobre a minha mesa. Ele começa a cutucar minha bochecha com a ponta do dedo. Por trás da cabeça de Miles, vejo o jeito que Polar olha para mim antes de passar pela porta enquanto Oliver ri e continua a tagarelar, provavelmente sobre algo estúpido que só faz sentido para ele.

— Alôooooo! Tem alguém em casa?

Eu ameaço morder o dedo dele e ele dá um pulo para trás com um gemido.

— Garota pirada.

— Digamos que é parte do meu charme.

Ele hesita.

— Charme? Você acha que tem *charme*?

Flexionando os braços, levo os punhos para frente do meu rosto e o dou um soco em sua barriga, que faz um barulho engraçado.

— Por quê? — pergunta, sem ar, com uma expressão perplexa. Dou risada enquanto Miles retoma o fôlego.

Numa questão de segundos, vejo a sua feição migrar para uma fúria dramatizada. Repetindo meus movimentos, ele sobe as mãos com os punhos fechados e me dá o sinal para correr.

— Você me paga! — grita Miles sem se importar com as pessoas enquanto corremos pelo corredor. A adrenalina de pensar que ele pode me alcançar a qualquer instante me arranca uma gargalhada. Miles me faz ser genuinamente... Eden.

Eu ouço minha voz ecoando pelo corredor enquanto fico mais ofegante.

— Meu abdômen não tava tensionado. Não é justo!

Eu gargalho ainda mais alto até alcançar a porta de saída, quase esbarrando em praticamente cada estudante de East River. Mesmo em meio à fuga, meus olhos ainda procuram por Kaden. Não o vejo. Não posso evitar me decepcionar um pouco. Paro de correr. De repente fugir de Miles não é mais tão divertido.

CAPÍTULO 14

COM O DOM ÚNICO DE ARRUINAR até a mais épica das músicas já criadas, Miles canta desafinado uma canção de Lesley B. enquanto caminhamos pela rua que fica antes da Mansão Vermelha. Ele é a única pessoa em East River que sabe da verdade: as roupas caras vestem uma garotinha pobretona.

Já ciente do cronograma, ele abre a minha mochila e tira um simples vestido longo o suficiente para cobrir as roupas que visto agora. Com esse trapo, poderei alcançar meu quarto na segurança da minha invisibilidade regular. Os Leungen nunca estão em casa nesse horário, mas eu prefiro não brincar com o emprego do meu pai — na verdade, sei que é exatamente o que eu faço, mas pelo menos eu administro minha estupidez com responsabilidade.

Passo a cabeça pelo buraco da roupa e a estico para baixo até que o tecido caia sobre meus pés. Os empregados da mansão sequer me questionam por sempre ir e voltar da escola com os mesmos três casacos longos ou dois vestidos todos os dias. Afinal, ninguém espera da filha de um empregado um closet cheio de roupas. Eles devem pensar que eu tenho um gosto peculiar por mangas compridas e saias ou, sei lá, que eu estou pensando em virar freira.

Ao chegar em frente à casa, me despeço de Miles e espero que os guardas abram os portões. Embora não o veja mais, ainda percebo a voz de Miles enfraquecendo enquanto se distancia. Eu sei que ele provavelmente vai repetir inconscientemente as únicas três frases memorizadas de "I'll cry if I want to" durante todo o caminho para casa. Em seu último aniversário, eu o presenteei com uma camiseta que dizia "Se o encontrar, seja gentil com meu filho. Ele é especial". Estranhamente, ele achou o máximo e vestiu na mesma hora. No dia seguinte, tudo o que conseguia falar era sobre como o sorveteiro havia lhe dado um sorvete de graça enquanto cantarolava ao escolher um sabor e, é claro, vestia a camiseta. Ele diz que é a sua "vestimenta de superpoderes" e ama usá-la quando saímos juntos, apenas para me envergonhar. O pensamento aleatório me tira um risinho enquanto cruzo um dos jardins da senhora Selah a caminho dos fundos da mansão e chego à porta secundária.

 Uma vez eu estava chateada por ter brigado com Miles por uma razão insignificante que não me recordo ao certo e, quando desci as escadas, algumas horas depois, Maria havia feito um de meus bolos favoritos — morango com lavanda — para me animar um pouco. Ao entrar na mansão, esse mesmo aroma quente e doce toma conta de mim como serotonina pura. Sorrio e me sento num dos muitos bancos frente à bancada comprida de mármore branco da cozinha, sem sequer me preocupar em tirar a mochila das costas. A visão de Maria com uma toalha de mãos jogada sobre os ombros me lembra o quanto gosto dessa mulher. Ela se aproxima e diz ter uma surpresa, como se o cheiro já não tivesse sido mais rápido na revelação do que estaria por vir.

 — Qual a razão para meu bolo especial?

 — Minha menina especial merece bolos especiais, mesmo em dias não especiais. — Ela dá um beijo molhado na minha testa e caminha até o forno para checar se a massa está no ponto.

 Conversamos na bancada por quase trinta minutos, até terminarmos de comer. Num momento de descuido, escapando da sobreposição feita pelo vestido comprido, Maria nota a cor viva e rebuscada por baixo. Puxando o tecido grosseiro que visto por cima, ela encontra a manga de uma das blusas finas de senhora Leugen. Por azar, mesmo com uma coleção de roupas ainda com etiquetas, eu escolhi uma das blusas usada pela senhora da casa naquela semana, e sabia que Maria se lembraria muito bem dela. Os olhos de Maria fitaram os meus por alguns segundos. Pegando o prato com farelos, silenciosamente vira as costas e começa a lavar a louça.

Ainda ouvindo o silêncio gritando em meus ouvidos, não digo nada, apenas puxo a manga do vestido barato para baixo, pego minha mochila e vou para meu quarto.

CAPÍTULO 15

— **ESTÁ TUDO BEM?** Você está pálida.

Me encosto na porta e observo meu pai calçar as botas de plástico. Vejo seus dedos tremerem.

— Eu estou bem, papai. Estava comendo bolo de morango com lavanda com Maria, só devo ter subido as escadas rápido demais e minha pressão caiu — minto. — Você deveria descansar mais.

Levantando-se, ele caminha até o espelho riscado e penteia os cabelos grisalhos com os dedos. — Já dormi demais. Os Leungen já estão sendo muito benevolentes ao me deixarem descansar algumas vezes mesmo durante meu turno. Com minhas condições, estou surpreso que ainda não tenham me demitido e colocado outro no meu lugar.

— Benevolentes?! Você só pode estar brincando! Pra início de conversa, você só está doente porque eles te fazem trabalhar demais, e acho que não deixam de te demitir por pena ou gratidão por você ser o empregado mais antigo da casa, mas, sim, porque mesmo doente, você ainda é o jardineiro mais talentoso do estado.

Ouço a risada de meu pai ecoar pelo quarto segundos antes de um curto ataque de tosse.

— Só você para ofender e elogiar alguém na mesma frase. E não é culpa deles. Eu amo estar no jardim, Eden. Se cuidar de flores me trouxe algo, é alegria, não doença. Eu só sinto muito por você ter herdado a parte ruim do meu DNA. Como estão suas enxaquecas?

Bufo e me sento no chão, na frente da minha cama. Embora exausta, não quero me deitar com as roupas que usei na rua. Com os braços para trás, meus dedos encostam no cofre que guarda alguns dos meus pertences favoritos abaixo do lastro.

— Muito melhores que as suas, pai. Alguns comprimidos e a minha some, eu só me preocupo com você! Por que os Leungen não te deixam ir até o hospital?

— Já falei que não é assim, Eden. O senhor e a senhora Leugen não me proíbem de nada. Eles só têm condições suficientes para trazerem o melhor dos doutores até aqui, o que acaba sendo muito mais confortável. É uma gentileza. Estou nas melhores mãos, não se preocupe.

Torço o nariz e cruzo os braços enquanto sinto o beijo de papai molhar minha testa e o assisto sair. Não é que os Leungen já não tenham feito muito por nós, mas às vezes acho que papai estaria melhor num hospital, onde realmente houvesse pessoas disponíveis vinte e quatro horas por dia pra socorrê-lo, a um botão de distância, e não apenas uma vez por semana.

Cuidadosamente, visto um vestido de girassóis e coloco as roupas da senhora Selah dobradas dentro de uma caixa abaixo da cama, bem ao lado do cofre metálico.

Alguns minutos devem ter passado, porque, após me trocar, da janela do quarto, posso avistar meu pai já com as mãos sujas arrancando o joio e cercado por ferramentas de jardinagem. À distância ele parece bem. Realmente espero que esteja, ao menos durante o resto do dia.

Notando um silêncio fúnebre na mansão sempre barulhenta, com empregados no horário do almoço, me surpreendo ao notar que o senhor Thomas e a senhora Selah comem no salão principal, o que explica o excesso de zelo dos funcionários nessa tarde. Os Leungen são muito quietos, sempre com seus pagers, blocos de anotações e laptops, resolvendo assuntos mais importantes do que as pessoas na sua frente. Eles até têm dois computadores e um telefone em seus quartos, além do que fica no salão principal.

Cruzo o salão principal ligado à cozinha sem me preocupar — sei que sequer notarão que passei por ali, se é que lembram do meu rosto. De vez em quando, eles até olham para mim e me cumprimentam, mas duvido que realmente me vejam ou me ouçam.

De repente, sentindo estar sendo observada, antes que meus pés alcancem o exterior da porta, me viro para trás. Da ponta da grande mesa de jantar no centro do salão, com o queixo tão baixo que faz o chapéu quase lhe cobrir os olhos por completo, vejo a senhora Leugen olhando para mim, firme e implacável.

— Maria! — grita Selah com uma voz estridente e rouca devido a idade. Às vezes, as plásticas me fazem esquecer do quão velha ela é. — Diga para os outros empregados que, se querem manter seus empregos, devem limpar direto. Estou vendo um risco de sujeira acima da porta daqui.

Observando umas oito pessoas se aproximarem de mim com panos e esponjas nas mãos em apenas alguns segundos, dou um passo para trás, aliviada.

É claro que ela não estaria de fato olhando para mim. Sempre me certifiquei de ser cuidadosa em minhas... missões. Você está me enlouquecendo, Collapse!

Antes de sair, não posso deixar de olhá-la novamente. Na segurança de saber que a senhora Selah agora tagarela no telefone algo importante sobre negócios, enquanto bebe seu chá habitual durante o almoço, sustentando-o com a força de três dedos, a deixo para trás. Eu nem sei exatamente qual é a empresa dos Leungen, embora more aqui a vida toda. Todos sempre dizem que, quanto menos soubermos, melhor. Não que eu me contente com a falta de informação, mas, depois de alguns anos tentando descobrir algo, simplesmente desisti de caçar a verdade, ou talvez apenas tenha aceitado que são pessoas normais, e não a família misteriosa e cheia de segredos que você tentou me convencer que eram, Collapse.

Os Leungen são obcecados por trabalho e não gostam de exposição. Só isso. Pessoas comuns, em seus trabalhos comuns, com seus filhos comuns que não os visitam. Sem drama, sem nada atrás das coxias ou nas entrelinhas.

Aos poucos, tenho tentado parar de enxergar a vida com olhos literários e me esforçado para ser uma garota comum, com uma vida comum. Mas, no fundo, não há nada de simplório ou opaco na gente.

Não havendo mais a necessidade para observar a senhora Leugen, deixo a Mansão Vermelha e cruzo os jardins até alcançar os portões.

CAPÍTULO 16

ENQUANTO AMASSO A FARINHA DE TRIGO em bolinhas, espirro e começo a tossir descontroladamente. Com as mãos ocupadas, uso o antebraço para tirar uma mecha de cabelo da frente dos olhos.

— Não acredito que me convenceu a fazer isso!

Miles me olha e dá um sorrisinho de canto.

— Uma vez que os cookies estiverem assando no forno e você começar a sentir o cheirinho enquanto estivermos assistindo a *Indiana Jones e os caçadores da arca perdida*, você vai me agradecer!

— De jeito nenhum! Esse filme não.

— Qual é! Sabe há quanto tempo eu tô esperando pra assistir?

— Você escolheu a receita, eu escolho o filme!

Miles revira os olhos e começa a amassar a massa com mais força, fazendo as veias dos braços saltarem visivelmente.

— Tá legal. O que você quer assistir? Qualquer coisa que não tenha sido lançada antes dos anos sessenta.

— *Funny girl*!

Miles parece ofendido.

— Não! Nós já assistimos a esse duas vezes só nesse mês.

— Isso não quer dizer nada. Se eu tivesse amnésia e te pedissem para assistir ao mesmo filme todos os dias, você assistiria apenas para me ver feliz, certo?

— Sim, mas o que isso tem a ver? Sua memória é boa até demais.

Sem me importar com a sujeira, coloco as mãos na cintura e assumo uma posição impiedosa.

— Então quer dizer que eu precisaria estar doente pra você ser legal comigo? Será que não é muito melhor você abrir seus olhos e perceber que é mais honroso mimar seus amigos enquanto eles estão saudáveis e podem verdadeiramente apreciar seus atos de benevolência? É como diz aquele ditado: compre flores para mim hoje; depois que eu morrer, eu sequer vou poder sentir seus aromas e de nada valerá.

— Eden Scott, você é a pessoa mais dramática e esquisita que já viveu... em todas as gerações que já pisaram na terra! Ninguém te supera.

Aumento a imundice gourmet do avental ao levar as mãos até a barriga e curvar a coluna, imitando a postura dos atores que recebem os aplausos de uma plateia.

— Obrigada, é sempre um prazer receber as palavras gentis de um fã. Quer dizer, então, que podemos assistir *Funny girl*?

— Não.

Do outro lado da bancada, com os dedos enfiados na massa crua, ele sequer olha para mim, mas seu sorriso me diz que ainda tenho uma chance. Com Miles Walter, eu sempre tenho um chance.

— Sabe... — digo lentamente ao me aproximar. — Eu não tive um dia muito legal hoje.

— Que triste pra você, saber disso só melhora o meu.

Ignoro a piada e permaneço em silêncio. Ele vai morder a isca em três, dois...

— O que aconteceu? — Seus olhos escuros encontram os meus, preocupados.

— Maria descobriu que tenho pegado as roupas da senhora Selah escondido.

— E o que ela disse?

— Nada. Essa foi a pior parte. Sinto que ela tá decepcionada comigo. Preferiria que tivesse gritado ou me punido. Você sabe que ela é como uma mãe pra mim.

Deixando de lado a pequena distância entre nós, Miles apoia a mão suja de massa em mim, e sinto o calor dele pesar sobre meu ombro.

— Eu sinto muito, Eden. Apenas dê a ela um tempo. Se explicar suas intenções e o que as outras crianças faziam contigo na sua antiga escola, tenho certeza de que ela vai entender. Ninguém te ama mais do que ela, depois do seu pai... e de mim.

Olho para baixo e finjo que a última frase nunca foi pronunciada pelos lábios de Miles.

— Então quer dizer que podemos assistir a *Funny girl*, por favor? Você sabe que esse filme é um balde de serotonina pra mim, algo que preciso hoje.

— Claro. — Mesmo sem olhar para ele, sei que ainda me encara com uma atenção exagerada. O pior é que sei que ele está sendo honesto, e eu também.

Enfiando a mão no saco de farinha, pego um punhado e jogo sobre a cabeça dele, desesperada para fugir do momento constrangedor e íntimo. Não é que não sejamos próximos, mas como você bem sabe, Collapse, Miles é meu melhor amigo, e é exatamente por essa razão que eu odiaria estragar o que temos. Ou seja, ele jamais poderá tocar nesse assunto. Quero dizer, eu só queria convencê-lo a assistir a *Funny girl*.

Espero apenas o suficiente para vê-lo imitar meus movimentos e pegar seus próprios punhados de farinha. Então, começo a correr, soltando uma gargalhada que vem mais do desespero do que da diversão. Sabendo que Miles ama seu violino mais do que a própria vida, corro até o instrumento exposto com orgulho na sala para me proteger da guerra de comida, atrás da madeira vistosa.

CAPÍTULO 17

AGACHADO EM FRENTE À MINHA MESA, Miles ajeita seu uniforme.

— Promete que você não vai perder?

— Quando é que eu já perdi um de seus recitais?

A voz da senhorita Buzart ao entrar na sala de aula me faz perder o foco da conversa.

— Nunca, mas esse é o mais importante de todos. Eu tenho treinado há meses e alguns olheiros importantes estarão lá. Preciso te ver na cadeira da frente, é realmente importante pra mim. Se eu fizer uma boa performance, quem sabe poderão me oferecer uma bolsa de estudos de novo! E, dessa vez, Evie, a serpente do deserto, não poderá mais arruinar a minha vida. Eu vou acampar do lado dos correios se for preciso e...

— Turma, em seus lugares! — ordena a professora sem tirar os olhos do livro em sua mesa.

Miles está com uma expressão desnecessariamente suplicante.

— Não se preocupe, eu estarei lá — asseguro.

— Amanhã às sete — repete num sussurro, pela quarta vez.

O dispenso com um abanar de mãos, do mesmo jeito que eu faria para espantar uma mosca. Ele sabe que eu jamais perderia um de seus espetáculos, especialmente um sobre o qual ele tem falado todos os dias nos últimos quatro meses e meio.

— Ainda não é hora, senhorita Buzart. Faltam cinco minutos para a aula começar — diz Polar.

Eu fecho meus olhos para evitar revirá-los. East River tem uma regra bem rigorosa para atrasos, e, como Oliver ainda não chegou, é claro que Polar o defenderia. Eu nunca vou entender o que ela viu nele. Quer dizer, além da boa aparência, ele não se importa com ela, ao menos não de verdade.

Olhando para o relógio desproporcionalmente pequeno no pulso largo, senhorita Buzart parece quase tomar um susto.

— Minha nossa! — Ela ri envergonhada. — Devo ter adiantado meu relógio de novo e esqueci que havia feito. Esperaremos mais cinco minutos antes de iniciarmos, então.

Antes que ela pudesse terminar de falar, Oliver passa pela porta. Embora ainda vestindo o uniforme de East River, suas roupas parecem amarrotadas e seus olhos bastante vermelhos. O cabelo sempre penteado para trás como se tivesse roubado todo o gel do mundo para si, hoje está... bagunçado?

Ele aperta as pálpebras e boceja antes de chegar em sua carteira.

— Você está bem? — pergunta Polar, virando-se imediatamente e apoiando os cotovelos sobre a *minha* mesa.

Sério, Collapse. Eu odeio estar no meio dos dois. Como se eu fosse invisível, eles continuam a conversa:

— Eu tô legal, só não consegui dormir muita na noite passada.

— Mas aconteceu alguma coisa?

— Larga do meu pé! Já disse que tô de boa.

A inteligência criadora do meu corpo foi gentil ao não colocar olhos atrás da minha cabeça, poupando-me da tortura de ver Oliver respirar exageradamente alto na cadeira atrás de mim.

Não o entendo, Collapse. Sei que ele está tendo problemas em casa com os pais, mas, se não quer falar sobre isso com ninguém, por que sempre parece querer mostrar que está mal? É quase como se precisasse que todo mundo passasse a mão em sua cabeça, apenas para poder dizer que não precisa de ajuda. Oliver Lopes é sinônimo de drama.

Mais uma vez, antes mesmo que a aula possa começar, o escuto expirar o ar de seu corpo tão forte como se seu oxigênio possuísse toxinas. Num impulso, me viro para trás.

— Será que dá pra respirar *mais baixo*?

— Nossa, princesa. Acordou com o pé esquerdo hoje, foi?

Ouço Polar remexer-se em seu assento.

— Você pode respirar pelo nariz em silêncio, como uma pessoa normal!

— Só se você calar a minha boca.

Vê-lo lamber os lábios me faz contorcer por dentro. Eca, Oliver. Eca.

Endireito minha postura e de repente escuto umas quatro meninas cochicharem sobre mim ao mesmo tempo. Mesmo de costas para ela, percebo que Polar está tensa, movimentando-se desconfortavelmente na carteira.

Por baixo das olheiras, sei que os olhos vermelhos de Oliver estão vermelhos por outras razões que não só a falta de sono. Se ele quer tomar más decisões, que as tome bem longe dos meus estudos.

CAPÍTULO 18

SE NÃO FOSSE PELO APOIO DAS MINHAS MÃOS e cotovelos sobre a mesa, meu rosto despencaria, e eu acabaria no chão. Pisco algumas vezes para tentar ficar alerta e encaro o relógio. Mais duas horas para o fim da aula. Meus dedos giram o anel que era de mamãe, que desde os doze anos uso em meu dedo anelar, enquanto meus olhos começam a se fechar à medida que os ponteiros andam vagarosamente, no seu ritmo compassado.

Servindo como o incentivo perfeito para me despertar por completo, Oliver toca meus ombros e joga uma bolinha sobre a mesa antes que eu possa sequer olhar para ele. Não sei dizer se avistar o "K" rabiscado na parte superior do papel amassado faz meu coração acelerar ou quase parar, mas, definitivamente, me tira da sonolência. Já trocamos algumas palavras e olhares antes — embora eu não possa garantir que a grandiosidade do que aconteceu não tenha sido, de alguma forma, ampliada pelo mundo fantástico que habita minha cabeça. Agora, um bilhete? É a primeira vez.

Com dedos ágeis, desenrolo a folha de linhas azuis tão rapidamente quanto poderia como a bula de um remédio frente a alguém sofrendo de um ataque epilético.

"Tá a fim de dar uma volta? Tem um daqueles filmes preto e branco passando às cinco no cinema retrô, amanhã à noite, topa? Se sim, vamos deixar isso divertido. Me responda de algum jeito criativo, sem usar um papel e sem falar comigo diretamente."

Pera aí, Collapse. Kaden Harper acabou de me chamar pra sair?

Largo o papel e estico o braço embaixo da mesa para me beliscar. Sinto a pele arder e as palavras permanecem ali. É real.

Num impulso, estendo a mão para cima.

— Sim, Eden? — diz a professora, pausando sua palestra pela minha interrupção.

— Bem, eu só queria dizer que exige muita coragem falar o que você acabou de dizer. Você ministra suas aulas com tanta ousadia e criatividade que nos instiga a querer ouvir mais. Os outros professores não são assim. É por isso que aceito de bom grado estar com você para ouvi-la falar mais sobre...

— Corrente elétrica gerada por campo magnético?

— Isso!

Confusa, a professora de química, senhorita Beth, encara os números espalhados pelo quadro que há pouco contavam com toda a sua atenção.

— Hum... obrigada, senhorita Scott. Agora, se me permite continuar, como eu ia dizendo, a força magnética de... Sim, senhor Harper? — diz a professora, ao ver outro aluno com a mão erguida.

Sinto minhas bochechas ferverem ao vê-la abaixar os óculos de grau e encarar o lugar de Kaden.

— Eu também tenho algo para dizer.

Largando o giz sobre a mesa, ela arqueia uma sobrancelha e cruza os braços, rendendo-se.

— Faz tempo que eu tenho planejado dizer algo a você, mas, por alguma razão, sinto que hoje era o dia certo. Obrigado, senhorita Beth, por aceitar o convite de estar aqui nos ensinando conteúdos tão valiosos. Significa muito para mim. Mesmo! Obrigado. Todas as aulas com você são inesquecíveis, e tenho certeza de que a próxima não será diferente. Estou muito animado.

Ela fica de boca aberta, perplexa, mas, antes que pudesse dizer qualquer coisa, é interrompida pelo som estridente do alarme. Em segundos, seu rosto, ainda pintado de incredulidade, desaparece no meio dos alunos que, apressados, correm em direção à saída.

Guardando todos os meus pertences sem muito cuidado na mochila, levanto o rosto ao sentir o cheiro de Kaden se intensificar. Imediatamente, tento contar o sorriso teimoso que meus lábios insistem em abrir. Por cima do ombro, ouço a voz dele falar:

— Onde é a sua casa? Eu vou te buscar.

Mordo os lábios para evitar formar outro sorriso, então o desespero toma conta de mim. Kaden vem de uma das famílias mais respeitadas da cidade, ele jamais sairia comigo se soubesse que eu sou a filha de um empregado. Sei que não é justo, mas vamos ser sinceras, Collapse: não é como se fosse uma história shakespeariana, em que o mocinho ama a mocinha sem restrições. Quer dizer, Kaden mal falava comigo até pouco tempo. Tudo é muito novo e muito frágil para que eu o assuste com a realidade. Também não posso arriscar levá-lo até a mansão e ser visto por alguém. Sequer tenho permissão para usar a porta principal. E se ele quiser entrar? E se quiser conhecer meu pai, ou pior, meu quarto! É claro que eu planejo contar toda a verdade e, se ele não me quiser ao saber de tudo, eu é que darei um chute na bunda dele. Só não agora. Não é o momento.

— Não precisa! Quer dizer, eu não vou estar em casa. Marquei de estudar na cafeteria com uma amiga às três. Você pode me encontrar na Página e Espresso — minto sem hesitar.

— Aquela cafeteria perto da barbearia? Tudo bem. Te encontro amanhã às cinco.

Ele sequer espera por minha resposta antes de ir embora. Seu cheiro também me deixa para trás, deixando, ambos, uma sensação gelada em mim.

Eu não acredito que isso acabou de acontecer, Collapse. Hoje deve ser nosso dia de sorte.

Caminhando com passos muito leves, Miles se aproxima e meus ombros pesam. Eu sei o que ele está prestes a dizer. Para ele, Evie é o pior dos seres humanos, e Kaden compartilha do mesmo sangue. E Miles sabe que eu tenho um *crush* em Kaden desde o primeiro ano.

— O que é que o irmão do filhote de cascavel estava falando com você?

Eu ainda estou sorrindo enquanto termino de guardar minhas coisas. A voz de Miles entra pelos meus ouvidos como música ambiente em restaurante chique: você sabe que está lá, mas é quase indecifrável.

— Que é? — pergunto em resposta aos novos cutucões que recebo.

— O que Kaden te falou?

Que porcaria! O recital! Calma, Eden. Está tudo bem. Os Harper nunca se atrasam para as aulas, isso quer dizer que são muito pontuais, então nos encontraremos amanhã às cinco, sem atrasos. Filmes antigos tendem a ser mais curtos, basta escolher um de uma hora e meia no máximo. Depois, peço uma carona para o recital. O cinema retrô é ainda mais perto do recital do que a Mansão Vermelha.

Collapse, o cinema é tão lindo... com decoração inspirada nos anos cinquenta, mais parece uma minúscula casa de ópera com uma tela enorme. De qualquer forma, não haverá atrasos, e mesmo que haja um ou outro imprevisto, Miles sempre pede para se apresentar em penúltimo porque acredita que traz sorte. De acordo com ele, as pessoas mal se ajeitaram em seus assentos no primeiro solo e já se preparam para ir embora no último, além de entenderem o bastante do assunto para se surpreenderem com o real talento de Miles — por isso, é melhor ser o penúltimo. Também não é como seu eu fosse o encontrar por trás das coxias antes do espetáculo. O lugar é grande e as luzes estarão apagadas. Ele nem vai saber que horas eu cheguei.

— Nada demais — cuspo as palavras e o puxo pelo pulso para sairmos da aula. — Você sabe, só queria incomodar.

CAPÍTULO 19

— **EU ESTAVA PENSANDO...** — Miles olha para mim como se tivesse tentando montar um cubo mágico. Pela primeira vez, espero que seja por conta de seus sentimentos, e não porque ele desconfia que sou uma amiga horrível. — Se eu praticar para o recital de amanhã hoje à tarde, vai sobrar tempo depois para fazermos algo juntos. Tive uma ideia incrível: topa ir lá em casa por volta das seis?

Elysium tem piorado. E, embora ocasionalmente me diga para largar as ferramentas e ir estudar, sei que papai apreciaria minha ajuda hoje. Abro a boca para falar que não, mas penso na possibilidade de me atrasar amanhã e no quanto passar tempo com Miles hoje amenizaria seu rancor. Estar com ele essa noite pode ser vital para nossa amizade, caso eu estrague tudo pelos minutos iniciais da noite mais importante da vida dele. Não que eu esteja esperando que algo específico aconteça com Kaden, mas vai que tenha trânsito ou algo assim. É bom prevenir.

— Tá bem, te vejo às seis.

Me despeço de um Miles sorridente e sigo meu caminho vestindo o casaco longo que tiro da mochila enquanto caminho.

Em frente ao portão dos fundos, faço uma careta ao ver que o carro branco está estacionado do outro lado da rua. Como sempre, ninguém entra e ninguém sai. Eu não entendo muito sobre carros, então infelizmente não poderei lhe dar muitas informações sobre o modelo, Collapse. Apenas imagine um carro muito chique, provavelmente valendo uns quatrocentos anos de mensalidade da minha antiga escola. Com a cabeça cheia demais com as minhas próprias preocupações para fantasiar sobre o garoto imaginário que me observa de lá, apenas jogo um beijo com as mãos para meu perseguidor fictício e entro pelos portões.

De repente, ouço a voz dos Leungen gritando um com o outro e paro. Se pudessem me ver agora, provavelmente veriam uma Eden com olhos arregalados e atentos, estática. Confusa, mas bastante curiosa.

Com passos leves, subo as escadas. Se consegui ouvir murmúrios vindo do andar de baixo, imagino que, ao subir as escadas, as vozes se tornem palavras claras e decifráveis. Só alguns degraus, ninguém vai notar.

Caramba, como eles gritam alto. Me sinto dentro de uma novela mexicana em que o protagonista descobre ter sido traído e que não é pai do filho que criou. O barulho do vidro se espatifando me faz mudar de ideia. Se fosse mesmo uma novela, seria algo ainda pior. Eu sei que não é da minha conta, mas por que eles estão em casa outra vez? Os Leungen têm a mansão mais por status do que para morar. Já é o segundo dia seguido que volto da escola e eles estão aqui — nada normal para essa família.

Ainda com a mochila nas costas, finjo estar arrancando uma cutícula da unha, alienada a toda aquela gritaria, enquanto me aproximo do quarto da senhora Selah.

Perdendo o equilíbrio, tropeço em meus pés e quase caio ao ser puxada pelo braço por Steven, um dos empregados da mansão.

— Você não deveria estar aqui, garota.

Me solto do braço dele com um espasmo violento, fazendo a mão de Steven voar para longe de mim.

— E você, deveria?

O som do meu corpo sendo contido pelo empregado, quase perdendo o equilíbrio, chama a atenção dos Leungen, que imediatamente param de falar. Talvez eu realmente não devesse estar ali. Talvez eu tenha ido longe demais.

Sinto como se todos os meus órgãos tivessem evaporado, e eu tivesse me tornado apenas uma casca oca. Minha pressão cai em instantes ao ouvir o rangido da porta alta de madeira revestida ao ser aberta. Zonza, entre a visão turva, vejo os olhos de Thomas encontrarem os meus.

— Desculpe, senhor. Nós só estávamos procurando uma das ferramentas que meu pai deixou em algum outro quarto por acidente enquanto cuidava das flores das janelas do quarto da senhora Selah. Sinto muito por perturbá-los.

Mordo a língua. Por que eu protegi a Steven também? Eu deveria tê-lo deixado se explicar, gaguejando por perdão pela intromissão. E sinceramente, o que ele estava fazendo aqui? Empregados não são bem-vindos no andar de cima além de meu pai, e Elysium só pode ir buscar suas ferramentas. Quanto aos outros, como os responsáveis pela limpeza e culinária, só podem subir em horários específicos para realizar suas respectivas funções, ou quando solicitados, o que não é o caso. Parece que eu não sou a única curiosa.

— Encontre a ferramenta e desça imediatamente.

— Sim, senhor.

Abaixo a cabeça até que ouço seus passos desaparecerem pelo corredor, mas não antes de vê-lo olhar para o interior do quarto uma última vez.

Endireitando a postura, encaro Steven, que bufa para mim e, segundos depois, segue os passos do senhor Leugen.

Prestes a seguir pelo mesmo caminho, meu pai revela seu rosto ao sair do quarto, seguido pela senhora Selah. Ela sequer parece me ver, apenas fecha a porta novamente e se tranca em seus aposentos. Me incomoda ver como ela quase bate em meu pai com a porta, mas estou mais interessada em explicações do que ele estava fazendo ali. Sei que meu pai é o empregado mais próximo dos Leungen e de suas conversas com Selah sobre flores. Mas nunca, em todos esses vinte e três anos de serviço, papai esteve associado a qualquer desentendimento.

Eu seria capaz de duvidar de mim mesma antes de acusar meu pai de qualquer coisa. Ele não é do tipo que esconderia algo, ao menos não de mim. Somos uma dupla.

Ainda imóvel, eu o encaro de volta por breves segundos. Suas mãos estão escondidas nos bolsos traseiros das calças; as minhas, soltas ao lado do corpo. Nenhum de nós diz uma palavra.

CAPÍTULO 20

FECHO A PORTA DO QUARTO DE FERRAMENTAS e desço as escadas para encontrar meu pai no jardim. Não sei por que os Leungen decidiram deixar um quarto cheio de ferramentas sujas no andar superior sendo que todos os outros cômodos de acesso aos funcionários se encontram no primeiro piso. Com o cabelo preso num rabo de cavalo alto e aquele macacão azul claro típico de jardinagem que você deve estar imaginando agora, apesar da descrição simples, eu me aproximo de Elysium.

— Pai?

Ele aperta os olhos, protegendo-os contra os raios solares, e olha para mim, acentuando as rugas que marcam sua testa, testemunhas dos anos que passaram. Não diz nada, mas sua expressão é amistosa o bastante para que eu a interprete como um convite para falar.

Me calando antes mesmo que eu abra a boca, meu pai aponta para os meus braços e estende a mão. Entendo que ele precisa de uma das ferramentas próxima de mim, então entrego-a para ele.

Pigarreio e largo todas as outras no chão enquanto o observo trabalhar.

— Podemos conversar?

— E já não estamos conversando?

— Não guardamos segredos um com o outro, né, pai?

Pela primeira vez, ele para os braços ociosos e me vê, de verdade dessa vez.

— Eden, minha flor. Quero que compartilhe tudo comigo e lhe ensinei a ser sincera desde pequena, porque você precisa confiar em mim, porque eu quero sempre te manter segura. Mas, além de seu pai, eu também sou um homem, e há coisas que eu preciso guardar para mim.

— Quer dizer que não confia em mim? Não me acha madura o bastante?

— Que besteira, é claro que confio. — Ele volta a mexer com a terra. — Mas algumas coisas são reveladas apenas a mim. Maturidade é entender que nem sempre você saberá de tudo, é por isso que existe a palavra "confiança".

Assisto a seus dedos manchados de terra trabalharem por alguns instantes enquanto meu cérebro processa suas palavras. Papai sempre diz que a terra o acalma e que não é tóxica, por isso não usa luvas: elas são para quem apenas brinca de cultivar. Os verdadeiros jardineiros não têm medo de sujar as mãos para fazer algo belo crescer.

— Tem certeza de que não vai me contar? Sabe que eu vou descobrir, não é?

— Nada aconteceu, Eden. Você está lendo livros demais.

— Livros demais?!

Ouço meu pai gargalhar e embora estressada com a situação, o som me traz paz.

— Brincadeira. Mas nem tudo é como nos seus livros de suspense. O senhor Thomas apenas estava compartilhando de um assunto específico e pedindo para que eu tomasse conta das flores da casa. A senhora Selah estava gesticulando com as mãos ao dar a sua opinião e acabou derrubando um vaso de hortênsias por acidente.

Ainda em pé, cruzo os braços. Papai não deixa de trabalhar enquanto conversa comigo, então apenas encaro o topo de seus cabelos grisalhos.

— Quer dizer então que não houve briga?

— Não.

— Ninguém está se divorciando?

— O quê?! Não!

— Nenhum dos dois revelou ter um filho perdido ou encontrou algum membro da família sequestrado anos atrás?

A risada de Elysium ecoou, outra vez.

— Não que eu saiba.

— Mas, então, o que houve?

— Nada. Você saberá em breve.

Esquisito. Desmontando toda a postura autoritária que lutei para manter até agora e assumir o controle da situação, um flash muito claro dispara na minha cabeça. Não quero mostrar a meu pai o quanto estou passando mal. Gosto que me veja sempre como sua menininha forte e criativa. Sei que estar mal o relembra de pessoas que se foram antes de mim — não posso fazer isso com ele. Apertando a ponta dos dedos nas têmporas, esboço uma careta involuntariamente, como se fosse diminuir a enxaqueca.

O calor das mãos do meu pai aquece minhas costas, e eu me deixo guiar por ele até que ambos estejamos sentados no chão. Enquanto ele continua a acariciar minhas costas, se inclina e beija minha testa. Aqui, na grama, ao lado dele, não preciso mais fingir ser forte. Só quero ser cuidada. E, de alguma forma, é exatamente assim que me sinto forte.

— Respira. Tem certeza de que não quer ver um médico?

Abro minha boca para responder algo como "Para quê? Não parece estar ajudando com a sua", mas me calo antes que as palavras ganhem vida na minha voz.

— Não precisa. Só acontece esporadicamente. E tenho notado que elas estão diminuindo. Logo eu nem me lembrarei mais delas.

— Assim espero. Mas, se precisar de qualquer coisa, me avise.

Ele deixa de acariciar minhas costas para passar os dedos nos meus cabelos e afrouxa um pouco meu rabo de cavalo. Não me importo. Aquele gesto parece amenizar a dor. Ele repete o movimento de círculos na minha coluna até que todo o mal-estar vá embora.

CAPÍTULO 21

— ESSA ERA A SUA IDEIA INCRÍVEL?

Agachado, Miles continua sua missão de exterminar o máximo de dobras possível do lençol estendido sobre a grama. Com as mãos abertas, ele as arrasta num movimento de sobe e desce como se o calor gerado fosse capaz de desamassar o tecido.

— Você fica ainda mais feia de cabelo molhado — diz ele sobre os ombros, ignorando minha fala.

Ao pé da árvore, noto um bolsão provavelmente cheio de coisas, mas o ignoro. Levanto o queixo e faço os fios úmidos voarem para trás num impulso.

— Tive que ajudar até mais tarde no jardim. Você preferiria que eu tivesse vindo coberta de terra? Não que fosse fazer alguma diferença, já que a sua ideia superincrível é acampar abaixo da árvore esquisita do seu quintal dos fundos.

— Xio! — suplica Miles pedindo por silêncio, ao tempo em que levanta e abraça o tronco com os dois braços. — Ela pode ouvir você!

— Você é doido.

— Disse a garota que fala vinte e quatro horas com as plantas e até toca Barbra Streisand pra elas ouvirem.

Dobro os joelhos, e apoiando as mãos na grama agora coberta pelo lençol, rendo meu corpo ao solo macio.

— Primeiro, todos merecem ouvir Barbra. Imagine o quão triste deve ser uma planta e não poder ouvi-la quando bem entender. Segundo, quando falamos com as plantinhas, liberamos gás carbônico perto delas, o que, de acordo com vários estudos, ajuda elas a fazerem uma fotossíntese mais saudável e de quebra te deixa mais feliz!

— Mas, se o lance de ajudar as flores está só no dióxido de carbono, então não precisa conversar, é só respirar perto delas.

— Então vai lá respirar de boca aberta por cinco minutos pra ver quem é que vão chamar de esquisito.

Como sempre, Miles sorri como se eu fosse a mais renomada das humoristas da Califórnia.

— Além do mais — continuo — gosto de pensar que elas realmente se sentem melhor e crescem mais rápido ao ouvirem minha voz.

Deitando muito próximo a mim, ouço suas juntas estralarem. Ainda espichando-se, ele libera o ar de seu corpo através de um bocejo exageradamente alto. Viro o rosto para vê-lo, pela primeira vez desde que ele mudou de posição, e percebo que não está mais sob o lençol comigo.

— Vai ficar na grama mesmo?

Ele fecha os olhos e apoia a cabeça acima das mãos como se fossem um travesseiro.

— Eu ensaiei o dia todo até agora. Minha execução está perfeita, por sinal. Mas eu também preciso relaxar, ao menos por alguns segundos, antes que eu já precise começar, e nada como contato com a natureza pra isso.

— Começar o quê?

Abrindo os braços, Miles Walter espicha a musculatura e espreguiça outra vez antes de virar de lado. Apoiando a cabeça sobre só uma mão, agora ele olha para mim.

— E você está bem? Se sente melhor?

— E por que eu não estaria?

— Porque sei que Maria é importante pra você. E você sempre diz que o pior sentimento pra você é a decepção. Eu sei que você preferiria que ela tivesse talvez até gritado com você, mas ela só virou as costas. Além disso, também tem seu pai... eu sei que você quase nunca fala sobre isso, mas...

— Eu tô bem! — cuspo as palavras enquanto volto a olhar para cima. De repente, mesmo as nuvens brilhantes são mais fáceis de encarar do que os olhos cheios de pena de Miles agora. — É sério. Não precisa se preocupar comigo!

— Mas você é minha melhor amiga. Eu vou sempre me preocupar com você.

Silêncio.

Meus olhos continuam nas nuvens, enquanto os dele permanecem em mim.

CAPÍTULO 22

MILES SE MOVE TÃO RAPIDAMENTE QUE QUASE ME ASSUSTA. Ele se estica para pegar a bolsa de pano encostada no tronco ao seu lado. Eu sei que poderia alcançá-la estendendo o braço, mas em um instante, ele puxa a bolsa para perto de si. O drama em pessoa.

— E por isso, mesmo que você não tenha pedido, e mesmo que não queira, agora você será convidada, ou melhor, incumbida a relaxar.

Meu estômago revira no segundo exato em que meus olhos fitam rodelas de pepino dentro de um pote transparente. Miles continua removendo mais e mais coisas "relaxantes" de dentro da bolsa.

— Ah não! De jeito nenhum! — digo ao me sentar.

Num espasmo intenso, meu corpo treme por um segundo, como se chutassem a minha coluna pela parte de dentro, roubando toda a minha postura. Automaticamente, eu fecho os olhos com força. Malditos flashes. Eu odeio os flashes!

— Eden? Você tá bem?

Outra vez, sinto a mão de Miles nas minhas costas. A dor não faz parte da minha rotina tão frequentemente quanto a de meu pai, mas, às vezes, me atinge de um jeito que parece transcender a minha cabeça e chacoalhar todo o meu corpo.

— Eu tô bem, eu só... me dá logo esse pepino.

Meus olhos ainda estão fechados, mas juro ser possível ouvir Miles sorrir.

— Sim, senhorita. Apenas deite-se e desfrute do melhor spa de todos os sete mares de Oz.

— Você misturou muitas histórias ao mesmo tempo.

— E tá tudo bem quando se está criando a sua própria.

Eu não sei se ele achou ter sido poético ou quais eram suas intenções ao dizer isso, mas, apesar da dor estar mais amena, ainda perfurava minha cabeça com aqueles clarões, então deixei para lá. Sucumbindo aos tratamentos do "melhor spa dos sete mares de Oz", me deito.

— Eu sei que você não quer ouvir — ouço a voz de Miles enquanto sinto as rodelas geladas cobrirem minhas pálpebras.

— Então não diga nada. Vamos relaxar.

— Mas eu realmente me preocupo com você — completa, sem se desencorajar com a minha falta de empatia. — Eu preparei algo pra você, já que é minha fã número um, e, aqui no spa, gostamos de cuidar bem de nossos hóspedes.

— Clientes.

— Clientes — corrige ele.

Miles coloca alguma faixa de tecido pra prender meus cabelos para trás e deposita outra rodela de pepino sobre minha boca e toda extensão de meus braços, equilibrando-os até que alcancem minhas mãos, como se fosse terapia corporal com pedras quentes, o que me faz rir.

— Não saia daí — ordena.

Ouço o som dos passos diminuírem e dou risada sem abrir os lábios para não arruinar a "escultura" que ele criou em mim. Não consigo nem imaginar o que os Walter iriam pensar se chegassem do trabalho mais cedo e me encontrassem assim no seu quintal.

Sozinha, respiro fundo e as dores me deixam.

A primeira nota se apresenta de forma suave e etérea; já a segunda surge de maneira expansiva, lenta, grave e com veemência, me arrepiando por completo. De repente, as vibrações parecem transportar meu corpo para o mar, que me lava por dentro. Como quem flutua em ondas iluminadas pelas estrelas – que, de olhos fechados, começo a imaginar –, ouço o arco deslizando sobre as cordas, e me dou conta, mais uma vez, do talento insano de Miles Walter.

Em pé, bem abaixo da árvore, não sei como ele não interrompe a melodia para rir de mim, mas, segundos depois, esse pensamento desaparece e, mais uma vez, me sinto flutuar. O vibrato do violino deixa a música ainda mais comovente, e sinto como se comunicasse o que nunca consegui expressar. Eu não sei o que ele toca, mas a melodia parece me conhecer e expor todos os meus maiores segredos. As notas graves são as minhas favoritas. No fim, eu me sinto leve, como se tivesse acabado de sair de uma sessão de terapia, depois de ter colocado para fora todos os sentimentos que estavam me sufocando.

— O que achou? Espero que isso tenha te ajudado a relaxar, ao menos um pouco — diz Miles segundos após o silêncio ter se instaurado.

Sentando-me, eu faço todas as rodelas de pepino caírem do meu corpo.

— Às vezes acho que o termo violinista é pouco para você. As pessoas deveriam te apresentar nos palcos como "o mágico Walter". Isso foi surreal!

Com o ego inflado, Miles estufa o peito e larga o violino cautelosamente na grama.

— Eu sei, mas queria ouvir você dizendo isso.

Reviro os olhos para vê-lo sorrir outra vez.

— Obrigada, Miles. Quero dizer, ter me ajudado a desconectar de tudo. Vai ser incrível amanhã. Se eles não te oferecerem outra bolsa de estudos depois dessa performance, eles serão as pessoas mais estúpidas do planeta, e eu acho que o pessoal da sua universidade de ouro deve ser inteligente, né?

— Eu espero que sim — diz ao se deitar no chão, dessa vez, dividindo o lençol comigo. Nossos corpos não se encostam, mas sinto seu calor. — Eu só sei que aquela idiota da Evie vai pagar muito caro por ter atrasado a minha vida.

— Não fala assim...

— Tá bom. Aquela obtusa, palerma, néscia, basbaque, pascácia, pacóvia, apatetada da Evie.

Miles arranca de mim uma gargalhada sincera. — Olha, eu leio bastante, mas às vezes esqueço do quão bizarramente inteligente você é.

CAPÍTULO 23

ONTEM À TARDE, NO HORÁRIO DE SEMPRE, um pouco antes de ir para a casa de Miles, peguei novas roupas da senhora Selah. Eu juro que um dia aquele closet ainda vomitará com tanta peça. Eu realmente não sei quantas ela tem, mas, quando se está lá dentro, parecem ser o bastante para te engolir e te esconder para sempre.

Não é que eu duvide de mim mesma ou da minha capacidade de conquistar qualquer coisa, mas, dado que eu ainda nem sei exatamente o que quero fazer da vida, talvez esta seja a única vez em que poderei vestir roupas de alta costura. Se eu não encontrar um emprego que me pague para ler, como editora de alguma revista ou de livros, talvez eu faça algo relacionado à moda, afinal. Eu não sei, mas, além das páginas, eu amo a sensação do tecido sobre a pele. Amo tocar em diferentes texturas e sentir o cheirinho antes da primeira lavagem. Gosto de fazer diferentes combinações, expressar cada um dos meus humores. Se vestir, para mim, é como contar uma história.

— Gostei da sua roupa — diz uma menina, que eu acho já ter visto na sala, ao cruzar por mim no corredor.

— Ah, valeu — respondo mais por educação. Ela passou tão rápido que duvido ter me escutado. Seu comentário me faz erguer a cabeça mais alto, apontando o nariz para cima. Mesmo de uniforme, minha personalização com bandanas e tirinhas coloridas nos braços ainda me rendeu um elogio.

Entro na sala e nada é muito novo. Antes da senhorita Buzart chegar, Polar faz minitrancinhas nos cabelos de Oliver, que baba ao dormir, com o rosto amassado sobre a mesa. Os alunos que se sentam na primeira fileira estudam, procurando respostas sem que a professora sequer tenha dado o conteúdo, buscando nos mostrar quem serão os milionários antes dos trinta, sem ajuda dos papais. Outros jogam bolinhas para cima, trocam figurinhas ou fofocam em rodinhas.

Luto para manter meus pensamentos distantes do que me consumiu a noite inteira. Me sinto estúpida, mas não consigo evitar estar nervosa: é a primeira vez na minha vida que *realmente* me importo com a opinião de um menino, e tenho a coragem de admiti-lo para mim mesma. Será que se eu usar um tênis ele vai me achar muito básica? E, se eu colocar uma bota de cano alto, vai parecer que eu estou desesperada por atenção e exagerei quando vamos só assistir a um filme? Desculpa, Collapse. Eu falei que era estúpido. O ponto é que só algumas horas me separam do...

— Noite de recital! — Miles grita nos meus ouvidos por trás, instantes antes de aparecer na minha frente. — É hoje! Eu vou explodir a sua mente!

Prendo o meu cabelo com o elástico preso no meu pulso, e me sento no lugar de sempre. — Você diz isso como se não tivesse apresentado um show exclusivo pra mim na noite passada.

— Mas nada se compara a adrenalina da plateia, a atmosfera mágica do palco e das luzes. — Ele gesticula com as mãos como Grinch ao roubar o Natal. — É completamente diferente! Juro que vou te fazer sentir como se estivesse ouvindo aquela obra de arte pela primeira vez.

— Tá, claro. Tanto faz.

— Docinho — diz Miles, sarcástico, zombando da minha falta de jeito.

Agradeço a mim mesma por tê-lo irritado na brincadeira, porque é no momento exato em que Miles revira os olhos, bate nas minhas costas e caminha até o seu lugar que os irmãos Harper entram na sala.

Ambos vestem a blusa do uniforme com calças pretas. Evie também tem o cabelo preso num rabo de cavalo, embora o dela não se pareça em nada com o meu. Ela não tem um fio de cabelo fora do lugar; já o meu, quase engana olhos desatentos, que podem achar estar solto por conta da armação incontrolável das ondas.

Evie segue seu curso alienada a minha presença, mas Kaden para na porta. Ele finge amarrar o tênis apenas para olhar para mim por mais alguns segundos, uma vez que seu assento fica no fundo da sala e nossos olhares só se cruzam se eu me virar.

Eu sorrio para ele e, embora eu prefira encará-lo, fico encabulada e desvio meu olhar antes de fitá-lo outra vez. Ele me lança aquele sorriso sarcástico dele, que mais parece um feixe de luz atravessando um quarto escuro. Isso me lembra do rapaz da cafeteria... quer dizer, da barbearia.

Então, Jeff Lee, um dos colegas da primeira fileira, vem caminhando distraído na minha direção, e, talvez pelo excesso de livros que carrega, tropeça em Kaden. Os que estavam mais próximos, ao ouvir o barulho, começam a rir. Kaden, porém, ainda com alguns livros em seu colo, está sério.

— Fo-foi mal aí, cara — gagueja Jeff.

Com uma mão na testa, provavelmente numa tentativa de diminuir a dor causada pelos objetos pontudos e pesados, Kaden oferece ajuda, alcançando alguns livros com a mão livre. — Tá de boa... cara.

Kaden não olha mais para mim. Ele fica em pé, mas dá apenas dois passos antes de voltar e ajudar Jeff a pegar os outros livros do chão. — Não esquenta, foi minha culpa. Eu deveria ter escolhido outro lugar pra amarrar o tênis.

Jeff responde com um olhar amistoso e levanta os óculos que deslizam pelo nariz. Ele não diz nada. Ao se despedir, curva a cabeça em sinal de agradecimento e volta para seu lugar.

Os olhos de Kaden encontram os meus outra vez e sua atenção cativa a minha. Ele levanta os ombros e as mãos antes de descansá-las nas coxas como se estivesse se rendendo à situação. Eu repito o movimento apenas na expectativa de vê-lo sorrir outra vez.

— Sua vaca!

A voz firme, seguida pelo som de um tapa, chama a atenção de todos. Meu coração acelera quando meus olhos encontram Oliver segurando os cabelos de Evie, que, tentando se proteger, responde com tapinhas frenéticos. Se não estivesse tão assustada, talvez eu risse. Oliver está com as orelhas vermelhas e o nariz ainda mais avermelhado. Se eu usar bem a imaginação, quase consigo ver a fumaça saindo de sua cabeça. Não sei qual é o poder sombrio daquela menina, mas ela sabe como irritar um homem.

Sentindo o vento dos passos apressados que passam por mim, vejo Kaden correr para proteger a irmã. Não sei como isso aconteceu tão rápido, mas Kaden agora está em cima de Oliver com o punho fechado. Evie tenta afastar o irmão, um garoto que eu não lembro o nome tenta afastar Evie, e Polar tenta se enfiar no meio para proteger Oliver, que agora já não reage mais.

Ninguém, exceto por mim, está em seu lugar. Querendo alimentar sua curiosidade, todos formam um círculo ao redor da nova fofoca da semana de East River. De repente, não vejo mais o que acontece com os protagonistas da briga, apenas corpos de costas que se amontoam uns nos outros, inclusive Miles, que parece bastante surpreso, e eu diria até... preocupado?

Eu quero ver o que está acontecendo. Preciso saber se Kaden está bem... tá legal, e a irmã dele também. Mas há outra coisa que você precisa saber, Collapse. Minha imaginação é vasta. Eu sei que posso imaginar histórias estranhas, mas, na vida real, eu travo. Eu simplesmente congelo. Não posso ver sangue. Eu não sei o que acontece com meu cérebro, se é algum mecanismo de defesa ativado por algum trauma passado ou outra coisa, mas meu corpo simplesmente parece esquecer como se move. Sempre foi assim. Desculpa, mas parece que você terá que aguentar comigo a agonia de não saber o que está acontecendo agora.

Não fique frustrada comigo, Collapse. Para lhe recompensar, eu posso lhe descrever os sons: há murmúrios, alguns cliques de fotos também, solas de sapato batendo com força no chão, cadeiras arrastando e... gritos.

CAPÍTULO 24

— **PAREM AGORA MESMO!**

Nem o grito estridente da senhorita Buzart, três minutos adiantada, chama a atenção dos meninos. Dois minutos se passam e ela retorna com dois professores fortes o bastante para furarem a roda e separarem a briga, apenas para encontrarem quatro alunos ofegantes dentro dela.

Kaden parece estar bem, mas, sem querer, começo a morder a pele dos lábios e a estralar os dedos ao notar que a boca e o nariz de Oliver sangram levemente. Seus olhos, antes marcados por olheiras escuras, agora exibem manchas negras, verdes e tons arroxeados. Sinto meu corpo ficar rígido. Evie também mantém a mão esquerda cobrindo o olho, não sei se é grave ou drama. Só sei que Oliver parecia extremamente furioso quando gritou, e que as garotas que passam o dia inteiro elogiando-o não estão completamente enganadas ao dizer que ele é, de fato, muito forte.

— Levem eles para a diretoria! — berra a senhorita Buzart, ao tempo em que esbaforida, segura a cintura com as duas mãos antes de limpar o suor imaginário com o antebraço. — Quer dizer, primeiro pra enfermaria!

Alterada, ela caminha até o quadro. Não que sejamos próximas ou que eu saiba coisa alguma sobre sua vida particular, mas, observando o jeito que seu corpo parece tensionado e que seus dedos de repente se tornam trêmulos, apostaria que ela também não pode ver sangue.

Pela primeira vez em minutos, todos fazem silêncio — ou quase, e apenas observam os quatro deixarem a sala, escoltados por dois professores que mais parecem policiais.

Com os olhos nos chão, os de Kaden não encontram os meus. Ele desaparece porta afora.

— Bem... — começa a senhorita Buzart, ajeitando a saia. Suas mãos ainda tremem. — Não é todo dia que temos uma abertura assim para minhas aulas. Foi um grande show.

Não sei se ela esperava que alguém risse ou só estivesse desconfortável, mas, logo depois, todos se ajeitam em seus assentos. De repente, o silêncio e o barulho aumentam ao mesmo tempo. Do lado esquerdo, ouço cochichos, mas, no lado direito, a maioria das pessoas está calada, como eu.

Me sinto nauseada, como costumava sentir depois de horas viajando de carro na infância. Preciso parar de pensar em pessoas feridas. De súbito, até vítimas de acidentes de carro começam a passar como um filme em minha mente, apenas porque me esforço para não pensar em qualquer tipo de machucado. Pare com isso, Collapse! De que lado você está?

Um novo flash me atinge de dentro para fora. Esse raio brilha com tanta força que sinto ser possível iluminar a sala inteira se abrisse os olhos, como se minhas pálpebras fossem um tipo de portal que contém raios laser ou qualquer outra coisa que lampeje... bastante.

Com todas as minhas forças, eu detesto essas dores. Uma vez ouvi que, nos tempos antigos, para torturar criminosos, eles os deitavam e pingavam uma única gota de água gelada na testa por horas, até que enlouquecessem e confessassem seus crimes. Na minha opinião, esse é um dos métodos de tortura mais eficazes que existem. Não há nada mais aterrorizante do que ter a dor presa dentro de você, impedindo-o de viver e de encontrar prazer em momentos que deveriam ser simples e comuns. Além disso, quem nunca sofreu com enxaquecas fortes dificilmente leva a sério quando você desiste de algo "apenas" por causa da dor. Eles não entendem.

Às vezes, Collapse, eu acho que você tira fotos dentro do meu cérebro. É a única explicação. Você é um pequeno paparazzo interno, com uma câmera muito potente, que não me deixa em paz. Gostei dessa ilustração, viu? Histórias fantasiosas deixam até dores malditas mais românticas. Acho que esse é o preço da fama, afinal. Deixo de sorrir e volto a pensar em Kaden, e no quanto a mão dele deve estar dolorida. Também penso em Evie e Oliver, mas não posso dizer que estou *super*preocupada com eles.

Devem estar curados em menos de quatro dias. Logo, todos estarão bem e jogando bolinhas irritantes de papel para cima outra vez.

Inclino para baixo para juntar minha mochila do chão, e uma gota vermelho-claro bastante próxima a mim revira meu estômago. Levo o dorso da mão e o encosto em meus lábios. Respiro fundo. Não quero fazer drama. Paralisar já é vergonhoso o bastante, agora vomitar por conta de uma única gota manchada no chão? Calma, Eden. Talvez nem seja sangue.

Arrumo a postura e organizo cadernos e canetas sobre a mesa. Não consigo me concentrar no que a senhorita Buzart escreve no quadro por mais de quatro segundos até que meu olhar se fixe de novo na pequena mancha no chão. Meus olhos se prendem a ela, e eu a examino com mais atenção. Definitivamente, é sangue. Deve ter pingado do nariz ou da boca de Oliver ao passar entre o corredor de mesas. Ou até talvez da mão de Kaden!

Num impulso, levanto a mão com força para pedir permissão e me retirar, mas o movimento brusco faz com que o conteúdo gástrico, que já sinto subindo, chegue à minha boca. Antes que a professora possa se virar, saio correndo da sala em direção ao banheiro. Prefiro o peso da punição por sair sem liberação do que o da vergonha de... enfim, você sabe.

Eu não sou absolutamente nada para Kaden, não tenho nenhum vínculo ou título que me una a ele. Então, por que sinto essa necessidade de mostrar-lhe que posso cuidar daquela ferida? Bem, talvez seja porque tenho um coração solidário e empático, não é? Mas então por que desejo estar ao lado de Kaden agora sendo que existe outro ainda mais machucado do que ele? Não sei o que está acontecendo comigo, só sei que preciso vê-lo agora.

Eu oro aos céus para que, seja lá o que estiver prestes a acontecer, espere até que eu chegue ao banheiro porque...

— Eden?

A voz inconfundivelmente grave e rouca me faz parar apenas a alguns passos de distância do meu destino.

— Kaden? — sussurro, surpresa. — O que você tá fazendo aqui?

— O que você tá fazendo aqui? — repete ele, como um eco da minha própria voz.

É incrível o efeito que ele tem sobre mim. Vê-lo aqui trouxe uma sensação tão intensa, guardada em algum lugar dentro de mim, que, por alguns instantes, cheguei a esquecer o que precisava fazer. Eu sempre soube que a voz de Kaden me trazia arrepios, mas nunca imaginei ser forte o bastante para enganar a minha mente e o meu corpo também. Mas e agora, o que eu respondo para ele? Eu não sei se ele percebe, mas meus pensamentos correm entre milhões de pequenas caixinhas mentais a cada segundo desde "Será que acabei de engolir aquele líquido quente? Que nojo!" até "Como vou confessar para o garoto de quem gosto que saí correndo da sala para vomitar, tudo porque achei que ele pudesse estar machucado?".

Pela graça do bom ancião celeste, Kaden responde antes mesmo de eu responder:

— Eu disse que precisava ir urgentemente ao banheiro.

— Mas eles não têm um banheiro do lado da enfermaria?

— Me levaram direto pra diretoria.

— Não que eu já tenho ido pra lá, mas não tem também um banheiro dentro da direto...

— Eu fugi, Eden! — Kaden ri e olha para os lados para garantir que estamos sozinhos. — Precisava esfriar a cabeça. Evie simplesmente não quer me contar o que ela fez pra que Oliver estivesse tão bravo com ela. Ela só repete que ele é um mentiroso maluco.

— Bem, talvez ele seja.

— Oliver e eu costumávamos ser muito próximos um ano antes de você chegar.

Eu sei que não tem nada a ver com o assunto, mas me controlo para não deixar escapar um sorriso ao pensar que ele me nota desde o momento em que cheguei. Interessante. Controlo meus pensamentos e o deixo terminar.

— Só nos afastamos porque ele começou a... — Kaden se interrompe e lambe os lábios. — Enfim, nos afastamos. Eu sei de muitas coisas que ele é, mas Oliver Lopes não é mentiroso, e, embora um pouco maluco, não é o bastante para bater na minha irmã. Ao menos não sem uma boa razão.

— Então você acha que sua irmã está escondendo algo?

O olhar incisivo que ele lança sobre mim me faz querer encolher num casulo. Talvez eu tenha ido longe demais. Mordo meus lábios como punição por ter me deixado levar por uma intimidade que nem sequer existe.

— Me desculpa, eu não deveria estar perguntando nada sobre seus assuntos particulares. Não precisa responder.

— Não precisa pedir desculpas. Eu gosto de falar com você. Sinto que você me ouve, tipo, de verdade.

Meus lábios desencostam e eu volto a olhar para a ponta dos meus sapatos. Não quero que Kaden Harper me veja corar, ao menos não tão rápido.

— Eu deveria voltar, eles provavelmente estão procurando por mim — diz ele.

Pigarreio. — É claro.

— Te vejo de tarde, ruivinha.

Clássico. Hoje descobri algo capaz de congelar meu corpo mais do que a visão de sangue, e seu nome é Kaden Harper.

CAPÍTULO 25

AS RUGAS NA TESTA DE ELYSIUM ME CONTAM que ele está preocupado com o excesso de chuvas das últimas semanas. As mãos ociosas e enodoadas revelam muito mais do que palavras. Com o tanto que ele venera o bem-estar e saúde de cada pétala e folhagem, duvido que, mesmo com o auxílio de seus remédios para dormir, durma tão cedo nessa noite.

Deitada no gramado, com as mãos repousando sobre o estômago, eu o observo trabalhar de um ângulo engraçado. Remexendo o solo, sempre de joelhos e sem luvas, é difícil encontrar uma parte dele que não esteja marcada por traços de terra, como se insistisse em deixar sua assinatura.

Quase me engasgo quando, de um homem sereno e dedicado às pequenas flores, meu pai assume de repente uma postura tão intensa que parece estapear o vento acima de mim, tirando-me bruscamente do transe em que eu o observava.

— Você viu aquilo?

— Viu o quê? — pergunto, esbaforida. Levando a mão direita ao coração, tento recuperar o fôlego ao me sentar.

— Era um mosquito, Eden! Você sabe o que isso significa. — A voz de Elysium soa agitada, até triste, talvez. — Precisamos drenar mais a terra. Se a chuva continuar assim, os mosquitos vão se proliferar por causa da água parada, e até a mansão pode acabar sofrendo danos estruturais!

— Não seja dramático, papai. Foi só um mosquito! Estamos ao ar livre, é tipo a casa deles.

— Não se mexa, tem outro aqui!

Antes que eu consiga processar completamente suas palavras ou que meu corpo tenha tempo de reagir, outro tapa surge, desta vez atingindo meu braço.

— Aahhhh!

A risada de Elysium é tão contagiante que, mesmo enquanto me dou uns tapas, não consigo evitar e acabo rindo junto.

— Ah não, é uma infestação! — diz ele.

Com dificuldade, me coloco em pé e me afasto para respirar depois de tanto rir.

Após alguns segundos, Elysium faz o mesmo, então, com os braços cruzados, volta a olhar para aquele ponto específico do jardim.

— Nunca choveu tanto nos últimos trinta anos. Hoje à noite, pedirei permissão para os Leungen para instalarmos mais alguns sistemas para a coleta de água. Assim, o gramado terá menos para absorver e ainda poderemos reaproveitar a água estocada para regar as plantas.

— Hoje à noite eu não posso! Depois do almoço, já terei que me arrumar para...

— Eu só iria mencionar sobre o problema da chuva, mas duvido que eles tomem providências tão rapidamente.

Ao lado do corpo, cerro os punhos. Que saco, Collapse. Por que você precisa me fazer ser tão tagarela? Não quero falar para papai que tenho um encontro hoje. Além do mais, só vamos ao cinema, não é nada demais. Só... fique caladinha.

— Por quê? — Elysium recolhe algumas ferramentas e utensílios e, caminhando alguns passos à minha frente, escolhe outro ponto da terra para cuidar. — Onde vai essa noite?

Eu o sigo com as mãos para trás. Dessa vez, paramos frente a um grupo de hortênsias. — Eu?

Ele olha para mim e sorri, muito calmo. — É, você.

— Nenhum lugar em especial. Quer dizer, hoje é o grande recital de Miles e ele só tem falado sobre isso o ano todo.

— Entendi. Dê a ele os parabéns por mim, tenho certeza de que ele se sairá muito bem.

— É claro, eu vou.

Em frente à mansão, meu pai cultiva uma limitada infinidade de flores, plantas e moitas podadas em formatos engraçados, tudo a pedido da senhora Selah, é claro. Mas, às vezes, algumas plantas parecem simplesmente se recusar a florescer como as outras. O pensamento é bobo, mas, na presença segura de meu pai, eu geralmente os externalizo:

— Por que algumas flores são mais difíceis do que outras?

— Elas não são mais difíceis, só precisam de uma atenção diferente. Elas também têm personalidade, sabia? — Elysium começa a regar algumas hortênsias branco-amareladas, uma das espécies mais beberronas de todo o jardim.

Eu bufo e me deito no chão novamente, sem me importar em encher meus cabelos com possíveis pequenos gravetos e grama. Fecho os olhos e, ouvindo nada além do som dos pássaros e da água molhando a terra, bufo outra vez.

— Sim? — Meu pai incentiva a conversar após um riso fraco. Ele sabe que quero sua atenção.

— Posso te fazer uma pergunta? É pra uma amiga de East River. Ela gosta desse menino e me perturba toda santa manhã, tagarelando mil coisas sobre ele. Me irrita, mas, de vez em quando, nem eu sei o que responder.

— Bem, eu entendo mais sobre os problemas do solo do que entendo os do coração, mas, no que eu puder ajudar, sou todo ouvidos.

Abro meus olhos, mas a luminosidade que atravessa as nuvens me força a fechá-los outra vez.

— Como você sabia que era a mamãe? — De repente, apesar do canto dos pássaros e da brisa que movimenta a copa das árvores, há silêncio.

Inconscientemente, passo a ponta do polegar sobre a falange proximal do dedo anelar, e rodo o anel. Esse anel é a única coisa que tenho dela.

A voz de Elysium vem ainda mais leve do que a nova brisa desse início de tarde:

— Porque mesmo nos livros que você lê, até os homens mais ricos estão dispostos a cederem suas fortunas pela possibilidade de serem jovens eternamente. Bom ou ruim de coração, todos reconhecem que o tempo é a coisa mais valiosa que se pode possuir. E, desde a primeira conversa que tive com sua mãe, desde o momento exato em que meus olhos realmente encontraram os dela, eu soube que ela seria a minha fonte da juventude. Soube que mesmo que tivéssemos mais oitenta anos pela frente, ela me faria sentir como um rapazinho apaixonado para sempre. Sabia que ela seria capaz de enganar o meu cérebro e convencer ele de que, ao seu lado, minha coluna nunca estaria dolorida e meus joelhos jamais estariam tão fracos a ponto de não poder dançar com ela outra vez. Sua mãe virou a concentração de todos os meus sonhos, porque eu encontrei a realização plena de cada um deles dentro dela.

— Então o segredo é se sentir jovem?

— Você gasta tempo demais tentando desvendar o amor, Eden, sendo que ele sequer pode ser inteiramente compreendido. Amor é um sentimento, não uma ciência, e é por isso que deve ser sentido, experienciado e vivido. Tudo além disso, é como correr atrás do vento: não tem sentido, e é perda de tempo.

— Você quis dizer que a minha amiga gasta tempo demais pensando nisso. Eu vou falar isso pra ela. Eu acho que ela só quer... saber quando é real.

— Diga a ela que, se precisa se esforçar para entender se está amando, provavelmente não é amor. O verdadeiro amor costuma te atingir antes mesmo que você o procure. Existem muitos outros sentimentos, quase tão intensos quanto, que se disfarçam e nos confundem.

— Como assim?

— Amar é como se uma bomba explodisse dentro de você. De repente, todo o seu caos mental se transforma em algo agudo e impossível de ignorar, como um som que ecoa sem parar. É então que o silêncio se revela por meio de uma única voz. É como se algo dentro de você reconhecesse algo que existe no outro, criando uma sensação imediata de familiaridade. Muitas pessoas acham que amar é uma aventura excitante, mas por trás dessa ansiedade está a paixão, e ela se esvai rápido. A paixão é como desbravar o mundo, mas amar é como retornar para casa. Antes dos olhos de sua mãe, eu já havia me sentido visto, mas ela olhou para mim e eu me senti encontrado. Até a pronúncia do seu nome foi como recitar uma palavra esquecida, mas que já havia feito parte de mim. Ela nunca pareceu uma estranha; era mais como um sonho difícil de lembrar, mas que, mesmo me surpreendendo a cada dia com detalhes que eu ainda não conhecia sobre ela, pareciam, de alguma forma, já familiares para a minha alma. Diga à sua amiga que, quando encontrar, ela saberá o que é amor. Mesmo que talvez não no tempo ou do jeito que esperava, ela saberá.

Meu pai termina sua fala com a voz embargada. Apesar de ser o homem mais forte que conheço, nunca foi um problema para ele derramar algumas lágrimas na minha frente.

Agora, minha atenção se volta para as hortênsias. A saudade que meu pai sente da minha mãe me lembra, de forma dolorosa, o quanto, no fundo, eu também sinto falta dela.

CAPÍTULO 26

É TRÁGICO PENSAR QUE ALGUMAS PESSOAS da mesma geração que a sua podem passar a vida sem nunca conhecerem aquele sentimento que transforma tudo. Acredito profundamente que não importa de onde você vem, o que faz ou quem é — sempre haverá alguém para te amar. Porque, mesmo que o mundo te veja como fora do comum, sempre existirão aqueles que encontrarão em você algo familiar, algo que ressoe. Afinal, na visão daqueles que muitos chamam de diferentes, sou eu quem parece não se encaixar. Nunca amei de verdade, pelo menos não de forma romântica, e talvez eu ainda seja jovem demais para isso. Mas toda história feliz precisa de um começo, e a ideia de que posso iniciar a minha em breve me enche de esperança.

Não é que eu pense que Kaden é o amor da minha vida — nós nunca tivemos conversas noite afora, daquelas reais e profundas, em algum terraço, sobre nossos passados, para que eu pudesse imaginá-lo no meu futuro. Mas, não há como mentir para a criadora dos meus pensamentos. Ninguém sabe melhor do que você, Collapse, que se Kaden Harper me olhar fixo nos olhos por mais de cinco segundos seguidos, teremos em torno de vinte e cinco páginas mentais apenas sobre aqueles olhos.

Eu nunca uso relógio de pulso. Detesto saber quantas horas a menos de vida eu tenho. Jamais vou entender por que as pessoas gostam de ter um tique-taque da morte em seus braços, mas hoje é um dia especial. Não é que eu precise de mais motivos para ficar ansiosa, mas imagine se Al Gross resolvesse revelar que criou os pagers para infiltrar robôs assassinos nas casas das pessoas e dominar o mundo com tecnologia.

Eu odiaria perder meu encontro ou o show do Miles só porque o pager que peguei emprestado do meu pai estivesse por aí, cometendo crimes pelas ruas. Ou sei lá, eu também poderia derrubar água nele, ser assaltada ou ficar sem bateria. Há inúmeras coisas que podem dar errado hoje, eu só quero ser sábia e tentar diminuir os riscos ao máximo. E talvez, só talvez, eu tenha achado esse modelo até que bonitinho.

O sino que toca sempre que alguém entra avisa que mais uma pessoa chegou. Pontual nas aulas, pontual na vida. Exatamente às cinco, Kaden abre a porta da Página e Expresso. Seus olhos me encontram, vão atrás dos meus como se as paredes fossem de vidro e, ao entrar, ele já soubesse exatamente onde eu estava. Nas mãos, um buquê de cinquenta rosas vermelhas. Eu prefiro peônias brancas, mas não teria como ele saber disso. Ele veste um terno azul escuro. Meu coração dispara quando ele se aproxima e eu volto a sentir o perfume cítrico que nunca realmente deixa minhas narinas por completo. Kaden está mais perto agora, e seu sorriso brilha como se ele fosse o próprio sol, aquecendo-me da mesma forma.

Hum, não.

O sino toca mais uma vez, com seu som agudo de sempre, e, por alguma razão, me lembra o tilintar que meu cérebro imagina quando penso nas fadas dos bosques das histórias infantis. Ao abrir a porta, Kaden Harper veste roupas escuras como sempre. Suas mãos estão livres e soltas, mas, ao chegar mais perto, tira uma única margarida do bolso, provavelmente uma que encontrou no caminho para cá. A flor é pequena e avermelhada como meu cabelo. Ele sorri para mim.

Não.

Eu nem havia percebido que Kaden já estava aqui, sentado na cadeira dos fundos. Acontece que estávamos esperando um pelo outro há dez minutos. Ambos nervosos, chegamos mais cedo e, por isso, sequer notamos a presença um do outro até então. Ele me vê primeiro e, com um leve toque no meu ombro, chama minha atenção. Eu dou uma risada tímida, mas adorável. Ele coloca o casaco sobre meus ombros e puxa a cadeira para que eu me levante. Já estou a caminho da porta quando ele segura meu braço e aponta para as mesas dos fundos. Perco o ar por um instante, mas logo o recupero. Há quatro buquês, cada um com pelo menos trinta flores. São sortidas, e é claro que eu poderia nomear cada uma delas, mas prefiro gastar meu tempo admirando o homem que...

Escuto uma buzina em frente a cafeteria às cinco e onze. É agora, Collapse. Ele chegou mesmo.

Pigarreio, solto a bolsa que estava sendo esmagada pelos meus braços, desesperados para aliviar o nervosismo. Em pé, ajeito o vestido preto, composto por um corset e uma saia plissada, e começo a caminhar em direção ao carro, lembrando das palavras que Kaden sussurrou ontem: "Para me encontrar, é só procurar um carro esportivo, um que parece bem caro".

Eu acho que estou bonita, e espero que ele note. Eu tomei um banho de duas horas e tive que ouvir os murmúrios de quatro empregados furiosos por conta disso. Com a bolsa pendurada sobre meu ombro, corro as mãos livres pelo tecido da saia outra vez. Essa é uma das únicas peças de roupa que eu realmente gosto, e que é minha. Meu pai me deu esse vestido como um presente nos meus quinze anos – é um milagre que ainda me sirva.

Abro a porta e avisto o carro esportivo branco estacionado logo à frente. Os vidros abertos me permitem reconhecê-lo, mas, com a cabeça baixa, ocupado em enviar uma mensagem pelo *beeper*, ele não me vê. Os pais dele realmente deviam ser muito ricos para que ele já tenha um desses nessa idade. Eu mesma abro a porta do carro, anunciando a minha chegada. Eu deveria ter caminhado mais devagar? Eu acho que sim. Eu nem lhe dei a chance de abrir a porta para mim. Primeiro erro da noite, Collapse. *Nossa culpa.*

— E aí, ruivinha? — Kaden se inclina e me abraça, respeitosamente.

Eu nunca havia sentido o cheiro do perfume dele tão forte assim. Será porque nunca estive tão perto ou porque ele também tomou um banho de duas horas para me encontrar? Nossa, Collapse. Ele cheira tão bem que eu acho que poderia ficar chapada no pescoço dele. E eu nem sei o que ficar chapada realmente significa. Eu não sou Oliver Lopes.

— E aí? — respondo. Acho que já gastei toda a minha criatividade de hoje imaginando cenários que provavelmente nunca vão acontecer, e agora, não sobrou nenhum traço dela para lidar com a realidade.

— Gostei do relógio. Combina com você.

— Eu também. Foi o primeiro que vi pela frente.

Calada, Collapse. Eu sei o que você tá pensando.

— Então, aonde você quer ir?

— Não estava combinado de irmos ao cine retrô? — pergunto, confusa.

— Pode ser.

Ele dá a partida e olha para a estrada como se precisasse de toda a concentração do universo para dirigir um carro automático.

Ambas as mãos dele estão presas ao volante. Discretamente, olho no banco de trás e está vazio. Tudo bem, não preciso de flores. Talvez ele esteja guardando para uma noite especial. Afinal, agora é final de tarde e só estamos indo assistir a um filme. Ele é mais esperto do que eu. Realmente vai ser mais emocionante quando for um jantar à noite – aí, sim, virá com flores. Tento não o encarar demais, mas não posso evitar. Quer dizer, ele está a centímetros de distância.

No caminho, ele me pergunta sobre meu dia, sobre a escola – o que eu acho estranho, porque estudamos no mesmo lugar – e sobre minhas expectativas para o Ano-Novo, mas ainda estamos em outubro. Eu nem sei o que estou respondendo, estou mais preocupada em descrevê-lo para você. Nunca havia reparado em tantos detalhes sobre ele, mas também não quero entediá-la ou gastar meu tempo falando sozinha com minha mente. Eu só sinto que preciso que você anote minhas palavras, Collapse, para que eu possa revisar essa página mental eternamente.

Ele tem uma aparência exótica. É muito bonito, embora não se possa nomear exatamente o porquê; é como se tivesse sido escrito por um romancista embriagado: confuso, ainda assim poético.

— É aqui.

Nossa, isso foi rápido.

Levo a mão até a maçaneta e me assusto quando o ouço gritar:

— Não pense nisso.

Rindo, eu o vejo descer do carro e escorregar pelo capô do carro como um cantor dos anos sessenta faria num clipe musical até alcançar o outro lado. E mesmo sem saber onde meus olhos estão por conta do vidro preto que nos separa, Kaden parece ainda encontrar os meus e, sem desviar o olhar, abre a porta, estendendo a mão para mim.

CAPÍTULO 27

FICO ENVERGONHADA EM ADMITIR QUE, se alguém me perguntar sobre alguma fala do filme, provavelmente só conseguirei lembrar de trechos soltos e explicá-los com um vocabulário bem limitado. Antes que eu me desse conta, os créditos finais já subiam na tela preta. Obviamente, nenhuma palavra foi dita ou movimento feito durante o filme. Cinema é um lugar sagrado e devemos prestar atenção. Afinal, precisam-se de centenas de profissionais para finalizar um filme, e às vezes até mesmo uma cena de dois segundos pode ter levado duas horas para ser gravada. É, no mínimo, desrespeitoso conversar durante um filme. Na minha opinião, deveríamos pagar taxas de desculpas por precisar piscar para lubrificar as córneas e, assim, perder segundos valiosos da trama.

Mas quando as luzes se acendem, e vejo Kaden se levantar, penso que eu não o odiaria tanto assim se ele tivesse puxado assunto...

— Gostou do filme? — pergunto, ritmando os meus passos ao dele.
— Foi muito engraçado! Foi?
— E você... — ele continua — gostou?
— Eu nem poderia dizer o quanto!
— Que bom.

Kaden abre a porta da sala e me deixa passar primeiro. O carro dele foi estacionado a duas quadras de distância por conta de as ruas estarem lotadas de pessoas ansiosas para assistirem ao show do cantor Michael Jackson aqui perto.

O cine retrô é um dos meus favoritos por manter a essência dos anos passados, e sempre me irritou que fosse localizado numa rua cheia de lojas de conveniência, restaurantes, lojinhas e um estádio barulhento. Sempre achei que não combinasse com a *vibe*, mas não poderia estar em um lugar melhor.

Entenda, não é que eu queira fisgá-lo ou algo assim, só quero conversar com ele. Sinto que conhecê-lo pode mudar tudo. Preciso saber se ele é uma aventura ou se é capaz de me fazer sentir em casa, como papai disse, ou algo parecido.

Na metade do caminho, eu levo as mãos ao estômago e pressiono a barriga.

— Nossa, eu supercomeria agora.

— Podemos parar em algum lugar para comer. Tá a fim de um hambúrguer?

Sobre o ombro dele, avisto uma barraquinha colorida e salivo. — Eu estava pensando mais em um sorvete.

— Quer dizer que você tá com fome e a sua ideia de refeição é um sorvete?

— Não qualquer sorvete, é aquele lá!

Aponto para a barraquinha e seguindo a direção do meu dedo, ele vira para trás.

— Beleza, tô dentro!

De novo, ele paga.

Eu penso em abrir minha boca para dizer algo como "não precisa" ou "eu pago", mas em vez disso, digo:

— Valeu.

Ele quer ser um cavalheiro, e eu jamais seria a responsável por impedi-lo de ser um. Se Kaden Harper se oferece para pagar um sorvete para você, você aceita. Ponto-final.

— Mas então por que eu sinto que você nunca fala ao menos dez porcento de tudo o que se passa em sua mente?

Ele se senta no meio-fio e eu me junto a ele.

Talvez por conta do fluxo de pessoas, os policiais tenham fechado as ruas para que ninguém mais entre de carro, só saia, então não há quase movimento algum na estrada.

— Porque te assustaria. — Eu estico as pernas e levo a língua até o doce cremoso para impedir que a gota de sorvete escorra por meus dedos. — Você correria mais rápido do que jamais imaginou ser possível.

Ele fica em silêncio e morde o sorvete. Eu acho que nunca havia visto alguém morder um sorvete antes.

— O que você falaria se eu prometesse ficar?

CAPÍTULO 28

— POR QUE VOCÊ ME CHAMOU PRA SAIR?

— Como assim? — Ele parece confuso. — Eu achei que seria legal.

Eu me delicio com a sensação de vê-lo sorrir sem saber o que dizer. — Certo. E que tal me deixar começar as perguntas?

Com a mão livre, ele coça o queixo e então, morde o sorvete outra vez. Só sobrou a casquinha agora. O sorriso de antes, portanto, permanece e cresce.

— Tá bem, Eden Scott. Pergunte.

Penso.

— Quando você se depara com velas acessas sobre um bolo de aniversário, com uma estrela cadente, com um único cílios na ponta do seu dedão, um dente de leão ou com uma fonte cheia de moedas, o que é que geralmente lhe vem à cabeça?

— Você quer dizer, o que eu desejo quando vejo essas coisas?

— Isso, mas não uma resposta que uma Miss Universo daria num concurso, como acabar com a fome mundial ou algo assim. Quero saber um desejo egoísta de Kaden Harper. Se pudesse pedir por qualquer coisa no mundo, sabendo que lhe seria dado, o que pediria?

— Que meus pais estivessem vivos.

Odeio que você sempre tagarela por mim em momentos inoportunos, mas nesse momento você permanece calada, Collapse. Me diga algo que eu possa falar para ele agora. Qualquer coisa.

— Eu sinto muito. Não precisamos falar disso se você não quiser — digo. Nada mal.

— Tá tudo bem. Já faz muito tempo. Se não fossem pelas fotos, talvez nem me lembraria mais do rosto deles.

— É, sei como é. — Volto a me concentrar no sorvete antes que ele derreta por completo.

— Você já perdeu alguém?

— Minha mãe. Quando eu nasci. Foi uma vida pela outra.

— Que saco. — Ele estica as pernas e cruzando-as, com os joelhos bem estendidos. Olhando para frente, ele suspira e volta a morder o sorvete.

Eu dou risada.

— É a primeira vez que alguém reage assim.

— E não deixa tudo mais leve? — diz Kaden ao colocar o último pedaço da casquinha na boca e lamber os dedos.

— Talvez.

— Mesmo assim, eu sinto muito. — Ele volta a olhar para mim, e eu me sinto vista.

— Valeu. Como você disse, se não fossem as fotos, eu nem me lembraria do rosto dela. Às vezes, sinto como se a estivesse traindo por me esquecer dela um pouquinho a cada dia. É quase como se fosse um sonho: eu sei que vivi o que vivi, mas é difícil lembrar.

Nos minutos que se passam, ouço Kaden falar sobre a saudade que sente dos pais e como dói ver Evie, mesmo com sua máscara de indiferença, sofrer em silêncio. Eu acho que o luto diminui, mas nunca vai realmente embora. Esquecer completamente de alguém seria uma ofensa contra a grandiosidade que é existir. Eu não acho que superar é esquecer, superar é lembrar em paz. O que realmente liberta não é mudar os acontecimentos, mas a sua concepção sobre o que é irreversível. Envolta nas palavras que às vezes Kaden seleciona cauteloso, sou levada por ele para um oceano longínquo e extenso, onde só existimos nós dois.

Collapse, eu acabei de lembrar do que queria te contar ontem na escola. Eu já ouvi boatos de que os pais de Kaden foram assassinatos por Aaron Harper, o irmão mais velho de Evie e Kaden, que está na cadeia há anos. Foi manchete em todos os jornais. Eu era muito pequena, mas ainda lembro de algumas coisas. Acho que Aaron havia acabado de atingir a maioridade quando tirou a vida dos pais a sangue frio. Caso complicado, uma tragédia. A história dos Harper é como de alguns livros que leio. É claro que gostaria de ouvir a opinião de Kaden a respeito de tudo, mas ele não é um dos personagens presos nas páginas. Kaden é real, assim como a sua dor, e, se ele não se sentir confortável o bastante para tocar no assunto, eu lhe darei espaço.

Também o vejo desviar o olhar quando a conversa se intensifica. O ouço falar sobre como ele sente dificuldades em fazer as pessoas que ama se sentirem amadas, e como não consegue reconhecer o amor que vem dos outros. Kaden conta seu trauma com golfinhos e o quanto odeia motos barulhentas e chá gelado.

Kaden bate palma e alonga os braços, esticando-os para cima de sua cabeça.

— Mas chega de falar de coisas tristes. Qual é o seu filme favorito?

Eu solto uma gargalhada esquisita pela surpresa daquela aleatoriedade toda e bato as mãos nas coxas.

— *Funny girl*.

— *Funny* quê?

— Você não conhece? E *Bonequinha de luxo*?

— Tá legal, esqueci de que estava falando com Eden À Moda Antiga Scott. — Ele espreme os lábios ao me ver franzir o nariz. — Qual é o seu filme favorito depois dos anos sessenta?

— *Harry e Sally- feitos um para o outro*? — Não sei porque minha resposta sai em tom de pergunta. — Eu realmente amo esse filme, mas nunca me interessei muito pela cinematografia depois dos anos setenta.

— Esse eu conheço, mas o que faz esse ser o seu filme predileto?

— Talvez o fato de como tudo começa de forma tão despretensiosa: os dois no carro em uma viagem de Chicago à Nova York. Como depois de discutirem, se separam e se reencontram depois de dez anos. E na cena final, quando ele a encontra na festa de Ano-Novo, ele espera que ela fale, compartilhando com ele tudo o que a frustra. E só então, mesmo já tendo passado alguns minutos, ele a beija, como se o relógio não importasse para eles. O ano já tinha virado, mas, para Harry e Sally, o ano esperava por eles para começar. Dez anos se passaram, mas, quando decidem ficar juntos, parece o início. E mesmo depois de todo aquele tempo, ele ainda diz: "Quando você percebe que quer passar o resto da sua vida com alguém, você quer que o resto da sua vida comece o mais rápido possível".

— E você, já amou alguém a ponto de querer que algo comece o mais rápido possível?

— Digamos que eu ainda não tenha chegado ao destino final, onde terei minhas respostas. Acho que ainda estou a caminho de algo.

— Bem, posso te contar um segredo? De um peregrino a outro...

— Vá em frente.

— Mesmo também não sabendo o quão perto está o fim da estrada, estou feliz de ter te encontrado pelo caminho.

Motivada pelo que ele disse, ou talvez picada por um mosquito raríssimo que traz coragem insana a quem morde, tenho uma ideia ousada e não a reprimo. Por alguma razão, eu quero testá-lo. Quero ver até onde ele está disposto a ir, para entender se nosso caminho juntos será longo ou curto.

Em pé, eu estendo a mão para ele.

— O que é? — pergunta ele, curioso, mas nada receoso.

Ainda em silêncio, eu permaneço na mesma posição, oferecendo um convite misterioso. E, com o silêncio interrompido apenas pelo som de alguns carros passando na rua, sinto a pele de Kaden Harper esquentar minha mão quando ele a aperta ao se levantar.

CAPÍTULO 29

— É SÉRIO, PRA ONDE ESTAMOS INDO?

Parece que o tal mosquito da coragem não injetou tanta audácia assim, porque, com apenas dois passos, solto a mão de Kaden tão rápido que nem tenho tempo de controlar o impulso. À frente dele, caminho apressada. Passos longos, braços cruzados, como se tentasse me proteger de um frio que não existe.

— Ao estacionamento — digo, acima dos ombros. Ouço seus passos barulhentos diminuírem o tempo intervalado entre eles, enquanto ele tenta acompanhar meu ritmo.

— Mas estacionamos o carro na rua, esqueceu?

Enquanto caminhávamos até o cinema, notei um estacionamento com luzinhas acima dele, e sabia que, após a sessão de cinema, já estaria escuro o bastante para que toda a área fosse abrilhantada por elas. Não há nada de tão especial além da iluminação barata, mas algo aqui me chama a atenção. Não sei exatamente por que o trouxe para cá, tampouco acho que aceitará minha ideia. Talvez no fundo, nem espero que ele diga sim, apenas quero que ele prove não ser tão bom quanto você, Collapse, me diz que ele é. Garotos nunca seguem nossos roteiros mentais mesmo, eles sempre dão um jeito de estragar tudo. É isto: irei sugestionar algo estranho, ele dirá não. Eu compreenderei que ele não é perfeito, como parece ser até agora, e assim será mais fácil superá-lo. Eu vou querer ir para casa depois do meu "balde de água fria". Uau, Maria estaria orgulhosa.

— O que você quer fazer aqui? — pergunta Kaden, após minha ausência de resposta à sua última pergunta.

— Vamos dançar.

— Como é? — Ele passa a mão livre no queixo como se ajeitasse uma barba imaginária e gargalha. Olhando para os dois lados, ele até inclina o corpo como se tivesse levado um soco enquanto ri. Porém, ao ver minha reação, seu riso enfraquece e seu feição endurece.

Prontamente, eu pego o guardanapo que ainda está em suas mãos e jogo o dele com o meu na lata de lixo mais próxima.

— O que me diz?

Ele volta a olhar para os lados, garantindo que não há nenhum conhecido por perto.

— Mas aqui?

— Por que não?

Endireitando a postura, repousa as mãos sobre a cintura.

— Beleza.

Caramba, Collapse. Eu nunca cheguei nessa parte antes. O que eu faço agora? Eu tô perdendo a cabeça.

— Relaxa — digo, segura. — Eu quero te mostrar algo importante. Algo que eu acho que você deveria saber mais sobre.

— Beleza... tem minha atenção.

Eu sigo caminhando entre os carros. No centro do estacionamento da esquina, avisto a única parede do local, que também serve de limite para a última loja da rua. Em frente a ela, feita de cimento aparente, há uma árvore grande, com alguns pisca-piscas pendurados em sua copa. Sem hesitar, decido ir até lá.

O tronco parece saudável, e embora ainda crescendo, para mim, a copa quase resplandece. É difícil que pessoas se lembrem que árvores também são plantas, e que embora muito mais resistentes e fortes, também apreciam cuidados. Nesse momento, gosto de pensar que ela foi plantada por um casal de amantes, apaixonados desde a infância. E que cresceram e compraram uma casa próxima apenas para assistirem a semente florescer e se transformar em algo sólido e forte, assim como o seu amor um pelo outro. Ao pé do tronco, protegida dos olhares de possíveis pedestres curiosos, eu finalmente paro e me viro para ele.

Com um novo passo, eu diminuo a distância já pequena entre nós, e a torno ainda menor. Minha voz cai do tom confiante de sempre para um nível mais fraco e ventoso.

— Sabia que uma das melhores maneiras de explicar coisas complexas, usada desde os profetas antigos até os cientistas modernos, é simplesmente ilustrar o que se quer dizer?

Eu quase verifico se, de repente, não tenho cobras em vez dos habituais fios avermelhados, porque nenhuma palavra descreveria melhor seu estado atual além de *petrificado*. À minha frente, ele está imóvel, exceto pelos músculos faciais que garantem a expressão cética, e o peito que sobe e desce, enérgico ao respirar.

— Nos tempos em que ainda tínhamos sorvete... — inicio.

— Bons tempos... — interrompe Kaden.

— Você disse que não compreendia muito sobre o amor, como expressá-lo ou recebê-lo. Bem, hoje é o seu dia de sorte porque eu estou prestes explicá-lo para você.

Kaden me estuda com olhos atentos. Os lábios fechados formam um sorriso discreto. Suas mãos agora estão juntas para trás de seu corpo, como um duque em livros antigos. Hoje à noite, Kaden é a minha página amarelada.

De repente, a música do restaurante vai de agitada para lenta. Não é alto o suficiente para que eu reconheça a letra, mas basta a melodia para que a interpretarmos à nossa maneira. É como se até as coincidências cooperassem para o destino.

— Por exemplo... — Um novo passo me leva para mais perto. Desta vez, estamos a menos de dois palmos de distância. Com cautela, posiciono a minha mão esquerda sobre o seu ombro, e permito que a minha direita encontre a dele e descanse sobre ela. Meus olhos focam em absolutamente tudo, menos nos dele. Faço questão de parecer exageradamente desconexa. — Você sente que eu estou presente nessa dança? Quero dizer, além do meu corpo. — Os passos que compassam a dança são ligeiros, e eu continuo a olhar para tudo ao meu redor, como se detestasse estar ali e até o vento pudesse me distrair.

— Jamais — ele responde. Sua atenção se encontra completamente em mim, enquanto a minha está completamente perdida, e ele sente.

— E agora? — No momento exato em que arrasto essas palavras num sussurro, olho para ele, firme, intensa. — Algumas pessoas se sentem amadas quando você demonstra estar no momento, exatamente assim. Só estar de corpo presente não é o bastante para alguém se sentir amado. Você precisa embrulhar a sua atenção num envelope chamativo, precisa mostrar que o momento também está sendo visto e vivido por você. Nos meus olhos, você consegue se conectar a uma parte de mim que eu só conseguiria esconder se os fechasse. Consegue ver a diferença?

Acompanhando a coreografia simples composta de direita e esquerda, sinto-o apertar a minha mão. Seu olhar penetra em mim. Calado, ele assente com a cabeça num movimento curto e repetitivo.

— Quer saber outro segredo? — digo como se eu ainda pudesse conter as palavras se quisesse. — No término da sessão, quando você me perguntou o que eu havia achado sobre o filme, eu disse que havia sido muito bom. Acontece que você não sabia que, mesmo que eu não tivesse visto uma única cena de todo o enredo, a minha resposta ainda seria a mesma. O filme seria bom de qualquer jeito, porque você estava do meu lado.

Vejo Kaden mover-se com um ritmo suave, seus lábios se separando levemente e as pupilas dilatando, quase imperceptivelmente.

— Viu? Se você sentiu algo, talvez palavras sejam importantes para você. Eu fiz um comentário positivo sobre você, e agora a sua mente deve estar tendo algum tipo de reação. É claro que todos apreciam elogios, mas uns mais do que outros. Você acha que é um deles? Quer dizer, ouvir isso te faz sentir algo? — Meus olhos são meigos, e faço questão de mantê-los assim: grandes e inocentes. Nada provocante, apenas sinceros, e é isso que eu acho que o atrai.

— Eu acho que sim...

— Legal. — Nesse momento, a música se torna suave, e o vocal, antes dramaticamente arrastado, se transforma em um à capela sereno. — Também existem pessoas que se sentem amadas quando tocadas por alguém especial. — Eu sorrio para ele. Um sorriso completo, genuíno. — Apesar de estarmos nos tocando, não acho que isso signifique muito para quem valoriza o toque físico, já que nossos cérebros entendem que isso é parte natural da dança. Não é nada de especial. Mas... se eu fizer algo, por mais delicado, que conte ao seu corpo que o meu deseja intencionalmente tocá-lo, e que meus movimentos vão além do necessário para uma dança... — Minhas mãos deslizam sobre sua camisa e se encontram por trás de seu pescoço. Entrelaçadas, elas o trazem para mais próximo de mim. Apenas um palmo de distância nos separa agora. — Aí, sim, pode ser que você, caso seja uma das pessoas que se sentem amadas com toque, se sinta conectado.

— É possível que eu seja os três? — ele cochicha. Não há a necessidade de falar mais alto já que eu posso sentir até mesmo o hálito quente batendo contra minhas bochechas.

De repente, dou um passo para trás e interrompo a dança. É como se todo o meu propósito de dançar no estacionamento fosse, na verdade, ampliar o conhecimento de Kaden sobre como algumas pessoas pelo mundo amam e se sentem amadas. Paro de dançar, confesso, para provocá-lo.

— Pronto, espero ter ajudado. Terminamos por aqui.

Ágil, ele me puxa pelo braço, e com os dedos apertados contra a minha pele, me traz de volta para perto de si.

— Não terminamos. Todo mundo sabe que é desrespeitoso largar uma dança no meio da música, então a não ser que você queira que Da Vinci se revire no túmulo e venha assombrá-la a noite, teremos que terminar essa dança.

Tão bonito e meio estúpido. Poderia ter ficado calado, e a música que estamos ouvindo nem é música erudita.

— Mas Da Vinci era um pintor. — Penso em ficar em silêncio, mas decido que lhe contar o pouparia de mais humilhação, caso descobrisse mais tarde que não se tratava de um músico.

— Exato. Nós homens artísticos e inteligentes apoiamos uns aos outros, sabe? Ele pintava porque entendia a importância de eternizar imagens bonitas, e eu só estou tentando fazer o mesmo: ele usava telas, eu uso minha memória. Porque ele precisou de suas musas por muito tempo para retratá-las, ele entenderia que eu também preciso do meu tempo. Por favor, Eden À Moda Antiga Scott, deixe que eu eternize um pouco mais dessa noite numa tela que só eu poderei contemplar. Continue dançando comigo, e me deixe ir a museus e exposições artísticas sabendo que nenhuma das pessoas ali, além de mim, viu tão de perto algo tão bonito.

Caramba, Collapse. Você sabia que ele poderia dizer algo assim?

— Arrasei, não foi? — diz ele, quebrando o curto silêncio. — Eu acho que é mais ou menos assim nos livros que você lê, não é? Evie assiste alguns filmes melosos de vez em quando, e eu acabo aprendendo algumas coisas.

Faço um biquinho porque, nos livros, eles provavelmente não diriam essa última parte. Ele pigarreia e me relembra do silêncio que me deu tempo para imaginar uma futura resposta perfeita, capaz de redimi-lo. Meu cérebro ignora os últimos segundos da conversa, como se nunca houvessem existido, e volta para aquele momento:

— Da Vinci era pintor, tem certeza de que você não quis dizer Mozart, talvez?

— Foi mal, difícil pensar quando você está tão perto de mim. Eu sou homem, Eden. Noventa por cento do meu cérebro agora está completamente enlouquecido pela pouca distância entre nós, e os outros dez estão dando tudo de si para não pisar no seu pé. Volta aqui e dança comigo até o fim, volta?

Eu sorrio no meio das minhas bochechas coradas.

— Mas só devem restar uns dez segundos de música.

— Até o fim do turno da loja, eu quis dizer.

E assim Kaden Harper dança comigo até que a loja decida desligar o rádio e fechar, uma hora e meia depois. Durante esse tempo, continuamos o jogo das perguntas e inventamos alguns outros. E todos vivem felizes para sempre, ao menos até o final deste capítulo.

CAPÍTULO 30

EU NÃO TENHO A MÍNIMA IDEIA DO QUE ACONTECEU ONTEM, muito menos de como consegui cair no sono. Ainda estou processando e digerindo tanta informação. Estava tão agitada que esqueci de secar meu cabelo antes de dormir, e agora ele decidiu assumir uma personalidade própria, e a escolhida do dia foi a de um jovem rebelde dos anos sessenta.

Por conta de estar no melhor encontro da minha vida enquanto deveria estar roubando, ou melhor, respeitosamente selecionando peças de roupa num closet que não é meu, além de o meu cabelo estar armado, não tenho o que vestir. Para não me atrasar, apenas puxo as poucas peças descentes que tenho, e visto junto com o uniforme as que considero serem mais adequadas. Se eu não sair em, no máximo, cinco minutos, não vou chegar a tempo para aula, sendo que gosto de estar lá mais cedo para poder vê-lo entrar.

E não me julgue, Collapse. Eu sei que, às vezes, você pode me achar boba e fraca porque gosto de alguém. Mas, para os outros, eu até que sou uma menina normal (mais ou menos). É que não há como esconder as minhas partes feias e ficcionais de você, que é uma hospedeira mental. Todo mundo tem seus devaneios. A diferença é que você vive dentro dos meus. Todo mundo tem uma Collapse.

Com pressa, corro para a pequena penteadeira posicionada na minha parte do quarto, e jogo um blush rosado nas bochechas, um corretivo nas olheiras e rímel azul nos cílios para trazer um ar de saúde ao rosto cansado. Desesperada para manter em ordem os fios que exteriorizam um pouco da minha bagunça e euforia mental, prendo o cabelo em duas tranças de lado. Legal. Hora de ir.

A tempestade que cai me deixa feliz. Não há nada mais romântico do que dias chuvosos. Sempre achei que a chuva fosse o fenômeno meteorológico mais mágico de todos. Acho engraçado como algumas pessoas chamam dias chuvosos e cinzentos de "dia triste". Se for verdade, quanto mais triste o dia, mais feliz eu fico. Principalmente se eu puder me trancar dentro de casa, com livrinhos, café e filminhos. De dentro da bolsa, puxo uma sombrinha verde. Sem ver o tempo correr, chego até a escadaria principal de East River. Meus pés me levam até a sala de aula tão rápido e certos do caminho que minha confiança ao andar não mudaria nem que meus olhos estivessem vendados.

Um pouco molhada, sinto algumas gotinhas despedirem-se de minha pele quente e descansarem sobre o chão frio. Viro para trás e vejo Miles em seu assento.

Provavelmente percebendo alguém encarando-o excessivamente, ele também olha para mim. Ergo as mãos como se elas perguntassem "o que houve, esquisitão?", e depois de uma careta, sorrio para ele. Miles desvia o olhar e foca para o quadro, sério. Eu leio os sinais: braços cruzados sobre o peito e pernas bem esticadas abaixo da mesa. Maxilar tensionado. Rugas na testa por conta do desenho engraçado esboçado pelas sobrancelhas. Olhos semicerrados e intensos. Lábios curvados para baixo. Quieto e sem perturbação matinal? O que foi que deu nele?

...

Não, não,

não, não, não, não, não, não, não, não, não, não, não, não, não, não, não, não, não, não, não, não, não, não, não, não, não, não, não, não, não, não, não, não, não, não, não, não, não, não, não, não, não, não, não, não, não, não, não, não, não, não, não, não, não, não, não, não, não, não, não, não, não, não, não, não, não, não, não, não, não, não, não, não, não, não, não, não, não, não, não, não, não.

Num impulso, salto do meu assento e caminho até ele.

— Miles...

Na mesma posição, ele sequer olha para mim.

Algo gelado ganha espaço em mim e de repente parece percorrer todas as minhas veias, deixando meu corpo inteiro frio. Decepcioná-lo me atinge tão severamente que quase me sinto nauseada.

— Eu definitivamente sou a pior, mais desprezível, monstruosa, ordinária, horrorosa, pavorosa e ingrata de todas as amigas dos grandes livros das histórias dos amigos. Eu sinto muito por ter perdido o seu recital.

Movendo-se pela primeira vez desde que cheguei, Miles acena com a cabeça tão sutilmente que quase não noto. Sua expressão ainda é firme, e ele continua a se recusar a me olhar nos olhos.

Quero bater a cabeça na parede como punição. Ainda pior do que vê-lo decepcionado, é vê-lo indiferente. Sei que pode soar fútil estragar uma amizade de anos por conta de um recital, mas não se tratava de mais um espetáculo. Era sobre honrar algo de suma importância para Miles. Eu entraria em qualquer beco escuro se fosse me oferecer uma saída de ser ignorada assim.

— Eu não queria te chatear, mas era meu pai. Ele teve uma recaída muito pesada ontem à noite, tive que cuidar dele. Sinto muito mesmo por ter perdido o recital, eu queria muito ter ido.

Me odeio por ter mentido, mas odiaria mais vê-lo bravo comigo.

Cerro os olhos com força porque não suporto vê-lo me olhar com pena. Mas o pior é que sei que ele vai me perdoar. Vacilamos, Collapse. Vacilamos de verdade.

— Eden, eu não sabia... Você poderia ter ligado, eu poderia ter ido até você.

— Não queria te distrair da sua grande noite. — Meus dedos se curvam e tensionam tanto que cravam as unhas nas palmas das minhas mãos, ferindo a pele.

— Era só um recital, seu pai e... Vocês são muito mais importantes pra mim. Promete que vai ligar se acontecer de novo?

— Prometo — cuspo as palavras, encerrando a mentira fria que joguei na cara do meu melhor amigo.

Miles se levanta e me abraça apertado. Em me afundo no peito dele, e tento esconder meu rosto de mim mesma, mas infelizmente, não há como fugir de minha mente. Collapse, não sei se consigo manter isso.

— Miles, na verdade... — Eu deveria contar a verdade para ele, mas sei que o deixaria ainda mais furioso. — Deixa pra lá, obrigada por ser um amigo tão bom.

Você me odeia agora, Collapse? Porque eu, sim. Me odeio tanto que queria poder fugir daqui, desse corpo, dessa cidadezinha, dessa vida. Quantas coisas ruins uma pessoa deve fazer para deixar de ser boa? Será o fato de doer ao fazer algo maldoso um sinal de que sou naturalmente gentil? Existe alguém inteiramente bom? Será que não contar a verdade quando não quero machucar alguém já me torna uma mentirosa, ou atributos ruins apenas são associados a alguém quando se tem más intenções? Mentir para Miles me perfura por dentro, mas por que eu simplesmente deixo sangrar? Traí-lo abre em mim uma ferida que se expande à cada instante. Tudo ainda está fresco demais. Eu vou contar a verdade, Collapse, porque sou uma boa garota, mas, no momento certo. Primeiro, vamos deixar cicatrizar.

CAPÍTULO 31

SENHOR MIKE, QUE NOS DEU AULA NO ANO PASSADO, se apresenta para os novos alunos e diz estar substituindo um de nossos professores hoje. Ele é rigoroso, então os que o conhecem rapidamente voltam para seus lugares e começam a seguir as instruções cuspidas pelo homem baixo de jaqueta azul-marinho. Os novatos e intercambistas, notando a movimentação estranha para a turma, apenas fazem o mesmo.

Chegando com Evie e mais uns sete garotos, Kaden Harper finalmente entra pela porta. Com uma das habituais jaquetas pretas sobre o uniforme e calça cargo com correntes, ele e seu rastro de perfume passam por mim.

— Vamos lá, alguém gostaria de iniciar lendo a página 542? — pergunta Mike.

Sem levantar a mão, Polar irrompe:

— Mas a aula nem começou. Ainda temos dois minutos.

Abaixando o queixo até que a haste prateada do óculos deslize até quase a ponta do nariz, senhor Mike apenas a encara de um jeito que me faria encolher no assento, mas Polar apenas ergue a cabeça e o fita de volta.

Às vezes me esqueço do quanto Eloise é bonita, e não entendo por que ela não se apresenta mais com o nome de nascimento. Quer dizer, é notório que a pele dela é mais clara do que a das pessoas normais, mas não acho que "Polar" combine com ela. Veja, embora se comporte e se vista de forma bem garotinha, ninguém fica com a impressão de que ela é infantil. Eu não acho que consiga apontar especificamente o segredo de como ela consegue combinar um rosto tão angelical a uma postura e personalidade tão audaciosas e duras. De vez em quando, penso que ela seria capaz de congelar um exército inimigo inteiro, com um simples estalar de dedos, ainda que com luva de pelica. Antes de saber a razão do apelido, algumas pessoas até pensam que a chamam assim devido à sua frieza quando alguém tenta se aproximar, mas eu sei bem o quão calorosa ela é por dentro.

Quando pequenas, eu costumava ir até a casa de Eloise todo domingo de manhã, porque era quando seus pais a permitiam brincar. Uma vez, eu quebrei o braço de uma de suas bonecas por acidente e ela chorou por três dias. No início, eu me senti tão mal que cheguei a implorar para que papai comprasse outra para ela, mas, quando entreguei uma nova embrulhada no pacote mais lindo que consegui fazer aos doze anos, Polar disse que outra boneca não traria o braço de "Suzana" de volta. Então eu a ouvi choramingar por quase duas horas, explicando que nunca se tratou de mais um brinquedo.

Eloise havia nomeado cada uma de suas bonecas e criado personalidades, traumas e sonhos futuros para cada uma. Para ela, no seu próprio universo, eram reais. Ela sentia porque Suzana sofreria para sempre com a dor, incômodo e com os olhares tortos das outras bonecas.

Um ano depois ela chorou dizendo que morreria se eu a deixasse sozinha nessa terra, apenas porque eu tive uma enxaqueca mais forte que o habitual e havia ficado de repouso naquele domingo. Ela não conseguia compreender que as dores de cabeça eram apenas alguns clarões de luz que brincavam com a minha paz de vez em quando.

Depois que seus pais ganharam muito dinheiro e compraram a própria pista de turfe, ela passou a gastar quase todas as tardes nas arquibancadas, com chapéus de penas compridas e binóculos nas mãos, ouvindo apostadores gritarem e assistindo aos cavalos, ou mais precisamente, assistindo aos jóqueis montando os equinos.

Eloise é uma das pessoas mais profundas que conheço, ainda assim, a maior parte das pessoas que a admiram pela beleza a descrevem como uma garota superficial e rasa. Eu sei que ela guarda pérolas, movimentos e nuances de cores em seu interior, mas quase nunca permite que alguém vá além da superfície. É comunicativa, mas não revela nem metade do que pensa. Fria, ainda assim uma chama.

É claro que sair de uma casa humilde para se tornar parte de uma das famílias mais respeitadas da cidade é grande coisa, mas não acho que ela tenha passado a empurrar todos para longe com tanto esforço apenas por causa da grana. Polar não é do tipo que se possa "adivinhar" coisa alguma sobre: ela é expansiva, com diversas entrelinhas e subníveis. Mas, se eu tivesse que dar um palpite, diria que ela deve ter sofrido. Acontece que não temos mais a intimidade para perguntar. Ainda assim, não acho que "Polar" lhe faça justiça.

— Eu leio — diz Oliver, o garoto que ama chamar atenção.

Os elogios sussurrados são, para mim, como sinos atrelado ao pescoço de Oliver Lopes: eu sei que toda vez que ele caminhar, falar, respirar, eles irão tocar. Ao menos hoje, suas roupas e aparência num geral parecem... decentes.

Bem à minha frente, observo os ombros subirem e descerem num compasso irregular, cobertos pelo manto de fios lisos. Evidenciando o que a respiração arrítmica já revelava, Polar se vira para assistir Oliver ler. Eu não preciso fazer o mesmo para saber que ele penteia o cabelo com as pontas dos dedos, finge se distrair na leitura e pisca com o olho direito para uma de suas admiradoras, exatamente nessa ordem. Polar está tão submersa em seu próprio rancor que sequer nota meus olhos, que não saem dela. Eles devem ter brigado outra vez. Ela move o rosto vagarosamente, e eu sei que ela trucida algumas meninas em seu pensamentos. A mente dela talvez seja mais desequilibrada do que você, Collapse. Vejo seus olhos de formato amendoado estreitarem, estreitarem demais. Apostaria meu livro esquecido no táxi que ela teve uma ideia, e não muito inteligente.

Depois de tolerar Oliver Lopes interromper a si mesmo quatro vezes, tudo para responder galanteador aos elogios, Polar se levanta. Arrastando a mesa ao fazê-lo, ela chama a atenção de todos, inclusive de senhor Mike, que descontente, espera por respostas.

— Desculpe, professor, mas eu me lembrei de algo que não pode esperar. Nesse mês tivemos o Dia dos Professores, e você, especialmente, merece saber o quão grato somos por dedicar a sua vida ao ensino. Pessoal...
— Polar se vira para a turma. — Uma salva de palmas ao professor Mike.

Alguns confusos, outros rindo e alguns comprando a ideia batem palmas e ovacionam o professor.

Quando o barulho diminui, Polar pega o copo térmico com gelo e água que sempre mantém em sua mesa e caminha até Oliver.

— Ah, eu sinto muito. Eu atrapalhei a sua leitura? — Sua voz repercute como a de alguém que se refere a um bebê. — Ao menos você leva um livro a sério.

Sem avisos, despejando todo o conteúdo do copo sobre a cabeça de Oliver, Polar dá meia-volta e, ao som de espantos, palmas intervaladas e vaias, ela caminha em direção a saída.

— Com licença, professor, preciso ir ao banheiro.

Oliver Lopes, sem perder tempo, ergue as mãos em rendimento e, sorrindo, acompanha Polar com o olhar, assistindo-a caminhar por toda a sala até que atravesse a porta.

CAPÍTULO 32

— **ESSA MALDITA FLORZINHA NÃO VAI FLORESCER,** não é?

Hoje, minhas mãos estão ainda mais sujas do que as de Elysium. Embora me esforçando para imitar os movimentos de meu pai, me estresso com o processo longo e tedioso que é esperar algo crescer. Não é que eu não seja paciente, mas eu apreciaria que desse resultado mais rápido. Além do mais, parece que todas as outras sementes florescem fortes e saudáveis, menos as minhas. Será que eu sou o problema? Talvez eu não leve tanto jeito assim com flores, afinal.

Concentrado em seu próprio trabalho, meu pai me responde sem tirar os olhos dos próprios lírios vermelhos:

— A paciência é uma das maiores virtudes que alguém pode conquistar, Eden. Mãos ociosas não colhem os frutos. Se deseja que algo floresça, precisa investir tempo e cuidado, dar espaço e, às vezes, simplesmente esperar. Se sufocar a flor tentando obrigá-la a crescer mais de pressa, mesmo uma semente sadia poderá murchar. Mas, se deixá-la seguir seu próprio calendário, no tempo certo, ela florescerá.

Meu pai é como um locutor de conselhos de uma rádio secreta.

Ninguém é um leitor mais assíduo de livros amarelados do que ele, ao menos que eu conheça. Enquanto eu crio cenas imaginárias na minha cabeça, as criações de meu pai são suas palavras.

— Eu sinto que elas morrem mesmo comigo sendo muito cuidadosa — digo e bufo, soltando o ar em frustração.

Já bem acostumado a meu melodrama exacerbado habitual, Elysium dá de ombros.

— Bem, de vez em quando, flores simplesmente murcham, e isso porque a semente estava doente, não porque você foi uma má semeadora. Não se culpe. Nem tudo o que morre em suas mãos é culpa sua. Na arte do plantio, todos estamos aprendendo e crescendo juntos.

Os lírios que colho hoje são vermelhos como os que meu pai plantou, mas o dele são mais pigmentados. Embora plantados no mesmo dia, os dele crescem airosos e os meus definham.

— Por que nossa família gosta tanto de flores? Eu não acho que tenho talento natural pra isso. — Coço o nariz com a parte do dorso da mão que julgo estar menos suja, mas aposto que já deve ter manchas escuras de terra por quase todo o meu rosto.

— Talvez porque... ao mesmo tempo em que nos ensinam sobre a beleza da vida, também nos revelam a fragilidade dela. Exatamente como as flores do campo, a nossa vida floresce e, eventualmente, a flor desaparece e nunca mais ninguém a vê. Às vezes, no meio de um jardim repleto de cor, de diversas espécies, é fácil achar que as flores durarão para sempre, e nada pode tocá-las. Esses momentos de delírio também são importantes. A vida é melhor vivida como dias coloridos no jardim. O segredo é correr riscos e ser ousado, ainda assim, sem jamais esquecer que o tempo passa. E quanto ao talento... realmente você é péssima. Se algum dia participar de um concurso de jardineiros, eu direi que você é adotada.

— Pai! — Com as mãos cheias de adubo prontas para tentar tratar algumas raízes teimosas, jogo minha munição contra Elysium, que rola no chão e, ao arremessar terra, me faz ver a poeira voar sobre mim.

Em poucos segundos, ambos estamos ainda mais imundos. Ofegantes, encaramos um ao outro e começamos a rir. Pouquíssimas coisas me deixam tão leve quanto rir com meu pai; é como se as notas daquela gargalhada fossem barulhos sonoros capazes de espantar qualquer monstro. Nesses momentos, nada é melhor do que ser apenas a filha do jardineiro. O mundo já é belo o bastante, bom o bastante, sem precisar de mais nada.

No bolso de trás dos meus jeans largos, eu sinto o pager vibrar e num impulso o puxo para fora. Apertando um único dos poucos botões, desbloqueio-o apenas para ver uma mensagem de anúncio.

Eu sei que todos os empregados da mansão foram escolhidos a dedo por se distinguirem em suas funções, consecutivamente todos são muito bem pagos, mas juro não entender qual é o poço de graça que meu pai parece ter caído perante os olhos dos Leungen. Não que eu esteja reclamando — foi por essa benevolência excêntrica que meu pai acabou ganhando um pager para receber e enviar mensagens urgentes para Selah sobre suas plantas, e foi pelo favor que eu tenho perante meu próprio pai que consegui fazer ceder o luxuoso presente para mim, nas horas vagas. Eu não ligo que tenha sido usado por Thomas e apenas descartado porque ele pegou um mais novo, ainda é um pager móvel! Isso é luxo!

Veja, se quero sustentar a história que conto em East River, preciso de um desses, e é muito irado o fato de que, mesmo lá, quase ninguém tem. Tudo bem que eu não o uso muito e geralmente esqueço da existência ou necessidade dele, em especial quando a maior parte dos adultos de condições financeiras medianas não os tem. Mas, quando se espera uma mensagem de Kaden Harper, um pager é, sim, integralmente indispensável.

Sabendo não poder ficar mais suja do que já estou, me jogo na grama e não me preocupo em deixar o aparelho se chocar no solo macio. Fecho os olhos com força e faço um barulho meio perturbador, mais como um resmungo estranho. Por que ele simplesmente não me manda mensagem?

Talvez eu tenha escrito o meu número de forma ilegível quando entreguei o papel amassado no final da nossa dança, ou talvez ele tenha muitos gatos e um deles tenha encontrado o papel e o rasgado. Talvez ele esteja de castigo e seus pais tenham confiscado seu beeper... Pêra, os pais dele morreram... Opa. Tá legal... Talvez ele tenha sofrido um acidente de carro e o aparelho tenha sido massacrado, ou ele esteja com fortes dores abdominais e tenha ficado de repouso sem conseguir abrir os olhos pelas últimas nove horas. Quem sabe ele tenha amarrado as próprias mãos para trás para controlar o desejo desesperador de me mandar uma mensagem, porque ele não quer parecer afobado. Ou talvez ele não tenha gostado tanto assim de mim. Não, não é isso, É? Nao pode ser... Eu sei o que eu sou, e o quanto disso sou. Não entendo por que, de repente, quero tanto que ele também o saiba. Não é que eu duvide do brilho que carrego dentro de mim, mas tudo parece um pouco opaco até que ele também o veja brilhar. Kaden pode ter me achado intensa demais ou difícil de lidar. Eu queria mostrar-lhe o que posso fazer, e tudo o que poderia me tornar para ele, se ele apenas me desse a chance.

— Eu odeio minha vida — digo, puxando minhas bochechas para baixo e limitando a visão clara que há pouco eu tinha das nuvens.

— Então leve você e seu ódio para dentro. Vá se banhar! Leve também um dos carrinhos.

Reviro os olhos e sorrio em retorno.

— Eu volto pra buscar depois do banho. Já é quase fim de turno. Se eu demorar muito, vou ter que ser rápida porque todos já vão estar esperando por mim.

— Não sei por que precisa de tanto tempo no banho.

— Você não rega flores? Então, eu só tô fazendo o mesmo. E foi você quem quis me dar o nome de um jardim, então, tecnicamente, é culpa sua que eu preciso de mais tempo. Quem sabe o banho não seria mais rápido se eu tivesse o nome de uma flor apenas.

— Muito engraçado.

Ainda reunindo forças para fazer qualquer coisa, ouço o pager vibrar outra vez. Meu corpo treme ainda mais do que o aparelho.

Caramba, Collapse. Você tá ferrando com tudo aí dentro, não tá?

Me levanto com os braços estendidos como um zumbi e, ainda sentada, vejo Elysium empurrar o carrinho de mão cheio de ferramentas como pás, enxadas e tesouras de poda para outro lugar. Não querendo que meu pai note minha agitação, puxo o primeiro assunto que me vem à cabeça, embora realmente ainda esteja curiosa por respostas. Antes que ele se afaste muito, eu sussurro:

— Tem certeza de que não vai me contar o que aconteceu com os Leungen e toda aquela gritaria daquele dia?

Sorrindo de canto, ele me responde, deixando um regador de ferro no chão.

— Leve isso tudo pra cima depois que terminar.

De braços cruzados, vejo o homem e seu segredo desaparecerem pelas folhagens do jardim.

CAPÍTULO 33

"074", CÓDIGO PARA "OLÁ". Essa mensagem foi o bastante para deixar meu coração acelerado.

"Senti falta de ouvir sua voz." Nenhuma frase é tão bonita quanto essa. Kaden me ligou e falou que queria me encontrar. Não disse o dia, nem o lugar, mas disse que poderíamos marcar depois. Deitada na cama, eu fico na mesma posição até que meu cabelo seque por completo. Detesto o poder que um garoto tem sobre mim e, ao mesmo tempo, estou viciada nele. Me pergunto se exerço o mesmo poder sobre ele. Se ele também está pensando em mim, estático, encarando o teto em sua cama, como faço agora.

Vestindo um robe verde-limão, e com o cabelo emaranhado, caminho pelo jardim sozinha. Abraço meu corpo para me proteger do frescor na noite. Não sei onde Elysium está, mas é bom que permaneça lá até que eu possa guardar as ferramentas conforme prometi. De pés descalços, eu permito a grama envolver meus dedos a cada passo, e aposto que meu nariz está ficando vermelho pelo frio. Em momentos assim, morar aqui me faz bem. Embora não muito íntima de todos os empregados, muitos deles me viram crescer, e com a família residente quase sempre ausente, foi quase como crescer num campus de faculdade. Imagino que Zay Leugen deve ter experienciado algo semelhante na Inglaterra. Não sei, é o que gosto de imaginar.

Estranho, o carrinho de ferramentas deveria estar aqui.

Relaxando os braços, deixo que obedeçam aos movimentos do resto do corpo que, confuso, vira de um lado para o outro à procura das ferramentas. Será que Elysium já as levou para dentro?

— Pra variar, você poderia me escutar dessa vez?

A voz familiar combinada a aproximação dos passos achatando a grama e alguns pequenos galhos me roubam a força das pernas. De súbito, sem que eu sequer tenha tempo para ponderar meu impulso, me escondo agachada atrás de algumas plantas bem crescidas e flores espalhafatosas. O que a senhora Selah está fazendo aqui fora? Quer dizer, eu sei que é a casa dela, mas, quando estão aqui, só ficam enfurnados dentro da mansão e, mesmo quando saem, nunca é para caminhar no jardim.

Mordo os lábios e penso no que pode acontecer comigo caso me peguem aqui. Não que eles sejam maus nem nada do tipo, ao menos, nada além das histórias que eu inventava quando criança sobre todo o mistério da família Leugen. Mas o que poderiam pensar se encontrassem a filha do jardineiro, perambulando e se escondendo de robe.

Que péssima decisão ter me escondido. O que eu poderia fazer? Foi um instinto! Mas agora, se eu sair, eles saberão que eu estava ouvindo a conversa, e toda a situação ficará ainda mais esquisita para mim. Por outro lado, se eu ficar, aí, sim, ouvirei tudo, e mesmo curiosa do jeito que sou, tenho bom senso para respeitar a privacidade alheia. Em geral. Não me importo de vestir essas roupas em frente aos vários empregados mais velhos que provavelmente já trocaram minhas fraldas. Agora, na frente dos Leungen, nem posso mensurar a bronca que levaria pelo despeito.

Tento me tranquilizar pensando que ao menos eu posso me camuflar no meio das plantas, já que o tecido é verde. Porém, ao olhar para mim outra vez, sinto o desejo de enfiar minha cabeça na terra. Essa camisola é tão saturada que eu temo estar resplandecendo no escuro. Péssima escolha. Horrível! Definitivamente queimarei esse trapo na próxima oportunidade, na esperança de incinerar minha vergonha e arrogância com ele.

— Quieta! Alguém pode te ouvir! — diz uma voz grave.

Ótimo! O senhor Thomas também está aqui. É o meu fim!

— Eu juro pra você, Thomas! Se alguém tirar outro daqueles de dentro da minha casa, eu me divorcio! Eu largo você! Não há mais nada que me prenda aqui, já fiz o melhor que pude criando três dos seus filhos. Eu te falei que precisávamos de câmeras dentro da mansão. Eu disse que apenas vigilância externa não seria o bastante, e você sempre teimou dizendo que ninguém jamais seria doido de invadir a casa!

— E não invadiram! Foi alguém de dentro, eu tenho certeza. Além do mais, voce sabe muito bem que câmeras dentro da nossa casa não estariam a nosso favor.

— Calado! Alguém pode te ouvir. Silêncio. E isso é pior ainda! Você confia tanto em seus funcionários e no amor delirante que eles têm por você, mas nenhum empregado gosta mesmo de seus patrões. Todo mundo sabe disso!

— Quem tem câmeras em casa? Onde você viu isso? Mesmo numa vizinhança nobre como essa, quase ninguém tem condições de colocar sequer no lado de fora. Isso é paranoia! E quase nunca ficamos em casa, mulher. Eu comprei esse terreno enorme porque *você* escolheu, porque *você* queria se exibir em seus eventos sociais para pessoas que mal sabe o nome. Eu não queria que os verdadeiros moradores que dedicam a vida cuidando das nossas coisas se sentissem vigiados ou oprimidos embaixo do teto que colocamos sobre suas cabeças. Câmeras externas são o bastante para impedir invasores!

Eu não deveria estar ouvindo isso, mas também acho que apreciaria ter pipoca e limonada escondidas. Maria não vai acreditar quando eu contar para ela mais tarde. Espera... eles não estariam falando do roubo das roupas, né? Collapse, eu posso estar muito, *muito* encrencada agora.

Em silêncio absoluto, quase prendendo a respiração, ouço o som abafado que penso ser dos saltos altos pisoteando a grama, causando problemas que provavelmente eu terei que ajudar a consertar depois. As correntes que imagino presas a uma bolsa pesada também chacoalham quase em uníssono com o sapatear de Selah.

— Você é mole demais! — diz a voz feminina madura. — Seus empregados não amam você, eles amam o dinheiro que você coloca em seus bolsos todos os meses! Deu tanta confiança que agora estão nos roubando, e eu nem sei como conseguiram remover algo tão pesado sem serem vistos. Me enoja pensar que pode haver vários ladrões asquerosos dormindo na minha casa esta noite! Não acredito que te deixei me convencer a não ter câmeras. Se colocarmos apenas mais uma, e de algum jeito que ela seja discreta o bastante para gravar sem ser nota...

Ok, ao menos sabemos que ela não está falando de mim.

— Não há como, câmeras são grandes, Selah! São chamativas e caras. Muito caras.

— Daremos um jeito! E temos mais dinheiro do que o suficiente.

— Selah...

— Apenas escute... — A voz de Selah se altera e parece ficar mais aguda à cada frase. Mesmo sem vê-la, é possível ouvir os movimentos das mãos e corpo sempre expressivos ao falar. — É isso o que iremos fazer... — continua Selah — amanhã à tarde, em nossa próxima viagem, tiraremos todos de casa por alguns dias. Podemos arranjar um hotel ou, sei lá, algum lugar para eles passarem as próximas duas ou três noites. Nesse tempo, com a casa vazia, instalaremos câmeras escondidas em cada cômodo e terminaremos o que começamos! Foi ideia sua, Thomas, e agora faremos isso juntos. Podemos dizer que precisamos fazer uma dedetização. Todos sairão de casa, o ladrãozinho sumirá e ninguém suspeitará de nós, caso venha a público. É perfeito, dois coelhos com uma cajadada só. Você deveria rezar em agradecimento cem vezes por dia por ter uma esposa tão brilhante, em vez de beber até esquecer o próprio nome feito um idiota frustrado.

— Selah, eles moram aqui. Não vão acreditar nisso. E ninguém em todo o estado deve ter tantas câmeras assim. Todo esse monitoramento é anormal!

— Eu sou a patroa e será como eu decidir! E posso trazer alguns encanadores de manhã e pagá-los para dizer que há algum problema gravíssimo de infiltração. Assim, todos vão precisar evacuar imediatamente. Até amanhã à noite, a casa estará vazia, exceto por Elysium. Minhas flores não sobrevivem sem cuidados diários, então ele e a criança podem ficar.

Eu sou a criança?

— Mas e se Elysium for um dos ladrões...

— É só olhar para ele pra saber que não seria capaz de machucar sequer as pragas que se alimentam das minhas plantas. Meu jardim é importante para mim. Elysium fica! Eu já fui benevolente o bastante para deixá-lo dormir durante o expediente de vez em quando, nos momentos em que ele diz que aquelas malditas dores estão fortes demais. Tive que dobrar o turno dele por conta da minha gentileza. Minhas flores não merecem estar em sofrimento só porque o jardineiro está. Você nao irá levá-lo para longe de minhas flores, Thomas. Sua idiotice já me custou ter que ficar longe de minha casa por mais tempo do que gostaria, e agora está custando meus nervos, mas não irá custar o meu jardim! O jardineiro fica!

Outra vez, a ouço se movimentar. Acho que ela está caminhando em direção à mansão. Ou talvez andando em círculos?

— E cuidado para não virar nenhuma gota desse vinho no meu jardim! Que inferno, Thomas! Não consegue ficar nem um segundo sem uma taça ou um charuto na mão! — Sua voz enfraquece a cada palavra, como se estivesse se distanciando rápido.

Alguns segundos depois, escuto Thomas resmungar num jeito debochado. O senhor Leungen é um homem duro, mas teme a mulher. Para que ele tenha encontrado a coragem de fazer isso, ele provavelmente já está a uma distância segura.

De repente, uma chuva roxa gelada cai sobre mim. Com as mãos pressionando meus lábios com força, me controlo para manter o grito preso a minha garganta. Mais alguns segundos e os passos de Thomas enfraquecem até que desapareçam por completo. Aos poucos, meu coração volta ao ritmo habitual. Ensopada de vinho, e carregando na pele pequenas folhas que me abraçam devido ao líquido pegajoso, espero com as flores, em silêncio, para ter certeza de que não serei vista ao correr, na ponta dos pés, até a porta dos fundos.

CAPÍTULO 34

COM CALÇA LEGGING DE COURO, camiseta preta de ombros largos sobre uma regata de alças finas, faixa de cabelo combinando com a calça e brincos grandes que ecoam o rosa das pulseiras e cintos, pareço saída de um filme de Steven Spielberg. O fato de toda a escola estar repleta de roupas com caimentos retos, ajustados e cores saturadas me faz sentir que minhas roupas — ou melhor, as roupas elegantes da senhora Selah — me tornam única. Andando pelo corredor, passo a ponta do polegar sobre o dedo anelar e algo parece estranho, vazio.

Paro.

— Você tirou uma foto minha? — pergunto para o menino responsável pelo flash na minha cara.

Já podendo avistar a porta da minha sala, vejo o garoto de cabelo castanho encaracolado e óculos redondos abaixar a câmera e encolher os ombros.

— É pro jornal da escola!

Não quero parecer arrogante, mas detesto que tirem fotos minhas. Além disso, essas roupas são feitas apenas para os olhos dentro deste edifício. Duvido que os Leungen gastariam tempo lendo o jornal local de uma escola, mas é melhor diminuir as possibilidades de algo dar errado. Limpo a garganta e tento adocicar a voz que já soa dura na minha cabeça.

— Apague, por gentileza.

— Por quê? É uma matéria sobre...

— Não interessa! Não gosto de fotos. Estou pedindo para que, por favor, delete tudo em que eu apareça.

— Esquisita — resmunga ao puxar a calça jeans já no limite do umbigo ainda mais para cima e caminhar até se misturar com uma roda de outros alunos.

Solto um "psss" e agarro as alças da mochila com força. Na cadeira de madeira, abro a mochila e puxo um caderno espiralado grande e um estojo de estampa gráfica. Me incomoda que posso vestir roupas escuras, mas meus materiais permanecem policromáticos. Também pego o livro de ciências e acho estranho ser a única organizando os materiais para a aula.

Olho para os lados e, além de ver os cartazes sempre coloridos sobre assuntos educativos e de bandas populares expostos nas paredes, há pôsteres sobre abóboras ou fantasmas esquisitos. Um grupo de meninas discute sobre "Thriller" ser melhor do que "Everybody", embora preferissem Madonna, a nova ascensão musical, do que Michael Jackson.

Outro grupo de meninos e meninas discute sobre algum filme que estreou recentemente. Quase todos em pé, despreocupados com o horário. No caderno, eu escrevo a data: "31 de outubro".

Ainda sem nenhum professor na sala, um garoto alto chega vestindo um blusão listrado preto e vermelho, um chapéu marrom e a máscara do Freddy Krueger. Alvoroçada, a turma grita, aplaude e alguns até se assustam. Quem gastaria um dos três dias sem uniforme para vestir algo tão imbecil assim?

Atrás do garoto, Evie entra na sala com um chapéu pirata e um tapa olho.

— Feliz Halloween! — diz Kaden ao tirar a máscara.

Caramba, nunca imaginei que sentiria isso, mas Freddy de repente não me parece tão feio assim.

Apenas colocando a cabeça para dentro da aula, Angela, a professora de educação física, grita:

— Vamos! Deixem as mochilas na sala e venham para o ginásio.

Cooperando para a primeira enxaqueca do dia, Angela assopra o apito sempre preso na corda que carrega no pescoço e, com as mãos nos bolsos do agasalho azul escuro, anda em direção ao ginásio, seguida pelos alunos mais rápidos.

É engraçado como mesmo vivendo a mesma rotina por meses, às vezes, seu cérebro ainda pode pregar peças em você. Com pressa, coloco o material de volta na mochila e aperto o cinto, colocando a fivela em outro buraco, já sem muita certeza se essas roupas foram uma boa escolha para gastar o meu terceiro e último dia de benevolência sem uniforme.

Passando por mim para largar a mochila na mesa de madeira, Kaden para ao me sentir puxando a manga de seu blusão.

— Ei, ruivinha. Gostei da roupa. Sonhou comigo na noite passada?

Sem ter certeza se sua fala foi um flerte ou um trocadilho, para não passar vergonha, prefiro trocar o assunto. Esperando que ele se abaixe até que sua orelha direita esteja no mesmo nível de meus lábios, sussurro:

— Eu quero dançar com você outra vez.

Se afastando para olhar em meus olhos, ele responde num tom baixo, embora mais alto do que o necessário para cochichar:

— Claro.

Arremessando a mochila, ele não espera para ver se ela cairá na mesa certa antes de virar as costas e começar a andar em direção à saída. Provavelmente porque não se importa. Eu fico para vê-la caindo no chão, então caminho, ainda capaz de sentir o rastro de perfume, embora não tão forte nessa manhã.

Entrando na sala no momento exato em que alcanço a porta, Polar choca seu corpo contra o meu.

— Foi mal — diz.

Segundos depois, já sem mochila, a vejo disparar a minha frente, segurando uma câmera prateada e pequena na mão.

CAPÍTULO 35

SENTADA NA BANCADA DE METAL, puxo as meias longas para cima e amarro os cadarços dos tênis. Já em roupas esportivas, alcanço o armário pequeno que contém as roupas de Selah, uma toalha de banho e alguns itens pessoais, e fecho o cadeado. Estendo a mão à frente do corpo, pedindo que as meninas que bloqueiam a porta com seus corpos se afastem e me deixem passar. Sem interromper o assunto que exige vozes tão altas e constante intromissão, elas abrem passagem. Vinte passos fora do vestiário feminino, e eu já alcanço o ginásio.

— Eden — chama a professora ao passar por mim enquanto estou prestes a entrar na quadra. — Se perguntarem por mim, diga que já volto! Só preciso ir ao banheiro rapidinho.

Pelo jeito encurvado de andar e a posição de ambas as mãos pressionadas a barriga, não acho que será tão rápido assim.

— Claro, professora. Aviso, sim.

Mesmo não sendo capaz de ouvir coisa alguma devido à música alta no rádio, vejo Polar entregar a câmera para Kaden, que, espremendo os olhos com as pontas dos dedos, sorri em retorno. Ele enfia a câmera pequena no bolso das calças, e acho que diz algo engraçado, porque ela ri enquanto estapeia o ombro dele. Não sabia que eram tão próximos.

Me sinto sozinha sem Miles. Ele quase nunca falta às aulas, provavelmente dormiu demais, vai acordar desesperado e escrever três páginas de desculpas para cada professor amanhã. Me tortura pensar que ele acha que estive em casa cuidando de meu pai e me tortura ainda mais saber que ele me perdoou baseado em uma mentira. Enfio as mãos nos bolsos da jaqueta de poliéster e me sento nas arquibancadas. Cogito voltar para a sala e buscar o livro de mistério que estou lendo — de repente, não me sinto mais tão bem-disposta para jogar nenhum esporte hoje.

Uma roda de garotos que conversam nos bancos atrás de mim não me chama atenção até que o nome "Harper" é mencionado. Endireito a postura como se isso fosse me fazer ouvir melhor.

— Isso é zoação, mano. O cara é um assassino! — diz uma das vozes.

— Eu juro pra você! Minha irmã mais velha disse que viu ele andando na rua pelo vidro do mercado ontem — responde outra voz.

— Mas ele não tinha ido pra cadeia porque havia matado os pais?

— De acordo com os jornais, encontraram provas o bastante para o jogarem atrás das grades, mas eu acho que ele nunca confessou. Na verdade, ele negou até no tribunal.

— E agora simplesmente soltaram ele?

— Eu não sei, cara. Talvez tenha sido por bom comportamento?

Sem saber direito para onde olhar, encaro meus tênis ao ouvir a nova movimentação que surge atrás de mim. A bancada de metal estala quando um dos garotos dos bancos de trás se coloca em pé.

— Ei, Kaden Harper! — grita o menino que espalhou a fofoca. Devido à longa distância entre eles, sua voz ecoa e chama a atenção de todos entre os dois. — É verdade que seu irmão foi solto?

Pela primeira vez em alguns minutos, Polar parece calar a boca. Sua feição é como a de uma criança que tem a mão largada pela mãe. Vagarosamente, Kaden passa os dedos na cavanhaque imaginário e, sabendo que muitos esperam por alguma reação, responde em voz bastante firme:

— Sim. Soltaram ele na semana passada.

Aaron Harper está solto? Eu não conheço o rosto dele, mas as histórias do garoto assassino ainda assombram os corredores dessa escola. Quer dizer, eu vi uma foto dele estampada na manchete do jornal, mas faz muitos anos. Não acho que o reconheceria caso o visse pela janela de vidro do mercado, como a irmã daquele garoto fez. Talvez eles tenham estudado juntos, e ela fosse apaixonada por ele na época da escola. Sinto muito por ela, um amor trágico. Imagino o choque que deve ter sentido ao descobrir que o amor de infância era um psicopata, e o quanto isso a deve ter entristecido. Mas será que ela sentiu tristeza ou alívio? Não sei. Na verdade, nem sei se o que penso é real.

— Mas por quê?

Mesmo de longe, posso ver que Kaden tensiona o maxilar. Seus pulsos estão à mostra. Ele dá um passo à frente.

— O advogado conseguiu provar a inocência dele. Por quê? Algum problema?

Por alguns segundos, o único ruído é o eco do música pop que toca na rádio local e ecoa pelo ginásio.

— Bem, hoje é o Dia dos Mortos, acho que seria legal dar uma festa pra comemorar que seu irmão não vai mais morrer apodrecido na prisão, não acha?

Meus olhos não saem de Kaden nem por um instante. Ainda sentada, arrumo a postura já ereta ao observar o jeito com que Polar agarra o braço de Kaden para impedir que ele faça algo que pudesse se arrepender depois.

— Na minha casa não rola — diz Polar, talvez para tentar quebrar o clima, ou talvez porque tenha passado tanto tempo com Oliver que tenha sido contaminada pela sua ânsia por atenção, mesmo quando não convém. Por falar nele, Oliver também não está aqui.

— Na nossa também não. Meus vizinhos odeiam barulho — diz Evie, do lado esquerdo da rede de vôlei. Ela usa um short tão curto que as pernas bronzeadas parecem ainda maiores daqui. É engraçado como, se não fosse pela minha conversa com Kaden sobre os sentimentos de Evie em relação ao irmão mais velho, baseado em suas reações públicas, eu até diria que ela não se importa.

— Na minha rola — digo, num impulso. Pressiono meus olhos três vezes num mesmo segundo ao piscar com força por surpreender-me com mim mesma.

— Mas onde você mora mesmo? — pergunta Evie.

Espero até que a turma termine de rir. Os olhos de Kaden estão fixos em mim. Os meus, em qualquer ponto que não seja próximo a ele. Me coloco de pé. Agora é tarde para voltar atrás.

— Numa mansão vermelha, a quatro quarteirões da escola.

— Pera aí... Você mora na Mansão Assombrada?

Uma nova onda de risadas me encharca outra vez. É claro que eu sabia que chamam a casa dos Leungen assim. Por serem uma família extremamente discreta, e normalmente um tanto ocupada, além das senhoras da alta sociedade do círculo social de Selah em Washington D.C., ou seja, mulheres ricas e velhas demais para lembrarem o que comeram no próprio café da manhã, ninguém sabe que a casa pertence aos Leungen. Para todos os fofoqueiros da Califórnia, a mansão é apenas uma casa assustadora e cheia de fantasmas. E, pelo que sei, devido à conversa que ouvi escondida no jardim na noite passada, e pelos cochichos dos empregados hoje cedo de manhã, a partir das quatro da tarde, a casa já estará completamente vazia, exceto por mim e meu pai, que, após uma dose um pouco mais alta dos remédios por conta da piora das dores, irá dormir como uma pedra até o dia seguinte.

— Moro — respondo antes de engolir a saliva que parece congelar na garganta. — Por quê? Tá com medo?

Me encolho ao ouvir murmúrios como "Ela mora na casa de sangue?", "Eu achei que fosse uma casa abandonada. Vai ser assustador ir pra lá", e "Cara, Halloween na casa de sangue. Vai ser épico!".

— Quem diria. — Evie descansa as mãos na cintura fina. — Eden Scott é podre de rica! — Como previsto, ao término de ao menos uma a cada três frase dos Harper, a turma engaja e ri outra vez.

— Você já deu uma festa antes? — pergunta Evie.

— Várias, mas gosto de ser seletiva. Sem câmeras nem pagers, ou acesso a telefones. O combinado é nunca comentar absolutamente nada das festas depois, com absolutamente ninguém. Minhas festas são experiências únicas. Geralmente convido apenas algumas pessoas e todas sempre saem dizendo ter sido a noite mais incrível do ano. Mas só dessa vez estou disposta a chamar alguns convidados a mais.

O agito cresce e as pessoas tumultuam perto de mim, me aclamando. Collapse, me tira daqui! Tem tantas chances de isso dar ruim que eu nem posso contar. Mas uma vez que minha boca está aberta, não consigo conter as palavras. Elas simplesmente jorram como se minha vida fosse um livro de comédia romântica que dá errado. Agora, cabe a nós duas sobrevivermos a essa noite.

Eu sinto a adrenalina do proibido socar meu estômago com tanta força que preciso respirar fundo para permanecer com os joelhos firmes.

— Hoje, às nove. Estão todos convidados! Ah, e só entra quem estiver tão bem fantasiado a ponto de eu mal conseguir reconhecer na entrada!

CAPÍTULO 36

DROGA, COLLAPSE. QUE DROGA!

Onde é que eu estava com a cabeça? Acho que é melhor simplesmente cancelar, certo?

Cruzo os braços e começo a arrancar algumas peles mortas dos lábios com os dentes.

Califórnia está um pouco mais fria que o normal nesse outubro.

O salão principal está um caos. Acho que os Leungen devem ter anunciado a notícia da infiltração há poucas horas. Sento-me na banqueta da cozinha e largo a mochila na bancada, ainda digerindo o que aconteceu. Eu não sei absolutamente nada sobre como dar uma festa.

A mansão sempre silenciosa, hoje emana barulhos de vozes que se comunicam a metros de distância, sapateados por absolutamente todos os cantos, malas arrastando e telefonemas. Eu entendo o tumulto. Mesmo por apenas alguns dias, alguns dos empregados da mansão nunca a deixaram por uma noite sequer desde que foram contratados.

Dentre os corpos agitados que entram na cozinha nos últimos trinta e sete segundos desde que cheguei, Maria está entre eles. Em poucos instantes, todos saem após cumprirem suas funções rápidas aqui, mas Maria permanece. Mesmo para os cozinheiros da mansão, a cozinha é apenas um ofício, mas, para ela, sem marido e filhos, é toda a sua vida. Odeio que ainda não tenhamos conversado desde o tratamento de silêncio que ela me deu. Ela caminha até uma das tantas prateleiras e, na ponta dos pés, alcança um pote de vidro. Não sei exatamente por que agora, prestes a partir, ela o considera importante, mas estamos falando de Maria: é claro que os itens básicos para uma viagem curta incluiriam utensílios de cozinha.

Pigarreio com força para que ela olhe para mim, mas, ainda de costas, ela apenas se ajoelha e puxa um outro pote de vidro do balcão abaixo da pia.

— Por favor, não vá sem me dar um abraço. Você é a única mãe que eu tenho.

De repente, antes mesmo que ela conclua o movimento de trazer mais um pote para o crescente montante em seu colo, vejo-a parar abruptamente.

Silêncio.

Seus ombros sobem e descem no ritmo de sua respiração pesada. Vagarosamente, após colocar os objetos delicados sobre a pia, ela se vira para mim. Suas mãos, voltadas para trás, se apoiam no mármore da pia.

— Os Leungen não são boas pessoas, Eden. Ao menos não como você imagina que sejam. Não deixe que te descubram.

Sua voz soa tão baixa que eu quase preciso fazer leitura labial para entendê-la.

— Ninguém vai saber de nada.

Minhas sobrancelhas enrugam minha testa e juro que, se fosse possível, eu coraria em formato de pontos de interrogação em cada canto rosado do meu rosto. Não visualizo mais os Leungen como os heróis de um quadrinho, mas também não acho que sejam pessoas ruins. Às vezes, fico tanto tempo sem vê-los que até duvido que sejam pessoas. Eu sei que eles começaram a aparecer mais na última semana, mas não quer dizer que eu vá ser descuidada e descoberta apenas porque Selah está mais tempo em casa. Eu sei me cuidar, mas não quero discordar de Maria... não agora que ela está falando comigo.

Deixando o conforto do apoio da pia, Maria caminha até mim e me envolve em um abraço. Meu rosto repousa próximo ao seu peito, e o calor dela se espalha por mim. Ela é macia — juro que tê-la tão perto poderia curar qualquer ferida. Mesmo não achando justa a sua preocupação, aproveito o momento. Fecho os olhos e, com os braços quase entrelaçados ao redor de seu corpo, expiro até meus músculos relaxarem. Me pergunto se minha mãe real abraçaria assim. Eu me sinto confortada, mas suponho que Maria está nervosa. Ela coloca uma de suas mãos na minha cabeça. Seus dedos correm para cima e para baixo, alisando os fios do meu cabelo. Sua musculatura tensiona entre meus braços apertados e, quando ela se inclina, meus braços caem até sua cintura. Ela dá um beijo molhado na minha testa e, antes de endireitar a postura, com os lábios ainda bastante próximos do meu ouvido, sussurra:

— Tome cuidado e não faça besteiras. Eu não quero perder você também.

Tão rápido e inconsciente como se fosse um espasmo, pendo para trás para olhá-la nos olhos. Ela parece tentar se comunicar sem palavras, arregalando os olhos como se fosse aumentar o portal que contém todos os seus pensamentos e revelá-los para mim. Agora, ela encaixa meu rosto entre as mãos. Maria ferve.

— Como assim perder você também? Quem você perdeu?

— Maria.

Em conjunto perfeito, ambas olhamos para a voz que a chama. Selah, em um de seus costumeiros vestidos floridos, desliza pela cozinha, deixando que o tecido leve flutue em cada um de seus passos.

— Sim, senhora? — responde Maria.

Selah está tão perto que quase posso contar as rugas de sua pele.

— Thomas pediu que prepare antes de sair seu caviar trufado favorito, com queijo fresco e ovos cozidos.

— É claro, senhora. Levarei até seu quarto o mais rápido possível.

— Não demore. — Selah vira-se para seguir seu rumo de volta a seu quarto, mas sua cabeça não acompanha o mesmo sentido de seu corpo. Seu foco está em mim. — E você, não deveria estar se arrumando para sair com os outros?

— Eu sou a filha de Elysium, o jardineiro, senhora. Também ajudo meu pai com o jardim.

Aqueles olhos me encaram por mais alguns segundos, entretanto, a mulher permanece calada até o momento em que resolve nos deixar. Como ela pode ter uma memória tão boa para trabalhar duro e fazer tanto dinheiro, mas não é capaz de reconhecer o rosto para o qual banca os estudos e divide o teto? Somos todos mesmo tão irrelevantes assim para ela?

Maria agora corre de um lado para o outro. Em poucos instantes, e a bancada da pia agora está repleta de tigelas, talheres e ingredientes. Deixo que meu olhar desça e encontre os potes no chão. A Collapse de Maria deve estar na menopausa, deixando-a confusa.

Pulo do banco e coloco os potes de vidro sobre a segurança do bancão.

— Sobre o que estávamos falando...

— Vá para seu quarto, Eden. Agora não é hora.

Outra vez, ela não olha para mim.

— Mas...

— Agora!

CAPÍTULO 37

DA PORTA, ARREMESSO A MOCHILA SOBRE A CAMA e a vejo cair no chão. Arrasto meus pés até pegá-la e colocá-la sobre a cadeira de frente para a escrivaninha.

Pela janela, vejo que não há ninguém no jardim. Cadê meu pai, Collapse? Elysium só não trabalha quando está doente e, quando se sente mal, vem para o quarto. Escaneio o cômodo outra vez à procura de qualquer sinal de vida, como se ele pudesse estar se escondendo. Nada. Duvido que a movimentação dos empregados o manteria longe do próprio trabalho. Bem, talvez ele só tenha ido ao banheiro.

Outra vez, exatamente como de manhã, corro a pontinha do polegar sobre o dedo anelar e sinto um vazio. Minhas mãos suam um pouco e... espera aí.

Embora aberta, a janela não é mais o bastante para refrescar o quarto. Caminho até porta e a tranco. Minhas mãos tremem ao tirar o casaco. Em poucos minutos, já estou vestindo algo mais confortável, e as roupas de Selah estão bem guardadas no cofre abaixo da cama. Só eu tenho a senha do cofre, nem Elysium sabe. É algo que me faz sentir ser dona de alguma coisa, por mim mesma.

No cofre, também guardo tudo e qualquer coisa que julgo ser relevante ou precioso: como cartas antigas escritas à mão, figurinhas raras e doces. Sentada no chão, com a cabeça apoiada sobre a cama, encaro minha mão direita novamente. Penso que se a encarar com cuidado e por tempo o bastante, o anel que nunca deixou meu dedo simplesmente reaparecerá no lugar de onde não deveria ter saído. Eu geralmente só o tiro para tomar banho e dormir, e, acostumada a revistar o banheiro compartilhado para nunca deixar nada pessoal para trás, nunca o esqueço. Esquisito.

O quarto pequeno parece ainda menor, e o ar, rarefeito. De repente, o oxigênio parece se esvair por completo. Acho que sei onde ele está! Eu lembro de tê-lo tirado apenas por um instante na tarde anterior enquanto escolhia as roupas para ir à escola. Encontrei uma caixa cheia de joias, solta ao lado dos sapatos, e quis experimentar algumas. Essa foi, definitivamente, a última vez que tirei meu anel, e devo tê-lo esquecido por lá. É engraçado como não me preocupo que Selah o encontre; ela tem tantas coisas que jamais poderia lembrar de cada uma. O que me preocupa mesmo é que era o anel de noivado que meu pai deu a minha mãe. Minha mãe sequer me deixou memórias; o anel é absolutamente tudo o que tenho dela. Tenho medo de que Selah o encontre e o guarde com os outros, ou o coloque no dedo. Tenho medo de nunca mais vê-lo. Elysium ficaria tão decepcionado!

Não posso correr o risco de Selah levar sua caixa de joias para longe. E se ela perder, e se doar, e se o apartamento onde ficar pegar fogo e todos os seus pertences acabarem sendo incinerados? Esfrego minhas mãos uma na outra como se coçassem. Talvez, se for cuidadosa, eu posso tentar encontrá-lo agora. Eu sei o lugar exato onde ele provavelmente está, e, com tanto tumulto, é capaz que nem me notem.

O closet de Selah é a primeira coisa depois da porta de entrada, e a cama fica no centro de longas tiras de voal que recaem do teto como cortinas, no lado oposto. Se ela estiver lá, é provável que não me ouça chegar. O chão coberto por carpetes encobrirá meus passos.

Sentada no chão, e com as costas ainda apoiadas à madeira da cama, embora numa posição diferente, jogo a cabeça para trás, que bate no colchão com força. Encaro o teto, embora meus pensamentos voem acima dele. Confortando a cabeça atordoada, fecho os olhos e tento afastar o flash de luz que dispara por dentro. Nope, sem remédios, eles apenas remediam o problema, mas não saram a causa. Eu provavelmente só preciso dormir melhor.

— Vamos, Eden — sussurro, sozinha no quarto.

Alguns minutos e minhas botas já sobem as escadas que me levam ao segundo andar. Não há empregados aqui. Ninguém. E, à medida em que meu raciocínio acelera, meus passos retardam. Não quero fazer nenhum som, só quero recuperar o anel de minha mãe e dar o fora daqui.

O corredor que liga os vários quartos do andar superior é bem mais amplo do que o do piso de baixo, sem contar que a mobília é mais requintada; a luz, mais amarelada; e os ambientes, mais arejados. Apenas cinco portas me separam do quarto da senhora Selah. Todas estão fechadas, exceto por uma que, do ângulo em que me encontro, parece entreaberta. Há uma sombra engraçada abaixo dela. Meus olhos correm para a direção contrária à procura de algum ponto de luz que possa justificar o sombreamento engraçado e distinto. Três novos passos, e a mancha agora ganha textura. A consistência parece viscosa, espessa, brilhante e... vermelha?

É sangue! Há sangue escorrendo por debaixo da porta.

CAPÍTULO 38

UM LÍQUIDO MORNO SE ACUMULA NA RAIZ DO MEU CABELO. Não sei se é apenas uma sensação, mas ele escorre por minha testa e meu corpo, de repente, ferve. Algo pulsa dentro de mim e diminui o espaço reservado ao meu coração, e preciso tentar escapar para que ele continue batendo. Temo olhar para baixo e ver meu peito acompanhando as batidas cardíacas.

Eu posso ler sobre ele, mas não consigo ver sangue, Collapse. Meu estômago é fraco como minha habilidade de manter os olhos abertos durante uma enxaqueca. Eu quero cobrir minha boca com a mão para garantir que nada indesejado sairá de lá, mas não consigo me mover. Os músculos do meu abdômen se contraem, e, no momento em que o cheiro alcança minhas narinas, começo a sentir o conteúdo gástrico queimar minha garganta. Não são apenas algumas gotas manchadas no carpete, Collapse. Há algo morto, ou muito ferido, do outro lado.

Alguém aperta meu ombro, e meus joelhos fraquejam. O toque agora me sustenta pelos dois lados da cintura, impedindo que eu caia. De volta em meus pés, sou virada com força.

— Se-senhor Thomas? — Minhas palavras quase não saem. Por alguns instantes, penso terem sido apenas internas, mas, lendo a feição dura em seu rosto, vejo que ele conseguiu compreendê-las.

— Você não deveria estar aqui. Não tem permissão para vir até essa altura do corredor, ou esqueceu que o quarto de ferramentas é a primeira porta após a escada?

— Eu sei, é que...

Branco. Suas mãos ainda me seguram firme pelos ombros. Não sou capaz de pensar em nenhuma desculpa, não tão rápido, não com a pouca distância entre nós.

Acho que ele percebe que me movo abaixo dele, porque sua feição suaviza, e ele me larga. Dou dois pequenos passos para trás.

— Peço que saia imediatamente.

— De quem é o sangue que tá escorrendo por baixo da porta?

Estou em total estado de alerta. E se for o corpo da senhora Leugen? E se eles tiveram outra briga, mas essa tenha terminado diferente? Talvez Thomas tenha ido longe demais. Talvez Selah tenha finalmente conseguido o irritar de verdade.

Thomas Leugen olha para mim e me enxerga pela primeira vez, me fazendo sentir pequena, mas não o bastante para me afugentar.

— Eu odeio perguntas. Não faça perguntas, garotinha. Nao se esqueça da sua posição nessa casa.

Será que ele as odeia tanto a ponto de matar alguém? Pessoas mortas não fazem perguntas. Pare, Collapse! Essas ideias são absurdas, estamos lendo livros demais. Os Leungen não são assassinos.

— Por que tem algo fedendo aqui? — Cuspo as palavras. Preciso saber.

A figura alta agora apoia as palmas das mãos sobre os joelhos e equaliza seu olhar ao nível do meu.

— Me escute com atenção. — Sua dicção é firme, e cada palavra ganha seu espaço. — Já faz um tempo que venho te observando bisbilhotar por aí, metendo o nariz onde não é chamada. Fique à vontade para contiunuar, desde que sua inconveniência irrite aos empregados, não a mim. Seria uma pena ver seu pai partir sem o tratamento que sai do meu bolso, exatamente como a sua mãe, não é? Elysium está doente, e eu sou o único que pode mantê-lo vivo. Eu não me importo que você seja nova, se você se atrever outra vez a me fazer perguntas como se fosse a dona da casa, eu pisarei em você como faço com os insetos do jardim. Fui claro?

O que ele pensa? Que eu ainda tenho oito anos e vou me amedrontar com uma ameaça? Tenho mais medo de permanecer sob o mesmo teto de alguém que as faça em primeiro lugar. Eu quero correr até a delegacia, contar tudo o que vi, mas não vi nada, e meu pai está doente. Eu sei que os Leungen pagam médicos particulares para o atender semanalmente, mas também sei que só fazem isso pelo próprio interesse, além de que o fazem trabalhar como um condenado. No final, a culpa recai como num funil e sempre acaba sobre os Leungen. Por mais que eu odeie, Thomas está certo: não posso abrir a boca.

Ergo o queixo, e apenas o encaro por alguns segundos, mal pisco enquanto o faço. Eu apenas permaneço aqui, imóvel, estudando-o, assistindo-o ofegar.

Sem avisos, ele agarra meu braço e me conduz agressivamente até a porta do quarto. Preciso contorcer meu corpo para que meus pés não pisem no sangue. Ainda sentindo os dedos pressionarem minha pele, vejo ele abrir a porta. Meus olhos escaneiam o ambiente tão rápido que quase fico zonza. Seguindo o rastro de sangue, encontro um cadáver amarronzado e de rabo comprido. Acima dele, uma televisão. Ao lado, uma cômoda caída, e diversos vasos de flores minúsculos, quebrados, espalhados pelo chão, provavelmente estavam antes apoiados sobre a cômoda.

— Selah se assustou ao ver um rato e bateu na cômoda por acidente, acabou derrubando a TV, que caiu exatamente na hora em que ele correu. — Thomas solta um riso fraco. — O rato devia ser amaldiçoado. Foi uma falta de sorte dos infernos.

— Senhor Thomas — chama Maria, no início do corredor, após subir os últimos degraus. Ela segura uma bandeja prateada coberta por uma tampa funda feita do mesmo material. Ela pode me ver. Decerto notará a forma com que ele segura meu braço. Espero que ela me defenda, que faça alguma coisa, mas nada acontece. — Aqui está o seu caviar, senhor.

— Pode trazê-lo até meu quarto.

Ele não está preocupado em também explicar a origem do sangue à Maria? Talvez ele tenha ficado tão nervoso que o cérebro dele tenha lhe pregado uma peça, fazendo com que se esquecesse momentaneamente da bizarrice da situação, se é que é possível. Ou talvez, Maria saiba de alguma coisa e, por isso, não mais se surpreende. Não. Essa ideia é ridícula. Nem Elysium nem Maria seriam capazes de nada perverso. Eu devo estar lendo livros demais. Provavelmente, ele irá explicar todo aquele sangue a ela. Thomas me larga e continua caminhando até o centro do quarto, certo de que Maria o seguirá, e ela o faz. Solto o ar e relaxo um pouco os ombros. Passando por mim com a bandeja na mão e notando que Thomas já não está mais presente, ela cochicha para mim:

— Não suba mais aqui.

— Maria! — grita a voz masculina, com certa urgência.

— Estou indo, senhor! — Caminhando até o quarto de Thomas, ela desvia da poça de sangue e entra nos aposentos do dono da casa.

CAPÍTULO 39

EU SIMPLESMENTE TIVE UM SURTO, um lapso mental. Quem eu estou achando que sou? Eu não sei dar uma festa, ainda mais numa casa que nem é minha. Eu não posso simplesmente mentir pra todo mundo e enganá-los desse jeito. Furtar roupas porque gosto de moda já é ruim, agora *isso*, isso não.

Descruzo os braços, e finalmente tiro o telefone social da área comum fora do gancho. Em segundos, o número que disquei, substitui o barulho fino da chamada pela voz familiar:

— Alô?

Um nó surge na minha garganta, e preciso engolir a saliva duas vezes até que consiga falar: — Miles? Será que podemos con...

O tom desvanecido toma conta outra vez e me faz ouvir o eco da minha própria voz, voltando para mim ao ter a ligação desligada na minha cara. O que houve com ele? Com o cenho franzido, e a respiração pesada, disco para a casa dos Walter outra vez. De repente, o silêncio parece mais limpo, e eu quase posso ouvi-lo respirar do outro lado da linha.

— Eu só quero conversar. Tem coisas acontecendo e eu...

— Eu sei muito bem das coisas que estão acontecendo, Eden.

O tom firme me pega de surpresa.

— Quê?

— Como foi cuidar do seu pai na noite do recital? Ele está melhor agora?

Meu olhar se perde, analisando cada uma das imperfeições da parede à minha frente.

— Sim, ele está melhor. — Meus punhos cerram, e cogito bater a testa contra a madeira.

— Que bom. Da próxima vez, talvez você possa levá-lo ao cinema também.

Ele descobriu.

— Miles...

— Eu não acredito que mentiu bem na minha cara e que perdeu uma noite importante pra mim apenas pra ter um encontro com um menino que espalhou pra escola toda o quão obcecada por ele você estava enquanto dançavam coladinhos. Espero que a música que tocou ao dançar com ele tenha sido melhor do que a que toquei pra você no quintal de casa. É sério, Eden. Achei que fôssemos amigos.

Kaden fez o quê? A fala de Miles de repente parece me teletransportar para um palco escuro, com um único holofote sobre mim, cegando meus olhos e me impedindo de ver quem está na plateia. Me sinto descoberta, observada, como se uma parte privada da minha vida estivesse em exposição. Obcecada... Como ele poderia ter dito aquilo? Não sei quantas vezes por segundo, mas meu cérebro ecoa a palavra inúmeras vezes, girando em minha mente como uma lâmina afiada. Tentando ignorar a dor aguda crescente em meu peito, me esforço para encontrar na minha criatividade alguma desculpa crível que possa justificá-lo, afinal, pode ser que tudo não tenha passado de um grande mal-entendido, não é? Odeio pensar que algo tão genuíno de dentro de mim tenha alcançado o mundo exterior e virado piada. Talvez Kaden tenha dito como brincadeira, sem imaginar o impacto que isso teria. Ou quem sabe, alguém o tenha ouvido cochichar sobre nossa dança e por ciúmes, tenha revertido suas palavras. Ouvindo o silêncio do outro lado da linha, engulo o excesso de saliva que se acumula em minha boca. Buscando energia em qualquer lugar para priorizar o meu relacionamento com Miles ao invés do meu coração um pouco partido, respondo: — E somos! Você é o meu melhor amigo, Miles — falo mais alto do que o necessário, torcendo para que se eu falar alto o bastante, minha voz irá magicamente chacoalhá-lo e ajudá-lo a entender.

Espero que o empregado que fez uma careta ao me ouvir quase gritar numa ligação, passe por mim e suma, seguindo suas funções.

— Eu sinto muito, muitíssimo mesmo. Eu prometo te compensar de algum jeito, e me redimir pelo que fiz, mas agora eu realmente preciso que você me escute.

Novamente, o som contínuo e o chiado irritante tomam conta.

Sem pensar, disco os números que nunca saíram da minha cabeça. Meus pés batem enquanto a chamada ainda não é atendida. No quarto bipe, finalmente escuto uma voz madura:

— Pois não?

— Hum, olá. Eu gostaria de falar com a Po… é… com a Eloise, por favor.

— Quem gostaria?

— Uma amiga da escola. — Engulo a saliva, sinto o gosto de ferrugem invadir a boca.

— Um momento, por favor.

Meus pés continuam a bater no chão, completamente descompassados. Meu coração faz o mesmo.

— Quem é? — diz a voz do outro lado da linha.

— Polar, sou eu, Eden Scott.

Silêncio.

— Por que tá me ligando?

Eu mordo os lábios com os dentes do lado de dentro e os espremo com força antes de abrir a boca. — Será que você poderia avisar a todos para não aparecerem hoje? Ligue para Oliver, ou sei lá, algum dos seus outros amiguinhos. Sei que a notícia vai se propagar mais rápido se você falar.

— O quê? Não, não, não…

Eu posso ouvi-la mastigando o chiclete que a impede de falar continuamente.

— Você não pode cancelar uma festa. Não em East River. — Polar continua.

— Você não está entendendo, eu realmente não estou em condições de…

— É você que não está entendendo. — Interrompe. — Mesmo que eu quisesse, como eu avisaria a todos para não irem agora? Você convidou a sala inteira, Eden, e a esse ponto, eles provavelmente já devem ter convidado outras três. Não tem como falar com todo mundo até às nove.

Enrolando o fio do telefone ao redor dos meus braços ao me virar, encosto a cabeça na parede.

— Polar, eu tô te implorando pra me ajudar com essa.

— Não dá, eu já tô lidando com problemas demais hoje pra te ajudar.

Mesmo à beira de um precipício de nervos, não consigo me manter calada ao saber que Polar não está bem. Acho que mesmo que eu me esforce tanto para ser descolada, eu realmente nunca serei como eles. Diferente deles, eu me importo, me importo demais.

Solto o ar, e acalmo meus batimentos.

— Tá tudo bem? Teve algum desentendimento com o Oliver outra vez?

— Não tem como ter um desentendimento com alguém com quem a gente nem está conversando. Parece que ele gosta de mim o bastante para me contar os seus segredos mais obscuros, mas não o suficiente pra me assumir publicamente. Não quero mais gastar saliva, muito menos meu tempo mencionando o nome desse garoto.

Eu realmente não esperei que ela fosse me contar coisa alguma. Ela realmente deve estar precisando desabafar, se até eu lhe pareci uma opção. Quase parece que voltamos no tempo.

— Eu sinto muito. Eu...

— Quer saber? Eu nem sei por que te falei isso, não é da sua conta. Te vejo às nove.

Como um eco decadente, ouço a última frase como se sua boca já não estivesse mais tão próxima ao telefone instantes antes do bipe. Com o som agudo ecoando no ouvido, devolvo o telefone ao gancho.

Droga, Collapse. Parece que hoje daremos uma festa.

CAPÍTULO 40

— **GOSTOSURAS OU TRAVESSURAS?** — pergunta uma criança com metade da minha altura, vestida de Michael Jackson em "Thriller", na porta da frente da mansão. Eu a vejo estender uma pequena cesta de madeira, à espera de doces, para um dos empregados remanescentes que atendeu ao portão, enquanto chego próximo a eles.

Eu nem imagino como deve ser você, Collapse. Presa em uma desordem prolixa interminável. Absolutamente todos no mundo tem pensamentos ruins, de vez em quando, a diferença, é que você conhece os meus. Cada um deles.

Uma única gota gelada pinga no topo da minha cabeça. Sentindo a pontinha dos dedos molharem ao levá-los até onde acho ter caído a gota, imediatamente, os trago para frente do nariz e os cheiro. Nada. Olho para cima. Nada. Estranho, talvez uma nuvem específica tenha sentido pena e chorado por mim. Pensar assim me faz sorrir.

E se simplesmente, em vez de irmos até a loja de conveniência comprar elementos de Halloween para a festa, fôssemos até o aeroporto, Collapse? Eu tenho certeza de que, com a história certa, poderíamos conseguir algum jeito de entrar numa daquelas aeronaves grandonas de aço e titânio. Poderíamos voar até Paris, encher a cesta de uma bicicleta de baguetes, criar uma saia com tecidos recicláveis, chamar a atenção de uma marca famosa e nos apaixonarmos por um europeu com sorriso bonito e hábito de abrir portas alheias. O que acha?

Prendo o maxilar involuntariamente enquanto caminho, distraída com meus devaneios, até alcançar a loja, que eu sei vender artigos de festas. Mesmo o exterior da loja já conta com uma decoração primorosa. Desde abóboras espalhadas pelo chão a fantasmas e caveiras presos no teto e paredes, o ambiente exala o tema do dia. A loja está cheia de pais que deixaram as compras para a última hora e crianças implorando por doces. Espertinhas: é ali mesmo que o dinheiro e os doces estão, crianças.

Quem me dera se fosse possível simplesmente voar pra bem longe. E é pensando no céu que coloco um teto sobre a minha cabeça, ao entrar no estabelecimento que me faz tossir pelo excesso de gelo seco. As falsas aranhas e teias emaranhadas a cada prateleira dificultam um pouco encontrar o que procuro. Eu não sei exatamente o que vestir. Deixo que meus dedos corram pela arara de fantasias, como se o contato do tecido com a pele dos dedos possa de repente me trazer alguma ideia. Puxo algo brilhante bem do centro das outras roupas, e encontro o que acho ser um dos figurinos usados por Madonna, em um de seus últimos lançamentos. Não me leve a mal, Collapse. Eu sei que ela é extremamente talentosa. Tenho orelhas que funcionam direitinho, sei reconhecer e apreciar boa música, mas tenho um pequeno bloqueio contra o que todo mundo gosta demais. Talvez seja mesmo apenas porque ela está em alta, e todos só falam sobre ela.

Não acho que seja minha culpa, é só um traço meu. Por exemplo, se alguém me apresentar um livro, sem me contar que ele está sendo idolatrado por todos os jovens leitores da Califórnia, eu até posso gostar, mas, se começar a leitura já sabendo da sua popularidade, as chances de detestá-lo triplicam. Ainda assim, a simples ideia de ter oito Madonnas na festa já me faz torcer o nariz para ser a nona. Além do mais, acho que ficaria pequena demais para mim. Nope. Vamos encontrar algo diferente.

Meus dedos voltam a correr pelos tecidos, até que um brilho curioso me chama a atenção na estante acima da arara de roupas. Na ponta dos pés, eu me espicho. Quase lá. Recompondo o fôlego, volto a esticar o braço. Se eu fosse meros cinco centímetros mais alta, por certo, aquilo já estaria nas minhas mãos. De repente, um braço surge por trás de meu corpo, e uma figura estranha quase me esmaga contra a estante. Acompanhando o movimento da mão salvadora, me deparo com uma fantasia roxa. Primeiro, agarro a roupa, depois, me viro para ver o rosto do desconhecido que decidiu ser solidário numa tarde de Halloween.

CAPÍTULO 41

A BUTIQUE DE FESTA É UM TANTO ESPAÇOSA, mas os cinco corredores a fazem parecer pequena. As estantes de madeira, que expõem os itens não muito bem-organizados, exalam o pó que vem das duas janelas e da porta, e vejo flutuando nos feixes de luz. Além disso, o proprietário também teve a péssima ideia de adicionar gelo seco — tudo para criar uma atmosfera digna do dia de hoje. Essas, Collapse, são as duas únicas razões do porquê tusso sem controle ao ver o rosto desse garoto. Não tem nada a ver com a aparência dele.

— Você tá legal? — O menino dá pequenos tapas nas minhas costas, mas, em vez de parecer preocupado, apenas ri.

— Tem muita fumaça aqui — respondo, ainda tentando me controlar para não continuar tossindo. Com a mão esquerda, abano o meu rosto, como se o oxigênio fosse entrar com maior facilidade em meus pulmões.

— Não quero ser enxerido, mas está planejando usar isso?

Ignorando o rubor que mancha minhas bochechas ao ouvir o sotaque engraçado, olho para o que seguro, e só então noto ser uma fantasia de elfo muito, mas muito estranha. Solto um "pss" com a boca.

— Eu não sei o que vestir.

— É pra uma festa de Halloween?

— Sou a anfitriã. — Não sei por que disse isso, só escapou. Acho que me faz parecer legal.

— Legal — diz ele, confirmado meus pensamentos.

Silêncio.

Ele solta um "oh" ao perceber que uma de suas mãos ainda está nas minhas costas, e é só aí que me dou conta. Não sabendo para onde olhar, encaro alguns discos e fitas cassetes à minha direita.

Ele segura as mãos juntas atrás do corpo e começa a andar até o final do corredor. Ouvindo-o murmurar algo incompreensível, assumo que ele esteja falando comigo, e me apresso para ouvi-lo mais de perto, seguindo-o pela passagem.

— Tem uma obra chamada *Alice no País das Maravilhas*, de Lewis Carroll. É um excelente livro. Você conhece?

É um alívio que ele ainda esteja olhando para frente, porque eu morreria se ele visse a careta surpresa que eu acabei de fazer. Não é que eu não conheça meninos que leem, mas a minha visão da espécie masculina está mais associada a jaquetas de couro, carros conversíveis e cigarros nojentos, e não exatamente à literatura.

— Óbvio, é um dos meus clássicos favoritos.

Eu não posso ver seu rosto, mas juro poder ouvi-lo sorrir, se é que faz sentido.

— Legal — diz ele. — Por que não vai como Alice?

Alice? Não, comum demais. Mas e se... Eu puxo o ar com força, exatamente como faria se tivessem me assustado.

— Melhor ainda, eu poderia ir de Chapeleiro Louco! Seria perfeito! Ele é excêntrico e tem um jeito de pensar enigmaticamente atraente. Ele é irracionalmente lógico, segundo a sua própria maneira. Confuso, mas também sábio! Ele interrompe seus próprios monólogos, ama chá da tarde e é superestiloso.

Pela primeira vez, ele para e vira para mim.

— Tá ai um ótimo jeito de descrevê-lo. Eu mesmo não faria melhor.

De repente, minha empolgação cobre a presença do garoto.

— Carroll não o descreve muito, mas, considerando as ilustrações, sei que ele usa uma cartola, uma gravata borboleta com bolinhas, casaco e calças extravagantes. É perfeito.

Ao voltar à realidade, noto que não estou falando sozinha. Ele está me ouvindo, com atenção.

— Obrigada pela ideia. Eu amei.

— Imagina.

Mentalmente me despedindo do estranho que simplesmente me deu a melhor ideia do ano, passo em sua frente, já procurando pelos adereços certos.

— Você precisa de ajuda?

A voz já não tão desconhecida, me faz virar, e encará-lo outra vez.

— Não precisa. Quer dizer, você com certeza deve ter algo melhor para fazer numa segunda à noite.

— Melhor do que isso? Não mesmo.

CAPÍTULO 42

NÃO HÁ MUITO PARA TE CONTAR SOBRE OS ÚLTIMOS MINUTOS, Collapse. Mas acredito que possa resumi-los com as seguintes onomatopeias: "hum", "uau" e "atchim" (eu espirrei umas sete vezes por conta do pó). O estranho me seguiu por todo canto, alcançando o que ficava no topo das prateleiras, e dando sua opinião sobre cada coisa. Em sua maioria, elas foram úteis. Sinceramente, se fosse em qualquer outro dia, a improbabilidade engraçada dessa conexão estranha já teria sido vítima da minha imaginação, mas, sendo honesta, Collapse, minhas mãos ainda tremem. Nem um garoto de cachecol vermelho, sobretudo marrom e sotaque ligeiramente inglês consegue apagar aquele sangue de rato e a palavra "obcecada" da minha mente. Não consigo raciocinar direito, embora esteja dando tudo de mim para parecer normal. Tem tantas coisas pesando sobre meus ombros agora. Eu não sei se consigo fazer isso.

Caminho até a fila de pagamento, seguida pelo garoto. Olho para a cesta plástica que seguro e analiso a compra.

— É isso. Acha que tenho o bastante para dar uma festa?

— Acho que tem o bastante para dar três festas — responde naquele sotaque charmoso, enquanto arregala os olhos ao olhar para o excesso de itens.

Eu sequer tenho dinheiro pra pagar isso. Digamos que eu esteja fazendo um empréstimo das minhas próprias economias. Ainda assim, vou ter que perguntar ao Jorge, o proprietário, se posso pagar o resto no mês que vem.

— Só não pode esquecer... disso daqui. — O garoto se vira, e coloca os trajes do Chapeleiro sobre a cesta, que, por conta do excesso de coisas, agora está tão grande que praticamente cobre meu rosto.

— Acha que eu fiz a escolha certa? — pergunto atrás dos tecidos. Minha voz sai abafada. Tusso outra vez.

Como se tentasse acertar uma mosca, sem avisos, ele leva a mão para frente do meu rosto e estapeia os tecidos, abrindo espaço para poder ver meus olhos.

— Olha, não te conheço, mas me parece que você é tão enigmática, e intrigante, como ele.

Quando um garoto bonito te compara ao Chapeleiro Louco, se trata de uma ofensa ou elogio? O que eu deveria responder? Eu vou mudar de assunto e torcer pra ele não notar.

— Você é novo na cidade? Nunca te vi por aqui. Nessa região, geralmente vemos os mesmos rostos. E essa cidadezinha ainda não foi descoberta pelos turistas.

Ele enfia as mãos nos bolsos do sobretudo e olha para baixo.

— Na verdade, vim passar as férias com minha família. Eles estão esperando por mim.

— Legal. Você tem irmãos?

— Tenho. Sou o mais velho de sete.

— Uau.

Ele ri.

— Pois é, tive uma infância e tanto.

— Vocês são todos da Inglaterra?

— Não, nascemos aqui, mas fomos estudar em Londres.

Europa, Collapse. Poderia ser um sinal, mas não hoje. Hoje, todas as minhas energias criativas se concentram em não estragar uma festa, que está me fazendo torcer ardentemente para que extraterrestres existam e venham me abduzir.

— Legal — finalizo a conversa, com um sorriso meigo para dar um toque. É o meu prêmio consolação por não ter energias para revelar a Eden incrível de sempre.

Pobre coitado. Ele nunca saberá o quão incrível eu sou.

Jorge chama meu nome, e com a ajuda do desconhecido de cachecol vermelho, coloco a cesta sobre a bancada.

Flash.

Quase o pior momento possível. Se fosse um segundo antes, eu teria largado todas as coisas no chão e feito uma bagunça. O clarão parece brilhar ainda mais forte hoje. Você também sente as minhas enxaquecas, Collapse? Ou encontrou alguma zona segura aí dentro?

— Você tá bem?

Sentindo uma mão nas costas, endireito a postura.

— Claro.

Eu não sei se ele notou, mas aprecio o fato de ter ficado em silêncio. Seria vergonhoso se ele falasse alguma coisa.

— Eu posso ir na festa?

Meus olhos rapidamente vão ao encontro dos dele.

— Quer dizer, eu não quero ser invasivo, mas seria legal fazer algumas amizades, já que vou passar o outono todo aqui.

Eu não sei se são as dores de cabeça, a pressão que sinto em retribuir a gentileza aguda do londrino misterioso ou porque, no fundo, eu gostei da companhia dele, mas num impulso digo:

— Por que não? Eu vou te passar o endereço.

CAPÍTULO 43

EU ASSISTO A ELYSIUM PREPARAR UM CHÁ no nosso quarto. De costas, com a fumaça quente subindo, a visão que tenho dele é quase como se viesse de um sonho. Ele está tão perto, mas, ao mesmo tempo, me sinto distante, como se pudesse gritar e não ser ouvida. Não posso contar a verdade. Mas, ao mesmo tempo em que sinto cada átomo do meu corpo alertando que há algo muito errado com os Leugen, não consigo encontrar nada concreto que os incrimine. A minha intuição não é suficiente. Mesmo depois de ter visto o rato, ainda sinto que algo está estranho, como se houvesse algo a mais esmagado embaixo daquela televisão — algo que não posso identificar. Não sei quanto sangue um rato pode perder, e, sinceramente, não sei se meus pensamentos fazem algum sentido ou se estou começando a enlouquecer.

Além disso, mesmo que eu tivesse provas para acusá-los, a verdade é que sou covarde, Collapse. Não temos dinheiro, e desmascará-los só serviria para alimentar o meu ego. O resultado seria que eu e meu pai acabaríamos na rua, sem um lugar para onde ir. E, mesmo que minha intuição sobre a família Leugen esteja certa e, de algum modo, eles sejam pessoas más, aparentemente, não representam uma ameaça direta a mim ou ao meu pai. Quer dizer, exceto por fazerem-no adoecer com o trabalho exaustivo que o forçam a fazer.

Quero parar de pensar. Quero encontrar algum escape mental onde eu possa me esconder de você por alguns minutos, Collapse. Eu sei que as lembranças que estou tendo provavelmente estão sendo manipuladas por você agora. Sinto como se ao me esforçar para voltar no tempo, eu quase pudesse ver algo a mais, abaixo daquela televisão. Era quase como se a pequena parte à mostra do corpo do rato, estivesse ali como uma distração, apenas para que meus olhos não encontrassem a real origem do líquido que escorria até debaixo da porta. Talvez essa tenha sido a razão de eles quererem que todos saiam de casa. E se algum empregado não mais retornar, ou a senhora Leugen?

Antes de tomar qualquer decisão e talvez envenenar a mente de meu pai contra seus patrões — e também contar como o senhor Leugen agarrou com força o braço de sua filha até machucá-la — preciso encontrar um lugar seguro para onde pudéssemos ir. Será que estou ficando maluca? Tenho 17 anos, não tenho dinheiro, nem família para me apoiar enquanto cuido do meu pai. Como arranjaríamos dinheiro para o tratamento dele? Talvez, tudo tenha uma explicação. Talvez, abrir a boca signifique a maior idiotice da minha vida. Se eu falar e estiver errada, isso poderá custar o emprego de meu pai, mas se eu me calar e estiver certa, poderá custar a vida dele.

Mordo as peles internas da boca e expiro lentamente pelo nariz. Um passo de cada vez. Primeiro, preciso salvar minha vida social impedindo que uma festa aconteça — eu e esta casa não estamos em condição de receber ninguém aqui. Depois, vou salvar a minha vida e a vida do meu pai.

Assim, não conto coisa alguma e me deixo sufocar com o segredo.

Sentada com as pernas cruzadas sobre a cama, vejo os últimos empregados deixarem os portões pela janela. Pela primeira vez, desde que nos mudamos para cá, somos apenas meu pai, eu e uma mansão enorme. Mesmo assim, a primeira ideia de meu pai para celebrar é fazer um chá quente — que, pensando bem, não é tão ruim, considerando meus nervos.

Vagarosamente, ele se aproxima.

— Cuidado. Segure pela asa. Está fervendo.

Pego a xícara pequena das mãos dele e começo a assoprar o líquido que ainda solta fumaça. Com o rosto afundado na porcelana, quase não noto que ele me estuda.

— Você parece tanto com ela.

Levanto o cabeça e o olho com atenção. Ele sequer precisa dizer um nome para que eu saiba que ele se refere à mamãe. Ele quase nunca toca no assunto, e eu também quase nunca o trago à tona — não porque não queira, mas porque nem sei bem o que dizer.

Notando o brilho que já ilumina seus olhos, tento trazer cor à tensão.

— Ela também era eletrizante e incrível como eu?

Percebendo que dou risada sozinha, ele me infecta com a feição dura e pensativa.

— Exatamente como você. Sabe, uma das coisas que mais amava nela era a sua complexidade de pensamentos. Sua mãe tinha o poder de transformar qualquer frase em poesia, qualquer rotina em filme, qualquer beijo em promessa. Ela me lembrava do quão bom era viver.

Ele deixa sua xícara na bancada e caminha até mim. Sentando-se sobre os calcanhares, sorri e então segura meu queixo com a mão esquerda.

— Eu sei que, às vezes, você vê sua mente como um fardo, mas é a benção que te difere, Eden. Há tanto amor sobre você que te permite enxergar o mundo com as lentes do romance, exatamente como ela fazia. Você é a minha pequena flor criativa, tempestuosa, leve e enérgica.

Sinto minha boca secar. Corro a língua sobre os lábios ressecados por alguns instantes.

— Eu te amo, pai. — É tudo o que digo. É tudo o que preciso dizer. Espero que ele reconheça as mil páginas que estão dentro dessa frase. Sorrindo em retorno, ele me comprova que sim. Eu sinto seus braços me envolverem e me rendo ao aconchego. Aqui dentro, o tempo para, e eu me esqueço de tudo, exceto o meu coração e o dele, que parecem bater juntos.

Elysium se levanta e se vira em direção a janela. Ambos nos perdemos na vista do jardim vazio.

— Quase esqueci... — Ele se remexe, ainda sobre os calcanhares. — Eu encontrei uma coisa.

Assistindo-o enfiar os dedos dentro do bolso traseiro, ergo as sobrancelhas. O formato pequeno que se revela aos poucos, entre seus dedos, me rouba o ar. Esticando o braço, Elysium coloca o anel do meu lado, na cama.

— Como você encontrou? Onde estava?

Não posso acusá-lo dizendo saber que o anel estava no quarto de Selah, não sem revelar ainda mais segredos. Não acho que ele aprovaria ou manteria segredo. Ele sempre foi do tipo "justiça, justiça, justiça". E, como já corro o risco de ter que explicar a razão de ter tido que expulsar estranhos que vieram para uma festa que eu estava disposta a dar numa casa que sequer é nossa, não posso adicionar mais uma coisa à lista de decepções. Não é que eu espere ser pega, mas eu não sou exatamente o tipo de filha que faz muitas coisas escondidas do pai. Os pequenos furtos do closet da dona da casa já são a maior rebeldia e aventura da minha vida. Bem, até agora. Elysium me criou para ser uma boa menina, eu sei que ele deu o melhor que tinha. Agora, olhando nos olhos dele, eu sei que há uma faca no lugar da minha língua. Abrir a boca é arriscado demais, tudo o que posso fazer é apenas ouvi-lo. Meu coração verteria o dobro de sangue se eu ferisse o dele. Odeio omitir algo dessa magnitude de Elysium, mas, para o bem dele e do nosso relacionamento, é melhor que ele não saiba de nada. Se eu não confessar, a imagem de "pequena flor" se manterá intacta em sua mente, por mais que não mais seja a completa e absoluta verdade.

— Encontrei na cozinha. Estava perdido abaixo da mesa. Talvez você tenha deixado cair quando voltou da escola.

Eu sei que o anel não caiu, lembro perfeitamente de tê-lo intencionalmente retirado do dedo enquanto estava experimentando as joias que esparramei no tapete do closet. De repente, os mesmos olhos que sempre me trouxeram tanto conforto desde a infância, agora parecem um fardo pesado demais para suportar. Não deixo uma palavra sequer escapar, por isso reconheço que não há racionalidade nos devaneios que me torturam agora. Ainda assim me sinto culpada, como se ele me acusasse com o seu silêncio. Culpá-lo é mais fácil do que encarar o fato de que posso tê-lo desapontado.

Não sei se ele mente sobre ter encontrado o anel na cozinha e se esconde outros assuntos privados dos Leungen. Reconheço, mesmo assim, que, talvez, para me sentir melhor, eu o esteja pintando como um possível vilão, alguém que omite segredos, quando na verdade sou eu. Nos dias que se arrastam dentro desses segundos, em mim, somos estranhos.

Olho para a xícara que seguro apoiada nas minhas pernas cruzadas, e apenas aceno com a cabeça, concordando com ele, sem energia ou vontade de interrogá-lo ou me defender. Eu me vitimizar é a única forma que encontro de tornar meramente suportável trair sua confiança.

Sem piscar, eu assisto a meu pai bebericar o seu próprio chá e limpar uma gota que escorre pelo queixo com o dorso da mão.

— Não seja tola, Eden. Eu já perdi minha mulher por sua causa, não me faça perder meu emprego e minha casa também. — Elysium larga a xícara na mesa sem cuidado, despejando uma boa parte do líquido quente sobre a madeira. — Você deveria ter morrido no lugar dela. Minha esposa não me daria tantos problemas.

Suas palavras me atingem como uma lança que contorce em meu estômago. Ranjo os dentes, sinto a tensão sobrecarregar meu maxilar e assisto as veias do pescoço de Elysium saltarem esverdeadas.

Ele sabe. Elysium sabe e me despreza por isso com cada fibra de seu corpo. Eu o decepcionei. Mais do que ele achou que eu poderia. Para ele, talvez eu sempre o tenha lembrado da dor e do que poderia ter sido diferente. Talvez eu nunca tenha sido verdadeiramente pertencente, e todas as palavras bonitas foram apenas tentativas de compensar o vazio que nunca poderá ser preenchido por mim. Eu e o lembro de um início feliz, mas ele nunca foi feliz comigo. Hoje, somos estranhos que dividem um quarto. Hoje, decido, somos desconhecidos que compartilham o mesmo sangue.

CAPÍTULO 44

EU ESTOU SOZINHA NUMA CASA ENORME. Me sinto sufocada. Meu estômago arde. Minha cabeça gira, e esbranquiça minha visão.

Atravesso o corredor e o salão principal com pressa, ao ponto de meus cabelos voarem para trás, apesar de sentir que me movimento em câmera lenta. Alcanço a cozinha. Dou uma volta completa ao redor da bancada central. Duas. Três voltas. As mãos agarram com força a minha cintura. Paro. Apoio as mãos sobre o mármore enquanto baixo a cabeça e estico os braços e os joelhos. Uma lágrima escorre pela bochecha quente. Odeio que estou batendo os dentes. Meu corpo reage como se eu estivesse nua na neve. Estou quente por fora e fria por dentro. Não posso perder o controle.

Olho para o lado e vejo um dos potes de vidro no canto da pia. Maria não o deve ter visto, e na pressa o deixou aqui. Volto a olhar ao redor, não há absolutamente ninguém além de mim. Seguindo meu instinto borbulhante, em segundos o pote está em minhas mãos. Um segundo depois, não está mais. O vidro se espatifa, e espero que com ele, um pouco da minha tensão também se vá. Alguns caquinhos rasgam a pele das pernas expostas pela saia curta. Um espasmo de dor trespassa meu rosto, cuja expressão até então estava relativamente tênue. Me inclino apenas o bastante para remover dois caquinhos ainda agarrados à minha perna. Eu deveria ter vestido calças. No meio do caos, me sento no chão e afundo o meu rosto no meio dos braços. Não sou forte, e nem quero ser, ao menos não agora. Meu coração se dilacera feito ruínas atingidas por um canhão, e arde dez vezes mais do que a ferida na pele. Elysium sempre foi a minha estabilidade, e, sem ele, o chão parece feito de água.

Choro alto, mesmo implorando a mim mesma para ficar em silêncio. Meu coração bate tão forte que eu temo abrir a boca e vomitá-lo no chão. Sequer sou capaz de manter a coluna ereta. Minha perna dói com alguns caquinhos.

Engulo a saliva, que desce pela garganta como um espinho, e passo a mão nos olhos para secar as lágrimas que escorrem quando ouço o som da campainha. Ninguém deveria estar aqui – não agora. Com o pouco de força que me resta, caminho até a janela e olho para fora como se fosse possível enxergar dali quem se esconde, atrás do portão, no final do jardim extenso. Por um breve minuto, cogito não me mover e me entregar a sei lá que sentimento que me corrói por dentro, torcendo para que seja uma visita indesejada que vá embora. Mas me recordo que convidei *trinta* pessoas. Preciso pensar em como desconvidá-los o mais rápido possível, caso contrário, terei de expulsá-los um por um, pessoalmente. O que não será muito legal, considerando o fato de que estarão arrumados e esperando por uma festa. Com sorte, ao menos dessa vez, será uma criança corajosa buscando doce na mansão assombrada, e não um dos meus convidados que tenha decidido chegar mais cedo.

CAPÍTULO 45

— ENTÃO É AQUI QUE VOCÊ MORA?

Com os braços cruzados, caminho de volta pelo corredor externo que corta o jardim, ao lado do garoto que conheci na loja de conveniência, há poucas horas. Ele está sereno e caminha confiante, como se nenhum lugar do mundo não houvesse sido desbravado por ele antes. Embora intrigada com essa presença inesperada, não posso evitar, devido ao costume, desviar para seguir meu rumo até a porta dos fundos, mas rapidamente conserto meu erro ao fingir que fora apenas um deslize inocente. Toda a minha concentração está em como expulsá-lo daqui.

— Aham — respondo, não reprimindo o desejo de permanecer o encarando, enquanto ele continua sua caminhada desapressada até a porta da frente.

— Legal.

Levo as mãos para trás e, com os lábios cerrados, concentro o ar dentro da boca fechada e solto um som curioso.

— Me desculpe perguntar, e não é que eu esteja te expulsando, de forma alguma, mas você sabe que a festa só começa às nove, não é? — Ele assente com um movimento de cabeça que se revela devagar, contínuo. — E sabe também que agora são umas três e meia, certo?

Balanço a cabeça. Preciso fazer isso mais cedo ou mais tarde. E já que talvez tenha que fazer isso pelo menos umas trinta vezes hoje, é melhor começar rápido.

— Além disso, a verdade é que não teremos mais uma festa.

O garoto inglês para e olha para mim. Não sou capaz de ler o que sua feição quer dizer, então espero até que ele comece a falar.

— Por quê?

Certo, uma pergunta bastante previsível, eu diria. E agora? Por que, Eden? O que voce vai falar? Permaneço em silêncio, à procura das palavras certas.

— Você está bem? Alguma coisa aconteceu? — pergunta, insistente.

Se algo aconteceu? Bem, meu pai descobriu que a filha é uma ladra e mentirosa, e eu descobri que ele me despreza porque matei minha mãe quando nasci. A casa onde vai rolar a festa não é minha, e eu devo estar cometendo um crime apenas por estar conversando com você aqui, me passando por proprietária desse lugar. Além disso, o real dono pode ser um assassino e me ameaçou por ter visto muito sangue escorrendo por debaixo da porta de seu quarto – no andar em que sou proibida de subir. Na noite anterior, eu ouvi ele e a esposa discutindo de uma forma muito estranha, como se escondessem algo sério, por isso não consigo parar de pensar que talvez o corpo de um dos empregados esteja escondido no andar superior da casa na qual você quer entrar agora para fazer amigos numa festa, ou quem sabe, seja o corpo da senhora dona da casa, que eu não avistei deste então. Meu melhor amigo não fala comigo porque eu esqueci do dia mais importante de sua vida, e tudo porque passei a noite com um garoto que espalhou para toda escola o quão obcecada eu sou por ele.

— Não, nada aconteceu — respondo. — Só estou com um pouco de dor de cabeça.

Olhando para os lados, ele leva as mãos para trás e, então, olha para mim. Seus olhos estudam cada linha do meu rosto.

— Você está sozinha? Há algo que eu possa fazer por você para que se sinta melhor?

Talvez seja porque absolutamente todas as pessoas importantes da minha vida não estão falando comigo agora, mas, apesar de ele ser um completo estranho, não parece a pior das ideias passar as próximas horas em sua companhia. Pelo menos eu poderia me distrair e acalmar um pouco. Com o tempo, eu posso criar alguma desculpa e quem sabe, ele até possa ser útil para me ajudar a expulsar um monte de adolescentes decepcionados por terem que voltar para casa. Mas, antes, preciso garantir que ele não seja um assassino em série, ou um psicopata como o Harper mais velho. Esse dia já tem emoções demais para mim.

— Por que veio tão cedo? — pergunto. Ignorando sua pergunta e caminhando em direção à porta. Espero que ele responda antes de abri-la.

— Eu sei, mas vi quanta coisa você pegou na loja, e eu meio que me senti responsável por ter te induzido a pegar mais do que o suficiente. Só imaginei que pudesse precisar de ajuda para arrumar tudo e, como eu estava com tempo, decidi aparecer.

— Mas você não veio para a Califórnia para visitar a sua família? Você já os viu?

— É meio complicado. Faz muito tempo que não os vejo, então estou um pouco nervoso. E eu menti, eles não estão esperando por mim, como havia dito. A verdade é que quis surpreendê-los e meio que tomei a decisão estúpida de vir sem avisar. Fui até a casa, mas parece que eles não estão lá. Espero que não se importe em ter um carro velho cheio de malas estacionado em frente ao portão.

O que você acha, Collapse? Crível o bastante? Eu acho que sim, ou ao menos quero desesperadamente acreditar que a minha única companhia é uma pessoa boa, afinal.

Por alguns segundos, nós dois paramos e nos encaramos, mas, após seguir o olhar dele até o trinco da porta, eu a puxo para o lado de fora, permitindo a entrada de nós dois.

— Imagina.

— Então, por onde começamos? — Ele parece ansioso para iniciar os preparativos da festa. Vê-lo empolgado me faz relaxar um pouco. — Sinceramente, eu acho que dar uma festa pode te ajudar a se distrair da dor. Meu irmão mais velho costumava sentir dores abdominais fortíssimas por conta de uma doença crônica, e ele sempre chegava tarde em casa, jurando a meus pais que era porque perambular por aí em festas o ajudava a se distrair das dores. Eu sei que dores na barriga são diferentes de enxaquecas, e também não sei se era verdade ou apenas uma boa desculpa para passar tantas noites fora de casa, mas acho válido tentar. O que você acha?

A lembrança da história faz ele sorrir, e, sem pensar, reflito o sorriso dele no meu rosto.

— Posso te ajudar a manter a festa sob controle, se quiser — ele continua. — Assim você se diverte um pouco e se preocupa menos.

Collapse, estamos doida por nos deixar convencer por um desconhecido de sotaque bonito? Temos problemas reais, não podemos sucumbir à fantasia de...

— Sabe... — Ele interrompe meus pensamentos. — Eu realmente gostaria de passar mais tempo com você e, quem sabe, desenvolver uma amizade. Essa foi a principal razão de eu ter aparecido mais cedo. Mas, sim, devido ao péssimo dia que tive por conta de não ter visto minha família ainda e não saber quando eles retornarão, acho que uma festa também cairia bem. Além do mais, seria um desperdício você não vestir sua fantasia. O que me diz? Topa dar uma festa com o estranho que conheceu na loja de conveniência?

Dane-se. Vamos fazer isso.

— Topo. Entramos dentro de casa, e eu invento a primeira desculpa sobre os cacos no chão da cozinha. O garoto me ajuda a limpar e ainda me pede para esperar longe de onde poderia me cortar. Não obedeço àquele pedido, obviamente, mas aceito a ajuda. Juntos, exterminamos o resto dos objetos cortantes que poderiam ferir algum dos meus visitantes, que, eu espero, chegarão na hora prevista. Eu o levo até a sala de estar e deixo que ele se sente enquanto corro até o telefone, que fica na área acessível aos empregados.

Engulo em seco e rezo em silêncio. Rezo para que ele possa magicamente se esquecer do episódio dos últimos dois dias. Disco o número da casa de Miles e espero. Espero um pouco mais. Nada. O barulho agudo ecoa do outro lado da linha, e quase instiga a segunda dor de cabeça do dia. Fecho os olhos e afasto o telefone, que eu não tinha percebido estar pressionado tão forte contra meu rosto. Levo a mão à orelha e a sinto latejar. Da sala, ouço o som conhecido da voz de Frank Sinatra ressoar por cada cômodo até me alcançar. O garoto deve ter encontrado o vinil encostado ao lado de um dos três sofás. Libero todo o ar até então preso em meus pulmões e bato a cabeça na parede, bem ao lado do gancho.

Sorrio. Chocar a testa no concreto após ligações frustradas se tornou um hábito infeliz.

Queria que estivesse chovendo. Que fosse um dia bem cinza e gelado. Queria que eu estivesse vestindo meu pijama amarelo favorito e que tivessem cancelado as aulas por conta da tempestade, ou até por conta da neve ameaçadora. Queria ter tido sorvete na cama no café da manhã e assistido aos flocos brancos caindo pela janela, sendo aquecida pelo abraço do meu pai, sem cobertas, nem casacos. Queria que Miles viesse para assistirmos *Funny girl* juntos. Você não sabe o que eu daria hoje, Collapse, para reviver todas as coisas ordinárias, que não percebi o quão valiosas eram.

Vou até o quarto para ver como Elysium está. Decerto esperando por explicações, já que poucas coisas passam despercebidas por ele. Abro a porta do quarto com cuidado e o vejo dormir. Abro os lábios, mas prendo a respiração enquanto assisto, pela fresta da porta, seu peito subir e descer. Ele parece repousar sereno, como se dormisse estirado na grama. Meus olhos correm pelo quarto, e noto que ele está bem coberto e que a janela está aberta. Na mesa de cabeceira, ao lado da cama, vejo o frasco com seu remédio para dormir aberto.

Espremo os lábios e franzo as sobrancelhas. Com a mão direita, raspo uma unha na outra, como se pinicassem. Com a esquerda, coço a palma sensível. Sinto as pálpebras inferiores oscilarem e os olhos ficarem úmidos. Curvo a coluna e deixo os ombros caírem como se sustentassem uma grande rocha. Parte de mim se pergunta quantas pílulas ele tomou, e se elas serão o bastante para mantê-lo dormindo até o fim da noite, mas a outra metade, a que prevalece, me apedreja e acusa por ter considerado drogar meu pai. Pra ser sincera, eu nem sei se teria tido coragem. Não sou a imagem que vendo. Eu tenho medo de insetos que voam e não caminho pelos corredores quando as luzes estão apagadas. Eu nunca segurei na mão de um menino e nem sei se realmente acredito que contos de fadas são apenas histórias de dormir. Eu passo mal ao ver sangue e odeio agulhas. Eu jamais pularia de um lugar muito alto ou mudaria de país sozinha. Eu não sou do tipo que dá uma festa para os amigos da escola — sou a menina que fica em casa. Eu não sou uma ladra. Eu não tenho histórico algum de brigas com meu pai.

Durante os minutos que fito meu pai, sinto a vontade de correr e chacoalhá-lo até que desperte, contar toda a verdade e esperar que ele me proteja. "Sinto muito", sussurro, não sendo ouvida por ninguém além de mim mesma.

Pisco e, no intervalo entre abrir e fechar os olhos, vejo o filme das últimas horas rodando em preto e branco na minha mente.

Eu volto até a sala e encontro o garoto ajoelhado em frente ao vinil, mexendo nas fitas cassete. Cruzo os braços, encosto na coluna de mesmo mármore claro da pia e espero que ele me veja. Notando minha presença, ele ergue as mãos e revela os discos e fitas que mais lhe chamaram a atenção. Aprovo seu gosto e descruzo os braços ao me aproximar.

Ele me pergunta se temos uma piscina, e eu respondo que sim, e que, embora não seja quase nunca usada por ninguém, sempre está limpa. Ele dá a ideia de despejarmos tinta vermelha na água, o que acho interessante, mas me faria ser pega. Olhando nos olhos do rapaz que parece com um dos atores que cresci assistindo, respiro fundo e sorrio, como se hoje fosse o melhor dia da minha vida. No vinil, ele coloca "Bela Lugosi's dead", e antes que o disco chegue ao fim, penduramos teias, esqueletos, fantasmas e algumas abóboras que ele tinha em seu carro, por alguma razão. Não pergunto.

Ao terminarmos, ele avisa que vai sair para se arrumar, mas que volta logo.

— Mas suas coisas estão no carro, não? — digo de novo, sem pensar. Não sei o que esse garoto provoca em mim, só sei que quero sua companhia.

— Sim, mas...

— A casa é grande. Você pode se arrumar aqui.

— Não tem problema?

— Imagina — respondo, com as bochechas rubras.

— Legal.

Tomamos banho ao mesmo tempo. Eu o levo até o banheiro dos empregados e subo para, pela primeira vez, me banhar no quarto da senhora Selah. A água gelada cai em meu corpo, e a deixo levar meu mau humor pelo ralo, mesmo que a euforia que agora toma seu lugar exija o triplo de energia.

Enfio as pernas nos buracos do macacão roxo; ele veste bem. Encontro alguns novos elementos no closet da senhora Leugen, como um blazer, que complementa o *look*. Desfio os fios do meu cabelo, faço uma maquiagem colorida com alguns riscos cortando meu rosto e um único raio abaixo do olho esquerdo. Meu cílios combinam com a cor do macacão. Meu rosto está mais branco do que o normal, e as bochechas um tanto rosadas. Visto o chapéu e encaro o reflexo que me encara de volta.

Minha postura está intacta, e, mesmo um tanto indecifrável, eu me sinto bonita. O reflexo sorri para mim. É hora da festa.

CAPÍTULO 46

DESÇO AS ESCADAS. Sequer sou capaz de escutar o som dos meus passos sobre os degraus de madeira por conta da música alta que vem do andar inferior. Sem paciência para chegar até o fim da escada, flexiono os joelhos para ver o que está por trás de uma sombra bruxuleante que se projeta na parede. Com a coluna arqueada, assisto o garoto da loja de conveniências dançando como se estivesse a sós na própria casa.

Com os olhos fechados, ele estende os braços e troca de posição umas quatro vezes, a cada instante. Com certeza alheio a minha presença, não sei se chegar de repente irá assustá-lo ou desrespeitá-lo. Ele dança errático e enérgico de um jeito que me faz sentir desconfortável, como se eu o estivesse interrompendo num momento íntimo. Não é gracioso. Na verdade, é até um tanto desengonçado e me faz querer rir, mas parece genuíno. Sozinho na sala, ele não dança para impressionar, apenas porque quer dançar e isso é, talvez, a coisa mais humana que eu tenha visto nos últimos quatro meses e meio. Não me lembro de quando foi a última vez que dancei assim.

Okay, Collapse, temos quatro opções: eu posso derrubar algo daqui de cima para avisá-lo da minha presença e quem sabe poupá-lo de ser visto fazendo algo que ele não pretendia ser para os meus olhos. Posso caminhar naturalmente até a cozinha, fingindo que sequer o vi. Também posso chamá-lo pelo nome, e...

...

Qual é o nome dele? Droga, Collapse. A gente não sabe o nome do garoto com que estamos praticamente a sós, numa casa! Enfim, ou a última opção seria eu me unir àquela dança e roubar o posto de esquisita para que ele se sinta melhor.

Ainda escondida no canto no alto da escada, de repente tenho um ataque de tosse e fico desesperada por ar. A música continua, mas agora também o ouço vir até a minha direção. Tá bom, isso funciona também.

— E aí? — digo entre tosses, sem saber exatamente o que dizer, porque só consigo pensar que não sei o seu nome. Eu sempre sou gentil, ao menos tento ser educada, mas minha cabeça tem estado tão cheia que deixei isso passar.

Calada, Collapse. Estou me esforçando, e, se esqueci de perguntar a um desconhecido o seu nome, a culpa também é sua. Agora, portanto, arquemos com as consequências como aristocratas de respeito: a gente finge que não aconteceu, e espera que ele miraculosamente esqueça de que nós não reunimos essa informação no início de um contato básico, como qualquer outra pessoa normal. Sei lá, eu quero saber, mas preciso ser esperta. Acho que é, no mínimo, esquisito perguntar o nome de alguém depois de ter deixado uma pessoa entrar na sua casa e tomar banho no seu banheiro. Não posso simplesmente perguntar. Mas como fazer alguém falar o próprio nome, sem que se pergunte por ele?

— Hum... obrigado por me deixar ficar na festa. Provavelmente passaria o dia sem nada o que fazer já que meus pais não estavam em casa.

Eu sorrio e coloco as braços para trás, entrelaçando minhas mãos atrás das costas.

— Fantasia incrível. Exoticamente intrigante.

Eu o ouço pigarrear e faço uma reverência em agradecimento. Imediatamente, me arrependo.

Dessa vez, eu pigarreio.

— E a sua?

O garoto se vira, e tira de dentro da mochila encostada nos pés do sofá uma coberta marrom e uma tiara felpuda com orelhas de... coelho?

Estreito os olhos, e apoio todo o peso na perna esquerda ao quebrar o quadril, observando-o. Em segundos a aparente coberta ganha braços e pernas quando estendida. A minha frente, por cima da roupa, ele veste a fantasia que é complementada pela tiara de orelhas enormes. Ele olha para mim, provavelmente notando minha confusão, me responde com aquela risada britânica.

— Minha cara, você não entendeu o contexto?

Dou tudo de mim para não parecer infantil e corar outra vez.

— Bem, eu pensei que, como você estará vestida de Chapeleiro Louco, achei legal ser a Lebre de Março, ou ao menos tentar me parecer com uma. Eles não exatamente tinham uma fantasia de lebre na loja, então tive que optar pela mais próxima — respondeu ao mesmo tempo em que tirava, da mochila, uma chaleira e duas pequenas xícaras de porcelana.

A cena me faz rir, e coloco uma das mãos na frente dos lábios para parecer um pouco mais contida e alinhada.

— Uau, você realmente leu *Alice*. Achei que estivesse blefando.

— E por que eu estaria blefando?

— Sei lá, por que estava flertando comigo? — solto ainda rindo, mas, instantes após a última palavra deixar meus lábios, fico séria.

Silêncio.

— Você acha que eu estava flertando com você?

Eu o encaro firme nos olhos antes de baixar a cabeça e caminhar até ele olhando para o chão. Quieta, e com os olhos não mais altos do que o nível de meus sapatos, pego a chaleira e as xícaras de suas mãos.

— Não, claro que não.

— Mas estaria funcionando se eu estivesse?

Olho para cima e sinto seu hálito de eucalipto de tão próximo que estamos. Ele olha para mim bem atento, como se estudasse cada detalhe do meu rosto. Já eu o encaro de volta com olhos semicerrados, e provavelmente algumas gotículas de suor na testa. Eu talvez cairia por aquele olhar.

Collapse, me diga o que dizer. Vamos, qualquer coisa. Me dê alguma ideia.

— Então por que não tomamos chá? Quer dizer, ainda faltam duas horas para a festa e já está tudo pronto. Eu posso encomendar algumas pizzas e refrigerantes, e nós podemos, bem, nos aquecer com uma bebida quentinha.

Péssimo, Collapse. Péssimo.

Posso vê-lo segurar um sorriso enquanto seu rosto se rasga ao meio, mesmo com os lábios fechados. Ele desvia o olhar, mas não pode mantê-lo longe do meu por muito tempo.

— Você é mesmo uma boa menina, né?

Virando de costas, me concentro em meus próprios passos até alcançar a bancada da cozinha. Me agacho para abrir as portas de um dos armários inferiores e pegar uma leiteira para esquentar a água. No armário de cima, encontro dois sachês e os enfio dentro da chaleira de porcelana dada pelo coelho.

— O que eu poderia fazer? Eu ainda não tenho dezoito anos, muito menos uma identidade falsa para comprar bebidas. Todos estarão bem com refrigerante... não acha?

— Com certeza — diz da sala, assentindo com os olhos fechados.

— Mas então quando vai querer tomar seu chá?

O rapaz troca o disco para ABBA, comprovando outra vez o meu pré-julgamento de que ele tem alguma conexão bizarra com a música. Isso me faz pensar em Miles.

— Não há tempo como o presente para tomar chá. — Diz, repetindo uma frase do livro. — Se importaria se tomássemos aqui, sentados no tapete?

CAPÍTULO 47

DUAS XÍCARAS DE CHÁ MAIS TARDE e diversas caixas de pizza sobre a bancada depois, conversamos sobre o aquecimento global e sobre as últimas roupas usadas por Madonna em seu mais recente lançamento. E isso tudo sem saber o nome do garoto.

Inclinando sobre o tapete apenas o bastante para alcançar a chaleira, despejo chá dentro da minha xícara. Sentindo o vapor subir, sigo o fluxo das perguntas e respostas aleatórias:

— Vamos supor que existam dois de você, mas a sua primeira versão será enviada para o espaço sideral e a sua segunda versão, sofreu um acidente e teve amnésia após perder a cabeça.

— Quê? — Ri, ainda confuso.

Dou de ombros.

— O você do espaço conseguiu invadir o hospital em que o você com amnésia está, mas tem apenas trinta segundos para convencer o outro você que vocês são a mesma pessoa. O que você diria? Quais seriam as coisas mais importantes que ele, ou seja, o outro você, deveria lembrar?

— Tá, calma! Reformula tudo de novo porque eu acho que não entendi.

Sufoco meu suspiro pesado para o lado de dentro e apenas o respondo:

— Se houvesse apenas trinta segundos para falar qualquer coisa sobre a sua vida, sabendo que tudo o que não fosse dito dentro desse curto espaço de tempo seria esquecido, deletado da sua mente, o que diria?

— Você é a garota mais bizarra que eu já conheci.

— Tá gastando seus segundos.

Ele levanta as mãos em rendimento, e rola os olhos para ambos os lados ao pensar.

— Hum... Todos te chamam de Bê, você tem 19 anos. Você ama sua família, embora não seja tão próximo a eles. Você mora em Londres e estuda Engenharia Civil. Se se sentir triste, vá a piscina, você ama nadar. Quando mergulha, parece que lava qualquer estresse, que fica na água quando você sai. Você tem muitos colegas, mas apenas dois amigos leais: Joshua e CJ, seus colegas de quarto. Não confie em mais ninguém. Você não sabe cozinhar, então não tente fazer muita coisa sozinho para evitar acidentes. Você também tem medo de altura, então não vá em nada radical se não quiser vomitar. Você não tem talento nenhum para dançar, mas te deixa feliz, então dance sozinho de vez em quando, e... como estamos de tempo? Já devo ter ultrapassado os trinta segundos, né?

— Caramba.

Eu só queria descobrir o nome dele, mas acho que agora o conheço melhor do que conheço a mim mesma.

— Oh, e claro... — ele continua. — Os corpos que matamos na semana passada estão escondidos no quintal de CJ, terceira árvore à esquerda. Seria importante lembrar disso também.

Silêncio.

Bê irrompe numa gargalhada escandalosa que o faz espichar as pernas para frente e inclinar as costas para trás.

— Eu tô só brincando.

Acho que foi o excesso de mentiras e sangue da semana que me fez parecer tão chocada, mas a cor só voltou ao meu rosto quando ele me tranquilizou – embora fosse óbvio que era só uma brincadeira.

— É claro — respondo, como se jamais tivesse acreditado. E não que eu realmente o tenha feito, é só que... sei lá. — Você pensa em muitas coisas numa velocidade anormal.

— Obrigado? — responde em tom de pergunta. — Minha vez de perguntar?

Bem, eu acho que é o que vamos fazer agora. Ele interpreta meu sorriso de lábios fechados como um incentivo, abraça os joelhos e encara o teto ao formular o que dirá em seguida.

— Digamos que irá acontecer uma explosão descomunal, e que todos os filmes do planeta serão destruídos. Por alguma razão, escolheram você para salvar três obras. Então, considerando que tudo o que seus filhos e todas as gerações futuras conhecerão sobre cinematografia se resumirá no que você salvar da explosão, o que você escolhe?

Endireito a coluna e a ouço estalar à medida em que relaxo todo o resto do meu corpo. Gosto da pergunta. Conversar com Bê me distrai de todo o resto que não as palavras dele.

— *Funny girl*, *Grease* e *Psicose*.

— Caramba — diz, imitando a palavra e meu tom vocal usado para respondê-lo, segundos atrás.

Sorrio, satisfeita.

— Gosto dessa pergunta. Acho que as futuras gerações estariam seguras com essas escolhas; as mulheres, pelo menos.

Bê perde a expressão e apenas me encara por alguns instantes, me obrigando a fazer o mesmo.

— Interessante.

— O quê?

— Você. Ele se inclina levemente na minha direção, e de repente sinto calor. O movimento me faz levar a coluna para trás e me afastar. Bê é um sonho que chegou num pesadelo. Eu não sei em que atmosfera ele está agora, mas não consigo alcançá-lo, não hoje.

— Quem é você? — pergunto devagar.

Alguma coisa não se encaixa. Durante muito tempo, vivi numa bolha – uma bolha em que era vista como exagerada, dramática e intensa. Ninguém era como eu. Mas os acontecimentos recentes me fizeram sair do mundo do faz de conta, e me sinto anestesiada do avesso. Ao mesmo tempo, Bê parece bom demais para ser verdade: um rapaz educado e gentil, que gosta do que eu gosto, que enxerga o mundo do meu jeito. Há algo nele de perfeito demais, incisivo demais, rápido demais que é... estranho. Depois que Kaden saiu espalhando para a escola o que rolou no nosso encontro, contando vantagem, não dá para confiar em ninguém.

— Acredite em mim, você não quer saber. — Bê endireita a coluna e sorri, causando um arrepio na minha espinha. — Quem sabe eu te conte quando a festa terminar — ele continua. — Quando for de novo só eu e você.

Meu corpo treme e pisco ao ouvir o barulho estridente da campainha. Ergo a cabeça e o relógio de madeira acima da lareira me conta que já são dez para as oito. Os convidados estão chegando. Não quero expulsá-lo, mas me perturba a ideia de tê-lo aqui. Ele é um estranho, o que eu estava pensando?

Me levanto e começo a caminhar em direção à porta. Não me preocupo em virar para ele, sei que ele vai me ouvir de qualquer maneira.

— Eu não acho que você possa ficar.

— Aprecio a sugestão, mas eu não estou indo a lugar algum.

Paro.

— Vamos ficar e aproveitar a festa, depois, quando for só eu e você, pode me perguntar o que quiser. Prometo dizer a verdade.

A campainha toca outra vez – é a desculpa perfeita para disparar em direção ao jardim. Sem porteiros, é minha responsabilidade abrir os portões e recepcionar os convidados. Correndo pelo jardim com um chapéu enorme na cabeça e os cabelos desfiados, passo por esqueletos, aranhas e abóboras, deixando Bê sozinho na casa com meu pai.

CAPÍTULO 48

NOS PRÓXIMOS MINUTOS, apareceram duas Marilyn Monroes, um Michael Jackson, um Freddy Krueger, seis super-heróis, uma Madonna, dois Dráculas, um Frankenstein, uma múmia, três zumbis exatamente iguais, nove garrafas de refrigerante abertas, doze conversas paralelas, cinco elogios à casa e à decoração, três trocas de música na rádio, sete caixas de pizza abertas, uma briga indecifrável entre duas meninas, um mergulho na piscina, vinte e duas reclamações por só ter refrigerante e dois agradecimentos pelo convite. Kaden Harper e Miles não estão entre eles.

— Garota, você mandou bem demais na customização das paredes. Esse lugar tá irado — diz Freddy Krueger com a língua presa e a fala enrolada, somando agora, três elogios.

Com um passo adiante e as mãos para trás, inclino o corpo e tento farejar por qualquer rastro de álcool, mas nada. Freddy cheira à colônia cara e está tão bem fantasiado que sequer posso reconhecê-lo.

— Valeu.

O cansaço está acabando com as minhas habilidades sociais.

A campainha toca novamente e outra vez, corro até o portão. Um grupo de mais ou menos vinte pessoas me espera do lado de fora, todas criativamente, e bem melhor, fantasiadas do que o primeiro grupo. Dois garotos que chegaram há alguns minutos após me ouvirem dizer que dispensei os porteiros para que pudéssemos ter mais privacidade decidiram recepcionar os convidados no portão. Mas, como anfitriã, ainda gostaria de recebê-los, especialmente se... Kaden chegou! Os Harper estão aqui. Puxo as calças para baixo e alinho o colete colorido com as mãos, antes de me aproximar.

Meus passos são expansivos e me locomovem apressados pelo jardim, enquanto o novo grupo de pessoas, do lado oposto, também anda por ele.

Um curto flash acende e me rouba a visão por um instante, mas consigo voltar ao normal depois de inspirar e expirar profundamente.

Quatro pessoas me dão tapinhas nas costas ao passar por mim, e alguém vestido de urso me abraça — acho que é uma menina. Todos se misturam com os que chegaram mais cedo e, numa velocidade espantosa, também já estão dançando, pulando na piscina ou com um pedaço de pizza na mão.

— Eden.

A voz que chama meu nome faz meu coração disparar. É Kaden. Apesar das palavras de Miles ecoarem na minha mente — "ele espalhou para a escola inteira" —, não posso negar que ele ainda mexe comigo. E, no meio dessa confusão toda, nem tive a chance de confrontá-lo. Não faço a mínima ideia do que ele pensa de mim — de verdade.

— Quero que conheça meu irmão, Aaron — Kaden aponta para o homem entre ele e Evie.

Todos os três irmãos Harper vestem roupas finas e máscaras na cor roxa. Evie está num vestido tomara que caia aparentemente sob medida, enquanto os meninos usam smokings que os vestem perfeitamente bem. Aaron é um pouco mais alto que o irmão, e a barba o faz parecer tão diferente que nem parecem da mesma família.

— É um prazer — diz ao remover a máscara e estender a mão direita.

Olho para ele perplexa. Meus lábios secam; os olhos arregalam. Este é o rosto encoberto cercado por manchetes em que se lia "possível assassino". É o rosto do irmão mais velho do menino por quem sou apaixonada há anos. Aaron foi acusado de ter matado os próprios pais e cumpriu pena. Aaron é o psicopata mencionado aos sussurros nos corredores de East River. E é o garoto da barbearia. É rosto com o qual imaginei as doze últimas páginas do livro que esqueci no táxi. Aaron apertou uma faca contra meu estômago e quase me beijou em meus pensamentos, mesmo antes que eu tivesse a chance de conhecê-lo.

— Prazer — repito e aperto a mão dele. Ele esmaga meus dedos como se estivesse tentando dizer alguma coisa. Volto o olhar para o cumprimento, como se chacoalhar levemente a mão de alguém necessitasse toda a minha concentração. Mesmo assim, sei que ele ainda olha para mim.

— Caramba, Eden, parece que viu um fantasma — Evie ajusta a máscara apertando a tira por trás da cabeça e desaparece entre os corpos.

Kaden segue Evie com o olhar até que seja impossível continuar, e então os volta para mim.

— A festa parece ótima.

— Obrigada. — Agradeço e finjo me distrair com qualquer coisa ao olhar para os lados, apenas para que ele não suspeite que recebê-lo é uma das principais razões para eu ter me submetido a isso. Tenho medo de ser transparente demais. Tenho medo de que ao me olhar nos olhos por tempo o bastante, ele possa ler os poemas que escrevi secretamente com o seu nome, e pequenos corações vermelhos que desenhei e guardei em meu quarto, em meu pequeno cofre particular.

— Eu estava pensando, se tivermos tempo mais tarde, poderíamos con...

— Marcus! — Esticando os braços para cima, ele bate nas mãos do menino fantasiado do que eu julgo ser algum vilão dos quadrinhos, que repete o mesmo movimento, antes de unirem-se num abraço um tanto agressivo. — Falo com você depois, beleza?

Eu assinto com a cabeça ao assisti-lo desaparecer com o garoto.

— Você tem uma casa bonita.

Ouvir a voz de Aaron me causa o mesmo efeito de ouvir unhas arranhando metal ou receber um balde de água fria. Estar perto dele me envergonha e arrepia: o homem que imaginei tão intimamente é um assassino a sangue frio.

Volto a andar sem rumo fixo pela casa, enquanto a música vibra contra as paredes e mais gente continua chegando. Meus pés escorregam em algo molhado no chão — refrigerante, espero. No corredor, um abajur foi derrubado. E minha cabeça pulsa como se eu tivesse gritado o tempo todo sem emitir um som.

— Ei — ouço atrás de mim.

Bê surge com os potinhos de corante vermelho nas mãos. Um sorriso conspirador nos lábios.

— Ainda quer fazer aquela parada do corante? Vai ficar incrível nas fotos.

— Como eu vou tirar isso da piscina depois? — murmuro, quase rindo. Não tem nenhuma possibilidade de esconder a festa do meu pai se tingir a piscina de vermelho.

— Depois a gente resolve. Eu te ajudo. Juro que consigo deixar igualzinha. É só corante alimentício, Eden. Relaxa.

Ele balança o frasco. O líquido se move lá dentro como se também esperasse pela permissão.

— Você confia em mim, né? — ele pergunta.

Eu deveria dizer não. Mas a resposta morre antes de nascer. Kaden me ignorou. Aaron está aqui. Meu pai... Ah, Collapse, meu pai já me odeia mesmo, eu sou uma decepção pra ele. Que diferença faria se ele descobrisse sobre a festa?

— Que se dane — sussurro.

Bê ri como se eu tivesse contado uma piada. Mas não é piada.

Caminho até a beira da piscina, abro os frascos com a ajuda de Bê e despejo tudo num só gesto. O líquido escorre, mergulha, e logo as primeiras manchas rubras se espalham como sangue.

Alguém grita:

— Uau! Essa festa tá cada vez mais maneira!

Mas eu não sorrio. Fico ali, olhando a água mudar de cor, sentindo um gosto amargo subir pela garganta enquanto a água é tingida de vermelho.

CAPÍTULO 49

OUÇO O SOM DAS PESSOAS NA PISCINA. Caminhando até os portões para recepcionar ainda mais convidados. Olho ao redor e pareço estar cercada por figurantes de um filme de terror. Bê definitivamente estava certo ao dizer que dez vidros de corante vermelho barato trariam um tom mais tenso à festa, combinando com a temática da noite. A imagem me dá arrepios. Percebo estar tensionando os músculos e os relaxo. Não é real. É só tinta, Eden. Respire!

Um novo grupo com aproximadamente cinquenta pessoas passa por mim como se eu fosse invisível. Os meninos que antes estavam na porta agora já foram substituídos por pessoas que eu nunca vi na vida.

Collapse, isso tá saindo de controle.

Ao meu lado, encostado no muro que segura o portão, está um garoto segurando um pano branco, que imagino ter sido parte de uma fantasia de fantasma. Ele conversa com duas meninas enquanto segura uma garrafa de vidro.

— Isso é álcool? — Tomando a garrafa, meus dedos não se contêm, e cheiro o conteúdo. Faço uma careta como se tivesse engolido limão espremido no instante exato em que ele assente com a cabeça. — Quem foi que comprou isso?

Entrego a garrafa de volta para uma das meninas e, com as unhas, pressiono as palmas das mãos até sentir a pele se rasgar levemente.

— Ollie?

Oliver ergue as mãos ao ouvir minha voz.

— Sua casa é bizarra! Estão falando que já é a melhor festa do ano!

Parada, espero que ele venha até mim e o sinto enlaçar os braços ao redor do meu corpo. Os pelos de sua fantasia de lobo fazem minha pele coçar, mas não me movo.

— Casa legal — diz Polar. Seus braços estão retos ao lado da silhueta bem marcada pelo vestido curto e apertado. Ela também, similar aos Harper, veste algo elegante que grita o valor da conta bancária de seus pais, mas, em vez de uma máscara, ela usa uma tiara com orelhas. Desculpe, Collapse, não consigo identificar do quê. Apenas imagine orelhas altas, rosadas e pontiagudas, é isso.

No meio do abraço de Oliver, olho para ela e tento decifrar o que ela está pensando. Nada. Polar agora é uma muralha de gelo, até para mim. Eu sorrio para ela, mas não digo nada. Ollie me larga para enroscar o braço esquerdo nos ombros de Eloise e andar com ela para o núcleo da festa.

Um coral uníssono de vozes infantis vindo do lado de fora chama a minha atenção.

— Gostosuras ou travessuras?

Crianças, todas acompanhadas por suas mães, estendem os bracinhos com potes ou cestas nas mãos à espera de doces.

— Eu sinto muito, eu... não tenho doces.

A mãe aparentemente mais velha, coloca seu filho para trás ao empurrá-lo gentilmente com a mão esquerda, seus olhos estão fixos em mim.

— Uma casa desse tamanho e não tem nenhum doce para as crianças?

Antes que eu responda, uma menina de provavelmente quase a minha idade, se aproxima, também estendendo uma cesta com as mãos. A dela, porém, vazia. Sua postura é desleixada e suas roupas, um tanto surradas. Com a cabeça baixa e os cabelos na frente do rosto, ela encara os tênis e, ao fazer o mesmo, vejo que estão rasgados.

Ingênuas devido à pouca idade, as crianças tampam o nariz e estapeiam o ar como fariam diante de uma infestação de moscas, mas, ao ver que algumas das mulheres maduras imitam os mesmos movimentos, percebo que só estão repetindo o exemplo de casa.

— Parece que alguma coisa morreu, mamãe. — A criança vestida de unicórnio olha para cima e quase enfia o chifre de pano no olho da mãe.

Ainda piscando com o olho esquerdo pelo susto da filha, a mulher olha para a garota que não fazia parte de seu grupo.

— O que pensa que tá fazendo? Não tá vendo que tá assustando as crianças? Saia daqui, imundinha!

O barulho de algo delicado – e provavelmente valioso – se espatifando no chão me faz virar para trás. Meus olhos escaneiam toda a área que conseguem alcançar em três segundos e meio, mas se perdem na pequena imensidão de cores e texturas que invadem o jardim. Não encontram nada. A menina de roupas surradas, ainda de cabeça baixa, ergue o olhar até encontrar o meu. As palavras saem da minha boca antes que eu consiga pensar no que estou dizendo.

— Ela é minha convidada.

— O quê? — pergunta a mulher. — Ela?

— Você não sabe de quem ela é filha? — respondo, já movimentando minhas engrenagens cerebrais criativas, mesmo enquanto, inconscientemente, arranco as cutículas com as unhas da outra mão.

— De quem? — Pela primeira vez, a mulher arrogante parece verdadeiramente interessada na garota.

— É uma festa de Halloween, e ela é tão boa que até te assustou, mas você dobraria a língua se soubesse com quem está falando.

— Quem é ela?

— Os seguranças particulares aconselham que ela não revele a real identidade a estranhos. Foi mal.

— Me desculpe, eu...

A ânsia por atenção que a soberba em sua fala transparecia me contou, com alguns segundos de antecedência, que ela morderia a isca. Escaneando-a de cima a baixo, lamento por ela em silêncio.— Eu sei, mas é isso. Não temos doces e precisamos entrar agora.

Pego a menina pelo braço e peço para ela me acompanhar. Deixando as mulheres e crianças para trás, a garota sem nome me acompanha até o interior da mansão. Num relance, vislumbro um sorriso e, por um instante quase imperceptível, me sinto boa e esqueço do caos.

Essa festa já conta com mais pessoas do que o planejado. Que mal pode fazer uma estranha a mais?

CAPÍTULO 50

JÁ EM FRENTE À PORTA PRINCIPAL, segura dos olhares de fora e do mar de corpos que dançam no jardim, finalmente solto o braço que direcionava suavemente pelo caminho.

— Você tá bem? Está com fome?

Ela diz que sim ao balançar devagar a cabeça. Seus olhos nunca param em mim.

— Espere aqui — digo a ela.

Caminho até a cozinha, mas o som vindo da sala me faz virar de costas. Com os joelhos e mãos no tapete, um garoto vomita uma quantidade de líquido que eu duvido ter sido capaz de ingerir desde que chegou aqui. Outro "argh" unido ao espetáculo de ver mais conteúdo gástrico sendo expelido no tapete me provoca a mesma sensação de náusea.

Passando por mim com um balde de água e um pano úmido, como se tivesse saído de meus pensamentos, Bê ainda consegue tocar nas minhas costas antes de se aproximar do garoto.

— Não se preocupe, eu limpo.

Mas como ele encontrou os... Eu preciso ligar para Miles outra vez.

Tiro o telefone do gancho e disco os números sem nem pensar. Desta vez, depois de dois toques, eu o devolvo ao lugar. Péssima semana pra se esquecer de um recital. Ofegante pela corrida inesperada que surpreendeu até meu próprio corpo, entro no pequeno cômodo destinado aos produtos de limpeza e procuro pelos itens certos para tentar reverter possíveis manchas no tapete. Estranho, não estão aqui. Meus movimentos são rápidos enquanto escolho o que acredito ser a segunda melhor opção.

Com três frascos de produto de limpeza, duas esponjas e três panos, volto para a sala, apenas para encontrar tudo limpo, e os itens mais óbvios que não havia encontrado já posicionados ao lado da mancha de água que agora substitui o que antes era um líquido amarelado.

— Tá tudo bem, eu disse que limpava — diz Bê, que sempre parece surgir do nada. — Eu te incentivei a fazer isso tudo, então vou te ajudar.

Quero dizer obrigada, mas não é exatamente o que me vem à cabeça.

— Como sabe onde fica a área de serviço?

— Digamos que ele não foi o primeiro, então tive tempo para procurar e encontrar.

Meus olhos arregalados expressam tudo aquilo que não consigo dizer.

— Tá tudo bem. — Ele ri. — São só adolescentes, curte um pouco.

Não respondo, mas deixo que ele, com as mãos agora em meus ombros, me conduza até a cozinha.

— Preciso guardar os...

— É melhor deixar lá mesmo — ele me interrompe.

Em frente à mesa, vejo que há apenas uma caixa de pizza fechada, cercada de uma multidão de alimentos que apareceram. Sem saber da procedência das coisas espalhada por cada canto da cozinha, viro o nariz quando Bê me oferece uma fatia de pizza.

— Eden, é só uma festa. Não sei por que está tão tensa. — Ele morde o pedaço de pizza que há pouco estendia para mim. — Tá tudo bem, o garoto só estava enjoado... poderia acontecer com qualquer um.

Virando o rosto para onde imagino ser o centro da festa, de repente, tudo o que vejo são pessoas rindo e se divertindo. Encontrando os meus olhos, alguém numa fantasia de lobo – embora de uma cor e estilo diferente da de Oliver –, ergue o copo em minha direção e grita:

— Valeu, Eden, pela festa épica!

Minha tensão diminui um pouco. Tudo dura apenas alguns segundos, mas é o bastante para me fazer sorrir.

— Vem! — Bê larga a pizza na bancada, errando o lugar do prato plástico, e estende as mãos vazias para mim. — Topa dançar?

Reagindo à careta que devo ter feito, ele passa a movimentar os ombros e braços de um jeito cômico.

— Como você seria capaz de resistir e recusar isso? — Bê dança ainda mais exageradamente. Dessa vez, suas mãos estão no alto, balançando para a direita e para esquerda, um lado de cada vez.

Eu dou risada e o vejo olhar para mim, me ajudando a relaxar. Convidá-lo foi uma boa ideia, afinal.

— Valeu por não ser um louco, nem ter me sequestrado — sussurro. Bê sorri.

— Vou interpretar como um "obrigada pela ajuda".

Quebrando o que construímos na troca suave de olhares, de repente meu cérebro me envia uma imagem.

— A menina! — grito.

— Quem?

— Obrigada pela ajuda, Bê! — digo, sentindo um gosto estranho pela intimidade rápida que parecemos já possuir. Não olho mais para ele enquanto agarro a caixa de pizza, e alguns guardanapos e os levo comigo até a porta, torcendo para que a garota ainda esteja me esperando.

Ao me ver, os olhos dela brilham, antes de ela agarrar a caixa de pizza e abri-la. Ela olha para mim novamente antes de abaixar a cabeça para começar a comer, sem se importar com os guardanapos.

Eu espero por uns dois minutos antes de começar a falar.

— Qual é o seu nome?

Ela continua comendo.

Okay, parece que teremos que esperar até ela terminar.

— Você quer algo para tomar?

— Jenna — diz a garota.

— Quê?

— Meu nome é Jenna.

Pronto, eu lhe dei comida e sei o seu nome. O que deveria fazer agora? Eu nunca tive a casa só para mim, então não sei exatamente como reagir a essas situações. Só fiz o que achei que deveria ser feito. Equanto penso em como agir em seguida e a assisto comer, divido minha atenção ao que acontece atrás dela. É uma sensação estranha, Collapse. Tudo está um caos, mas parece que está se alinhando. O barulho ainda é alto, mas parece ter deixado minha cabeça e se transformado apenas na música externa.

Gosto dessa música. Tudo está diferente do que achei que seria, mas, aos poucos e de forma lenta, parece estar... se ajeitando?

Giro o pescoço apenas o bastante para ver Bê, que ainda está na cozinha, dançando enquanto mastiga algo. Ele me vê e sorri pra mim.

Volto a olhar para Jenna, me esforçando para manter o foco nela.

— Você parece ser muito popular — ela comenta com a boca cheia.

Sua fala me pega de surpresa. Mas gosto de como soa. O novo silêncio entre nós me faz rir sem graça. Bato os sapatos um no outro, fechando as pernas e criando um som oco. O que eu digo agora? Devo ficar aqui até ela terminar de comer e então o quê?

Sinto que deveria fazer e dizer algo, mas tudo parece inadequado. Como ajudar alguém que precisa de tudo? Eu nem sei qual é a história dela... Boa, Collapse!

— Qual é a sua história?

Ela para de comer e levanta a cabeça, e me olha como se fosse pela primeira vez.

Droga. Intenso demais? Acho que a assustamos, Collapse. Culpa sua.

— Eu fugi do orfanato quando tinha onze anos e nunca mais voltei. — Jenna volta a morder o resto do segundo pedaço de pizza de queijo.

Funcionou. Não esperava que desse certo. Legal, e agora? Eu deveria interagir, ir mais fundo? Não quero trazer lembranças ruins. E se forem traumas profundos? Feridas abertas? E se ao tocar no assunto, eu traga à tona assuntos adormecidos? Que droga, fale alguma coisa, Eden! Não consigo pensar em nada bom o bastante. Que droga!

— Que droga — acabo dizendo em voz alta.

Jenna sorri, e meu coração fica mais leve ao notar que a expressão de seu rosto está mais leve.

— É — ela concorda. — Que droga.

Dessa vez, eu sorrio de volta e então lembro que esqueci de me apresentar. Essa semana está virando meu cérebro do avesso: uma hora eu esqueço de perguntar o nome de quem acabo de conhecer; noutra, eu esqueço de dizer o meu.

— Eu sou a Eden.

Jenna ainda sorri, embora um pouco confusa.

— Oi.

Um grupo de meninas rindo desvia a minha atenção, e as ouço comentar algo sobre como a decoração da festa está incrível. Eu não sei como as coisas mudaram de forma tão rápida, Collapse, mas talvez nem tudo esteja perdido.

— Alguém te incomodou enquanto eu não estava aqui?

— Ninguém, mas parece que todo mundo estava cochichando e falado de mim.

— Eu sinto muito.

— Eu é que sinto! Já estou acostumada com comentários, mas não queria estragar a sua festa. Foi mal...

Tive uma ideia, Collapse.

— Você quer tomar um banho? Posso te mostrar onde fica o banheiro e te emprestar... dar algumas roupas pra você se misturar. Você gostaria disso?

Foi uma oferta impulsiva. Nao sei por que de repente sinto o desejo de fazê-la gostar de mim também. Quero fazer algo bom. Quero ajudá-la. E quero que me vejam fazendo isso.

— Tá falando sério? — Jenna responde de boca cheia.

Meus lábios ainda pronunciam um "aham" quando sinto os braços de Jenna me esmagarem num abraço bastante apertado, apesar de ela ser bem mais baixa do que eu.

Com o queixo apoiado sobre sua cabeça, sinto o cheiro de pizza e da sujeira da rua, e a abraço de volta, desenhando pequenos círculos nos seus cabelos com a ponta dos dedos.

CAPÍTULO 51

JENNA É LINDA, COLLAPSE. Ela tem os cabelos mais dourados que já vi. Os olhos são marrons como... não sei com o que comparar, marrons como os próprios olhos dela. Não há nada similar. Os lábios são bem finos, o que me faz pensar que ela tem um sorriso enorme. Não sei ainda, o máximo que consegui arrancar dela foi um sorriso tímido.

— Olhe para baixo. — Vejo-a obedecer a meus comandos enquanto aplico minha máscara de cílios azul favorita. Ela pisca algumas vezes e eu dou risada.

— Pronto. Está pronta.

Mordo os lábios e espero para ver como ela reagirá ao se ver no espelho. Boa parte do que uso vem do closet de Selah, mas, como queria dar a ela alguma roupa, ofereci meu vestido favorito — o mesmo que usei no meu primeiro e único encontro com Kaden, que Elysium me deu aos quinze anos. Era uma das coisas mais especiais que eu tinha, mas hoje não sinto mais o mesmo.

Copiando o estilo dos Harper e de Polar, encontro uma máscara que está pegando poeira no fundo da minha gaveta há anos. Nem me lembrava dela. A comprei para alguma festa à fantasia para a qual acabei não sendo convidada. Não faz mais o meu estilo, mas fico feliz de tê-la esquecido na gaveta. Obviamente, eu nunca encontrei situações adequadas para usá-la, mas, hoje, ela finalmente irá pagar de volta o meu investimento de três dólares e cinquenta centavos.

— Aqui, coloque isso.

Jenna não vê a máscara que estendo para ela. Na verdade, sequer tenho certeza de que ela nota a minha presença no quarto.

— Eu... tô bonita.

Eu percebi que ela tinha traços marcantes desde que a vi do lado de fora dos portões. Mas vê-la assim, chocada com a própria aparência, é algo que eu nem sei descrever direito para você, Collapse. Apenas espero que sinta, já que também está no quarto com a gente. Penso em como minha vida seria diferente se eu tivesse uma irmã. Se minha vida não tivesse custado a vida da mulher que me deu à luz, e se, alguns anos depois, ela e meu pai me dessem uma irmã que compartilhasse do mesmo sangue que eu, alguém que, por isso, nunca poderia me abandonar. Na verdade, vestida com minhas roupas, Jenna até parece um pouco comigo.

— Quantos anos você tem?

Jenna se vira para mim e finalmente pega de minhas mãos a máscara escura num tom similar ao do vestido.

— Dezessete.

— Temos a mesma idade...

Do quarto em que estamos, dá para ver uma multidão de pessoas fantasias da janela. É até engraçado assisti-los daqui. De cima, as danças parecem compostas por movimentos em câmera lenta, e todos parecem tão pequenos e frágeis.

Com a máscara no rosto, Jenna caminha até mim e me imita ao assistir à festa pelo vidro.

— Quem é aquele de terno vermelho? Ele é bonito.

Sigo seu dedo e meus olhos alcançam Aaron parado sozinho, no jardim.

— Ele é problema! — Sinto que devo parar de falar. Não é da minha conta, muito menos da conta dela. — Fique longe dele, entendeu? Ele não é alguém que você gostaria de conversar.

— Tá-tá bom.

Deixo escapar o ar que segurei sem perceber nos últimos segundos e volto a olhar pela janela. Não quero me intrometer na vida dela, mas ela provavelmente não tem a astúcia de lidar com alguém tão perigoso como ele. Ninguém tem. Você acha que eu estou errada em querer protegê-la,

Collapse? Cruzo os braços e deixo que minha cabeça descanse na parede. Não tenho pressa em voltar.

— Sinto muito, nao quis te assustar. — Acho que fui invasiva demais.

— Não tem problema.

Nós duas apenas continuamos olhando pela janela.

— E aquele? Bem ali, perto das flores amarelas.

Viro o pescoço e levo alguns segundos para identificar a pessoa que, parada perto das flores, olha de um lado para outro.

— Miles!

Meu coração acelera e a euforia parece alterar alguma configuração do meu cérebro. Não acredito que ele veio. Collapse, Miles está na festa! Mal consigo acompanhar meus passos, e quando estou quase passando pela porta do quarto, lembro que agora sou responsável por alguém.

— Jenna, eu preciso ir, você está pronta para descer?

— Na verdade, eu queria usar o banheiro antes. Acho que estou um pouco nervosa. — Ela deixa escapar um risinho e sua voz treme. — Faz tanto tempo que não uso nada que me faça ser notada. Acho que nem lembro mais como é não ser invisível.

— Fique à vontade. — Eu preciso encontrar Miles.

— Obrigada, Eden. Por tudo.

— Você vai ficar bem sozinha?

Jenna balança a cabeça para cima e para baixo duas vezes.

— Eu te encontro em breve.

CAPÍTULO 52

AARON NÃO SE MISTURA MUITO COM OS OUTROS. Tudo nele destoa e o afasta, mesmo quando está perto dos outros. Quando chego no jardim, vejo ele conversando com alguém de costas enquanto bebe de um copo vermelho. Olhares e sussurros cercam o Harper mais velho por todos os lados, mas ele nem parece notar, ou talvez finja não notar. Para muitos, é a primeira vez que o veem pessoalmente, e até aqueles que já o conheciam provavelmente não o viam há tantos anos que mal se lembravam do seu rosto.

Caminho abrindo espaço com as mãos, separando corpos grudados um no outro. Provavelmente faço caretas ao traçar meu caminho até o lugar onde lembro ter visto Miles da janela. Sorrio ao finalmente encontrá-lo... conversando com Evie?

Ele não parece desconfortável. Miles fala mal de Evie e troca farpas com ela praticamente desde que nos conhecemos, e agora Evie o toca no braço a cada duas frases que saem de sua boca.

Meus pensamentos reviram meu estômago, mas não impedem meus pés, que me levam até eles.

Ciente da minha presença, Evie para de falar seja lá o que, sem disfarçar que achou a intromissão indesejada. Eu assisto a seu sorriso sumir como se ela fosse feita de fogo, e eu, um balde de água fria ambulante. Miles olha para Evie, como se ela tivesse desligado por engano e ele pacientemente a esperasse retomar o controle de suas engrenagens. É ridículo. Eu sei que ele sabe que estou aqui, mas ele nem ao menos move o pescoço em minha direção.

Evie está com os braços cruzados, apoiando todo o peso do corpo na perna esquerda, o que acentua a silhueta do vestido justo. Ela mantém as sobrancelhas levantadas e os olhos bem abertos, o que, junto com o cabelo puxado para trás, a deixa com uma aparência assustadora. A máscara que cobria seu rosto agora está pendurada no pescoço, presa por cordas finas nas pontas do plástico roxo brilhante.

Miles, por outro lado, está com uma postura desleixada, como se tivesse levado um susto enorme. Ele parece apático, quase robótico, com os braços, mãos e dedos completamente esticados. Se não fosse pelo movimento lento da garganta, engolindo saliva como se estivesse no lugar mais seco do mundo, ele pareceria completamente vazio. A pele pálida e fria dele me mostra que Miles está claramente tenso com minha presença.

Veja, Collapse. Eu odeio que Miles me odeie. Mas, ao contrário do que muitos pensam, o antônimo de amor não é o ódio, e sim a apatia. Enquanto houver algum afeto, tenho com o que trabalhar. Posso sobreviver com a raiva de Miles. Ficarei destruída quando ele não se importar mais com o que eu faço ou deixo de fazer.

Viro as costas, e imediatamente ouço a voz de Evie:

— Geral sabe que eu curto homens mais velhos, mas eu estou disposta a abrir uma exceção pra você.

Não posso e nem quero conter uma careta — não é como se eles fossem notá-la.

Saio à procura de um lugar para respirar. Quando encontro a saída daquele pequeno tumulto, consigo encher os pulmões de ar. Procuro por Jenna, mas não a vejo. Talvez ela ainda esteja trancada no banheiro, com medo de sair. Dou outra volta, e dessa vez, encontro Polar, sozinha, sentada na grama e com a cabeça apoiada sobre a parede externa, há poucos metros de mim. Ela olha fixo na direção de Miles e Evie, embora duvide que possa os ver com clareza daqui. Percebo que sua respiração está frenética, com o peito subindo e descendo rapidamente, chacoalhando todo o corpo. Diferente de Miles, os olhos de Polar não estão perdidos: parecem feridos, flamejantes. Polar os encara como se quisesse matá-los.

CAPÍTULO 53

NÃO CONSIGO OUVIR O BARULHO DA ESCADA de madeira rangendo sob meus pés por causa da música alta. Enquanto passo a mão pelo corrimão, tirando a poeira, vejo Ollie entregando algo a um garoto. Ele guarda um envelope pequeno no bolso da calça e abraça Ollie, dando três tapinhas nas costas dele.

Em vez de subir para o segundo andar, vou para o piso inferior, onde ficam os quartos dos empregados, a alguns degraus acima das áreas comuns. Meus pés me levam até o banheiro quase sem eu perceber. Fico aliviado ao ver que, além das pessoas na fila do banheiro, não há mais ninguém por perto. Sem pressa, paro atrás da última pessoa e espero por Jenna. Penso em bater na porta e chamá-la, mas, pelo tamanho da fila, provavelmente já tentaram isso. Acho melhor esperar mais alguns minutos.

O barulho da descarga faz todos endireitarem a coluna ou trocarem de posição, prontos para darem todos um passo mais perto da porta. Segundos depois, a porta se abre e Frankenstein se revela das sombras. O garoto pintado de verde com parafusos na cabeça, boceja ao passar por nós.

Junto as sobrancelhas e coço o queixo, como se uma mosquinha imaginária tivesse recém-pousado ali.

— Você viu Jenna?

A menina à minha frente olha para os lados procurando pelo nome que mencionei, mas termina com uma expressão confusa.

— Quem?

Voltando pelo caminho do corredor, abro cada uma das portas, chaveando-as outra vez logo em seguida, para garantir que ninguém entrará. Quando meus dedos alcançam o trinco da porta de meu quarto, o puxo com cuidado. Pela fresta, vejo Elysium dormindo um sono pesado, e me pergunto quanto remédio ele deve ter tomado. Sinto o corpo pesado ao caminhar até o jardim, e o gosto de sangue invade a minha boca ao arrancar pelinhas soltas dos lábios.

O jardim parece ainda mais cheio de pessoas do que quando saí. As luzes externas alaranjadas brilham intensas sobre o manto escuro da noite.

Na ponta dos pés, eu tento esticar meu corpo na esperança de conseguir avistar Jenna. Será que ela está bem? Será que não foi um erro tê-la deixado sozinha no meio de uma festa?

Tentando evitar quem dança ou anda distraído, sem perceber nada ao redor, acabo tropeçando e esbarrando nas costas de alguém.

— Ai! — Levo as mãos imediatamente ao nariz, como se quisesse checar que não foi deslocado. — Foi mal — disse, afinal, posso ter machucado a outra pessoa também. Quer dizer, eu basicamente afundei nas costas dele.

Antes que a vítima se vire para mim, noto a mancha de maquiagem branca e rosada que deixei no tecido de sua roupa. Pigarreio e ergo a cabeça para encarar os olhos que provavelmente estarão invocados comigo.

— Miles?

Não sei exatamente quanto tempo leva para que ele se vire outra vez ao perceber que sou eu.

— Espera. — Eu o sigo enquanto ele sai andando. Ao menos ele parece estar sozinho. — Podemos conversar?

— Não temos nada pra falar, Eden. Eu te escutaria se você fosse minha amiga, mas você deixou bem claro que nossa amizade não é tão importante pra você. Então já que não somos amigos, não te devo a chance de se explicar.

— Até estranhos precisam ser educados, sabia?

— Não tô afim.

— Miles, por favor... eu sinto muito!

Pela primeira vez, Miles olha para mim.

— Você não entendeu nada, né?

— O quê?

— Não é possível que não tenha sacado nenhuma pista.

Gritos eufóricos vindos de alguns metros de onde estamos no jardim chamam a atenção de todos, que logo caminham com pressa em direção ao barulho. Leva apenas alguns segundos para que, no espaço entre um corpo e outro, eu veja Polar jogando com outras pessoas e virando o copo vermelho. Ela ergue os braços, levando o copo acima da cabeça ao terminar de beber. Estreito os olhos, e sinto meu nariz franzir: há marcas de rímel escorridas sobre seu rosto. É um toque especial de Polar. Dramático e pretensioso como ela.

— O que quer dizer? — insisto, retomando a conversa.

Miles parece perdido, num misto de tristeza e esperança. Ele cruza os braços e lubrifica os lábios.

— Eden, eu...

Novos gritos, dessa vez muito mais alvoroçados, tornam impossível continuar a conversa e viro o meu rosto na direção do estardalhaço. Inclino para esquerda e dou um pequeno passo à frente, mas não posso ver o que todos estão olhando. De todo modo, é a primeira vez, desde o recital, que Miles está falando comigo — mais ou menos. Não posso desperdiçar essa chance. Ele parece estar tão curioso quanto eu, mas não nos movemos.

Por sorte, algumas pessoas decidem se mover para outro lugar para ver melhor, deixando o espaço onde estavam amontoadas vazio por um momento. Meus olhos correm até encontrar o que acho serem os causadores dos sussurros. Não consigo ver direito o que estão fazendo ou quem são, mas estão muito próximos, próximos demais.

Acho que são duas pessoas se beijando, Collapse. Mas estamos numa festa. O que há de tão especial num beijo?

Prendo a respiração como se isso ajudasse a enxergar melhor, e, mesmo sendo uma ideia boba, funciona. Meus lábios se separam, minhas unhas cravam nas palmas das mãos, meus joelhos fraquejam, e de repente, a roupa parece quente e pesada demais. Sinto como se estivesse flutuando, separada dos sentimentos reais por uma camada de gelo, que também me distancia do barulho ao meu redor.

Miles olha para mim enquanto eu assisto, na minha casa, Kaden Harper e Polar se beijarem.

CAPÍTULO 54

QUANTOS HOMENS RUINS A GENTE PRECISA CONHECER até que um homem bom nos encontre? É ridículo como, às vezes, desesperadas como as protagonistas dos grandes romances, somos capazes de quebrar o nosso próprio coração. Nos perguntamos, esperançosas, se não estamos a uma desilusão de distância do que procuramos. Mas, então, nos machucamos outra vez. Nos jogamos do precipício para termos a ilusão de que estamos voando, porque sofrer por amor é o mais perto que podemos chegar de amar.

Eu queria que me apaixonar fosse simples. Mas o amor é complexo, cheio de nuances, subníveis, entrelinhas. Amar dói — e, ao amar de verdade, podemos acabar vivendo uma mentira.

Não sei exatamente para onde estou indo, só sei que preciso sair daqui, ou entrarei em colapso. Sinto um misto de náusea com descrença. Os sintomas do corpo me garantem que meus olhos não se enganam. Odeio que reajo como se Kaden e eu já tivéssemos algo. Na verdade, nem posso acusá-lo. Só saímos uma vez, e ele nunca falou que estávamos juntos. Não posso culpá-lo por sentir de menos só porque eu sinto demais.

A maquiagem branca esconde a cor do meu rosto, e ainda assim, pela primeira vez na noite, as pessoas me perguntam se estou bem à medida que caminho de volta para a casa. Lá dentro, vejo Bê conversando com pessoas tão fantasiadas que nem consigo dizer se são meninos ou meninas. De repente, Bê me nota, e desvio o olhar.

Minha primeira ideia é me fechar em um dos quartos dos empregados. Para a minha sorte, eu tranquei todos os quartos, então estão vazios. Foi a minha tentativa de manter a festa minimamente sob controle, se é que é possível controlar uma festa cheia de jovens desesperados por validação.

Enfio a mão no bolso da calça e... nada. Abro os olhos bem, tentando encontrar o molho de chaves mais rápido. Quando foi que eu perdi? Agora, ando mais rápido e chego aos quartos em segundos. As portas abertas me deixam sem ar. Todos os quartos estão ocupados. Correndo, alcanço o quarto de meu pai. É o único que ainda está trancado. Solto a respiração que estava prendendo. Ao menos a pessoa que encontrou as chaves teve o mínimo de decência de manter trancada a porta do quarto de um homem doente. Não tenho força ou vontade de expulsar ninguém ou de procurar as chaves. De qualquer forma, já é tarde. Deixo minhas pernas me levarem para o andar de cima. No meio da escada, paro. Os barulhos me assustam. Todos os quartos do andar superior também parecem cheios, com gente jogando cartas, conversando nos tapetes ou com as portas fechadas.

— Eden, tá tudo bem?

Tento desviar da figura que bloqueia a minha decida, mas Bê insiste em permanecer na minha frente.

Eu desço outro degrau, levando meu corpo mais perto ao dele, e agarro seu braço com mais força do que gostaria.

— Apenas diga a todos do andar superior para descerem agora. Encontre o imbecil que pegou as chaves. Há mais ou menos cinquenta no mesmo chaveiro, não deve ser difícil de achar. Encontre, depois suba e tranque todos os quartos.

Sentindo a urgência na minha voz, ele não me segue, mas me acompanha com o olhar até que eu suma de vista.

No mesmo instante, vejo o trinco do banheiro pender para baixo e corro em direção a ele, sem me importar com as quatro pessoas que formam a fila. Alcançando a porta no instante em que ela se abre, espero um garoto sair e me tranco. Meus dedos parecem perdidos ao girarem a chave. De costas, encosto na porta e permito que meu corpo deslize até o chão. Dobro os joelhos e coloco a cabeça no meio das pernas. Depois, tiro o chapéu e passo os dedos pelas raízes do meu cabelo.

Do lado de fora, os ouço resmungar, mas não ligo. Tudo o que vejo é a mesma cena se repetindo de novo e de novo. Nesse ponto, nem parece ser real. Na minha mente, o beijo é muito mais quente, afrontoso e apaixonante.

Por mais que não tenhamos mais uma ligação direta, Polar é alguém que tem um certo nível de intimidade comigo, embora construído no passado. Por que ele a escolheu? Será que ela faz o coração dele acelerar de um jeito que eu nunca fiz, nem enquanto dançávamos?

Collapse, calada. Por que você quer me fazer colapsar com você?

Pense em outra coisa! Me conte outra história!

Mas, ele nem está errado, porque nunca me assumiu, não é? Só saímos uma vez... Kaden não me deve nada, e eu sequer me sinto num lugar de pedir por explicações. Ele está certo, eu estou errada. Ele é um bom menino, e eu sou excessiva. Culpar alguém é mais fácil, mas e quando ele não fez nada de errado?

Collapse, por favor, fique quieta.

Reviso todos os momentos que passamos juntos, procurando dentro de cada um, um vislumbre de maldade. Quero odiar Kaden, mas só consigo odiar a mim mesma. É minha culpa. Eu deveria ter tentado mais, ter deixado tudo mais claro. Talvez eu tenha sido inocente demais, romântica demais, quieta demais, falante demais. Por que eu fui usar aquele maldito vestido? Talvez tenha passado a imagem errada, talvez tivesse que ter sido mais bonita.

Sinto o gosto salgado da primeira lágrima que, escorrendo devagar pela minha bochecha, chega até meus lábios.

Não sei se vou encontrar alguém como ele, ou alguém que me faça sentir do jeito que ele me faz. Não quero ser egoísta. Pare de ser egoísta, Eden. Não seja egoísta. Mas eu sei que tenho algo especial, e sei que posso amar um homem de verdade. Não é fácil para eu me apaixonar. Minha mente vive num mundo de fantasias onde qualquer homem pode parecer um romântico, mas o caminho até meu coração é tão estreito que não é todo mundo que consegue passar. Kaden não foi um acaso, foi minha escolha. Por que ele não vê que eu sou diferente, como eu sei que sou? Eu sou diferente, não sou?

Meus pés balançam rapidamente, batendo no chão e agitando todo o meu corpo. Meu maxilar fica tenso, e percebo que estou quase rangendo os dentes, então os separo com a língua. Meu nariz coça, e sinto as narinas se abrirem ao puxar o ar. Ao mesmo tempo, meus olhos derramam novas lágrimas. Sinto frio.

Lembro de Noah, o garoto de quem gostei aos quatorze anos. Lembro de não querer dormir pensando nele, como se cair no sono significasse deixá-lo no passado. Enquanto ficasse acordada, ele estaria ali, comigo, presentificado. Lembro do gostinho de sangue na boca por morder os lábios durante semanas, e que voltava quando alguém mencionava seu nome. Lembro de não contar a ninguém que meu coração estava em chamas porque soaria muito dramático. Lembro que não conseguia comer, e de que não sabia o que deveria consertar em mim para poder ficar com ele. E o quão disposta a fazer o necessário para que isso acontecesse.

Lembro de Liam, o garoto que conheci aos quinze, e do gosto amargo de dizer adeus. Tudo aconteceu muito rápido. Escuto novamente o silêncio dele, que me atingiu tão forte. Lembro de querer que ele lutasse, que mostrasse interesse em ficar, mas tudo o que ele disse foi: "Ok". Reviver essas memórias me corrói, me vendo no campo da escola, à noite, vulnerável, implorando para ele não ir embora. Será que, se ele soubesse como chorei por ele, teria pensado em mim por mais tempo antes de seguir em frente?

Minha cabeça começa a doer, e de repente sinto como se um relógio de parede tivesse substituído meu cérebro, com seu tique-taque ecoando dentro dele. Solto um "ah", sem conseguir segurar a tensão. A dor volta, e eu aperto os olhos com força, fazendo as últimas lágrimas que estavam nos cílios caírem.

Embora Noah e Liam tenham existido em minha vida, nenhum deles criou raízes em meu coração da mesma forma que Kaden. Talvez porque, naqueles tempos, eu fosse mais jovem, ainda imatura, vivendo nas sombras de duas paixões conscientemente efêmeras. Eu sonhava com toques sutis — segurar suas mãos trêmulas, trocar livros com dedicatórias manchadas por promessas vagas e capturar o findável em polaroids desbotadas, como se o presente fosse tudo de que o mundo é feito.

Mas com Kaden, eu sonhei um futuro extenso. Com ele os meus olhos podiam se perder num horizonte criativo de sonhos e planos. Kaden fez meus outros amores parecerem brincadeira de criança, inofensivos e banais. Contudo, não posso apagar o que senti, não posso negar que, mesmo jovem e ingênua, eu sangrei. Eu sangrei de uma maneira que sequer compreendia na época. E agora, ao vislumbrar a possibilidade de reviver aquela agonia — as noites intermináveis em que tudo me superestimulava, o descontrole da minha própria fome — algo dentro de mim se rompe.

Se Noah e Liam foram capazes de fazer o meu corpo tremer, tenho medo do terremoto que Kaden trará. Estamos juntas, Collapse. Você está pronta para ser dilacerada outra vez?

Brusca e alta, uma batida na porta faz meu corpo tremer.

É hora de dar o fora daqui.

Quer saber, Collapse? Depois, me arraste para as profundezas mais escuras de mim mesma, se quiser, mas agora estou na minha festa, e hoje à noite ninguém me verá colapsando com você — mesmo que seja uma mentira.

CAPÍTULO 55

É ESTRANHO QUE EU ME SINTA INVISÍVEL na minha própria festa? Parece que todos passam por mim. Eu quero erguer as mãos e dançar como alguns fazem ao meu lado. Por sinal, eu sinto que Bê pode estar lá. Quero perguntar se ele trancou as portas, mas ainda não me sinto pronta para fazer nada além de me manter acordada e em pé.

Vamos, Eden, e só erguer as mãos e se balançar com a música, não é tão difícil. Mostre para eles como você está bem e indiferente, não deixe que as lágrimas escapem,

Preciso respirar, Collapse. Só mais um pouquinho.

Ergo um dos braços e me sinto estúpida. Abaixo imediatamente. Bem, talvez eu só precise de um pouco mais de tempo.

Respiro tão alto que posso ouvir o ar indo e vindo nos meus pulmões. Parece uma boa opção ir até a cozinha, porque não há praticamente ninguém lá, a não ser alguns garotos conversando em roda.

Vou até a pia, pego um copo na estante de cima, e me sirvo um pouco de água.

— Não sabia que ela era assim.

— Eu sempre achei ela atirada, sabe? Aberta demais. Ela parece intimidadora, mas é só de dia.

— Tipo um mutante, ou um lobisomem. — Eles riem.

Queria que você pudesse ver a careta que estou fazendo agora, Collapse. Meu estômago embrulha ao ouvi-los falar. Bebo quase metade do copo em segundos, ansiosa para deixar de entreouvir aquela conversa. Minha garganta dói com a água gelada, e espero antes de voltar a beber.

— Polar é tipo um lobisomem da neve.

Paro. Ergo a cabeça, e olho para o armário da cozinha. Dessa vez, porém, meus ouvidos estão atentos.

— Mas a mais sexy de todas.

Grudada à pia, de costas para os meninos, bebo água novamente, dessa vez bastante devagar. Pelo papo, deduzo que eles competem para segurar alguma coisa que escondem com cuidado, sem deixar que ninguém de fora da roda os veja.

Dou um passo para trás.

— Cara, onde foi que você arranjou isso? Ela te deu?

— Tá doido? Óbvio que não, ela nem fala comigo. Foi o Kaden. Ela deu quatro dessas pra ele, e ele me deu pra guardar, só que eu acabei perdendo uma.

Todos riem de novo, e meu corpo arrepia.

Dou mais um passo para trás, pequeno, mas o suficiente para encostar em algo peludo. Um arrepio me faz abrir as mãos, e sinto um dedo gelado fazer círculos na minha nuca. Viro e vejo um garoto vestido de urso. Seus olhos, única parte de seu corpo visível, parecem impacientes. Desvio o olhar e, no espaço que ele abre, tento ver o que prendeu a atenção dos garotos em roda nos últimos três minutos. É uma foto pequena, com efeito vintage. Só a vejo por um instante antes que quem a segura a esconda no bolso, mas tenho certeza de que é uma menina posando nua para a câmera.

Viro para o menino que segura a foto.

— Quem é? — Preciso ter certeza.

— Não é da sua conta, beleza?

Meu rosto está sem expressão, e nem sinto necessidade de piscar.

Eu preciso saber. Só porque mencionaram Eloise não quer dizer que seja ela, né? Ela não faria algo assim. Se bem que não estou vivendo a seu lado para saber tudo o que ela seria capaz de fazer nesses últimos anos.

— É a Polar. Parece que ela e Kaden estão mesmo juntos, e ela deu essas fotos para ele — responde o urso. — Sua festa vai ser a melhor do ano, Eden. Consegue imaginar o que Ollie pode fazer quando isso chegar nas mãos dele?

CAPÍTULO 56

COMO SE ALGO LHE CONTASSE PELAS ENTRANHAS que eu desejava procurá-la, Polar passa por nós como um vulto. Mesmo de longe, posso ver que as marcas de rímel que escorrem por suas bochechas estão mais escuras agora. Seus passos são a mescla de uma marcha apressada com o início de uma corrida.

— Eden! — grita Bê do outro lado da sala ao me ver.

Na mesma velocidade e apenas por curtos segundos os separando, Kaden segue Polar em direção ao andar de cima.

Evie e Oliver seguem Kaden. Miles segue Evie.

Bê se aproxima. Sem pensar duas vezes, deixo ele sozinho e sigo Polar. Ouço seus passos atrás de mim. Só quando chego ao andar superior e vejo todos entrando em um quarto sem dificuldade, eu me viro para trás.

— Eu tava tentando te encontrar pra dizer que eu não encontrei a chave em lugar nenhum. Alguém deve ter pegado.

— Tá tudo bem — digo na esperança de dispensá-lo. — Valeu por tentar.

Antes que ele tenha a chance de falar mais alguma coisa, entro no quarto, mas ele me acompanha.

Polar está no canto e agarra a si mesma.

— Eu quero ficar sozinha — ela diz, com medo. Parece um animal acuado.

— Você quis dar aquelas fotos pra ele? — Ollie se aproxima dela sem nos notar. Eu, Bê, Evie, Kaden e Miles estamos todos aqui, assistindo à cena.

Ele está tão próximo que ela deve sentir o calor de sua respiração. Ollie parece muito maior do que ela, mas provavelmente seja só por conta da fantasia assustadora.

— Então quer dizer que agora você se importa? Interessante, achei que eu fosse apenas a menina que você chamava quando não tinha nada melhor pra fazer.

— Você entendeu errado, eu falei aquilo da boca pra fora. Você sabe o que eu sinto.

— Não, não sei, Oliver. Me conta. O que é que você sente?

— Você sabe... é que... é que...

— Agora entendi por que você queria tanto que eu tivesse as fotos. Cansou de esperar por um cara que nem sabe falar como gente. — A voz de Kaden soa fria, sarcástica.

Eu me sinto interrompendo um momento íntimo dos três, mas me perturba o fato de que eu esteja sofrendo e Kaden também, embora eu sofra por ele, e ele esteja com outros assuntos mais urgentes lhe ocupando a mente. Estamos sobrando, Collapse. Parece que não fomos reais o bastante, nem ao menos para nos tornarmos o problema dele.

Antes que eu pudesse piscar, Ollie partiu para cima de Kaden, que tentando se esquivar dos golpes, o atinge no nariz, outra vez.

Em segundos, todos nós tentamos interceptar a briga, mas é apenas quando Aaron chega e se coloca entre Kaden e Oliver que os dois param de brigar. Ainda assim, mantêm o olhar fixo um no outro, como se o resto não existisse.

Com a mão de Aaron segurando-o pelo abdômen, mantendo-o à distância, Ollie ainda chuta e balança os braços para frente e para trás, como se seu corpo ainda não tivesse entendido que seus golpes não vão mais atingir ninguém.

— Você acabou de distribuir fotos íntimas de uma mulher, quem aqui não é gente?!

Diferente de Ollie, Kaden agora adquire uma postura firme, até calma.

— Fotos íntimas de uma mulher? Quantos anos você tem, quarenta?

— Eu vou acabar com você!

Sua última frase, junto com a nova movimentação do corpo, é motivação suficiente para que Aaron, agora com os dois braços, o empurre contra a parede.

— Vem — Kaden ameaça com um sorriso de soslaio.

Enquanto segura Oliver contra a parede, Aaron vira o rosto para o irmão mais novo.

— Já chega, Kaden.

Silêncio.

Todos estão acostumados com os temperamentos explosivos de Oliver, mas Kaden receber uma repreensão é incomum. De repente, todos parecem desconfortáveis, como se não devessem estar ali.

Oliver se mexe mais um pouco e consegue se soltar dos braços de Aaron. Com o queixo levantado, ele caminha até a porta. Seus braços balançam para frente e para trás, no ritmo dos passos, ocupando um espaço desnecessário.

— Pra mim já deu. — Com os dedos nos trincos, ele tenta puxar a maçaneta para baixo, mas a porta não abre. Ele coloca a segunda mão no mesmo lugar e repete o movimento. Nada. — Tá legal, quem é que fez isso?

— Às vezes ela emperra, é normal. Você precisa puxar pra frente antes de empurrar o trinco para baixo — eu respondo.

Ollie cede lugar para que eu abra a porta por ele. Nada de novo. A porta continua imóvel.

— Há-há-há! Muito engraçado! Abram essa porta! — Perdendo a paciência, Ollie chuta a porta, que treme, mas permanece cerrada.

A pessoa que pegou as chaves deve estar brincando com a gente. Sem ideia do que fazer, começo a bater na porta, como se a casa nem fosse minha.

Poucos segundos se passam e Kaden, Aaron, Bê e Evie também tentam abri-la. Mas a porta permanece fechada. Após todos aliviarem a ansiedade ao sentirem o trinco emperrado com as próprias mãos, volto a bater.

— Oi? — diz uma voz do outro lado.

— Oi! — grito em retorno. — Você pode abrir a porta, por favor? Dou um passo para trás e assisto o trinco subir e descer três vezes.

— Tá trancada. Você tem a chave? — pergunta a menina do outro lado.

Ollie ergue as mãos e estapeia a própria testa.

— Sim. Estamos todos presos aqui com a chave na mão.

Reviro os olhos, e projeto minha voz para ser amistosa, não querendo afugentar a nossa única esperança de sair daqui.

— Escuta, duas portas à direita é o armazenamento de ferramentas de jardinagem. Será que você poderia pegar uma... — ela não vai saber o nome de nada lá de dentro — é... alguma ferramenta pequena, fina e afiada pra destrancar a porta? Por favor.

— Tá legal — diz a voz, antes de desaparecer junto com seus passos pelo corredor.

CAPÍTULO 57

NUNCA TINHA REPARADO EM COMO ESSE QUARTO É ESTRANHO. Antes era o quarto de um dos filhos dos Leungen, mas faz anos que não é mais usado. Essa família não precisa de mais espaço, então, quando o filho saiu de casa, o cômodo ficou sem utilidade. Aqui só tem uma mesa de centro, alguns quadros de paisagens da Holanda e um sofá de três lugares.

Evie, Miles e Kaden estão no sofá. Todo o resto de nós está sentado no chão. Esperando.

— Ela não vai voltar. — Ollie bate o pé freneticamente no chão, sem controle. — Há quanto tempo já estamos esperando, umas duas horas?

— Quinze minutos — responde Aaron, muito calmo. Suas pernas estão espichadas no chão, suas costas e cabeça apoiadas na parede. Ele nem se preocupa em abrir os olhos para responder.

Oliver continua batendo o pé no chão.

Silêncio.

— Será que dá pra parar? — A voz de Kaden ecoa pelo quarto.

Oliver continua batendo o pé, ainda mais forte. Aaron abre os olhos e assiste à reação do irmão mais novo, atento a qualquer novo movimento.

Oliver muda de posição, estica as pernas e tira de dentro da fantasia de lobo um pacote de balas coloridas. Com dedos nervosos, ele abre o pacote. Sua mão treme ao pegar a bala. Colocando-a na boca, ele respira fundo, como se expulsasse a ansiedade do corpo. Relaxado, ele imita a postura que Aaron tinha alguns segundos atrás.

Todos olham para Oliver agora.

— Alguém quer? — oferece.

Aaron estica as pernas outra vez.

— Que porcaria é essa?

— Só o melhor doce do mundo.

— Como consegue pensar em açúcar agora? Eu tô derretendo de calor aqui. — Evie está com o rosto apoiado na mão esquerda, que repousa sobre o encosto do sofá pequeno.

— Digamos que esse é um açúcar especial, que te deixa bem... calmo. Tão calmo que até consigo falar com você agora... bruxa!

Evie se remexe no sofá e, com os punhos cerrados, ameaça se levantar, mas Miles a puxa de volta.

— Opa. — Oliver volta a fechar os olhos. — Parece que te deixa calmo, mas não faz milagres.

Aaron estende a mão, mesmo a alguns metros de distância.

— Eu quero uma.

Oliver repete o movimento com o pacote aberto em mãos. Aaron engatinha até que esteja próximo o bastante para alcançá-lo.

O som do plástico se abrindo outra vez, incentiva Miles a erguer a voz.

— Passa uma pra cá.

Oliver ri. Meus olhos agora estão fixos em Miles, mas ele não olha para mim.

— Eu também quero, não posso deixar Miles sozinho — diz Evie.

Quando Miles e Evie colocam o doce na boca, Kaden puxa o pacote e engole uma bala sem dizer nada. Em segundos, o pacote chega na minha mão, e eu sinto todos olharem para mim. Kaden me observa. Quer saber, Collapse? O legal de chegar no fundo, é que não tem como ir mais para baixo. E que mal pode fazer? Será só uma vez.

Enfio os dedos na embalagem e pego uma bala azul. Não tenho certeza se é isso que quero fazer, mas também não há nada me segurando. De repente, todos os meus sentidos me convencem de que um segundo de coragem será suficiente, mesmo que seja só um segundo. É como pular de um penhasco, Collapse. É rápido, basta um impulso para o corpo cair em queda livre. Um único momento pode mudar tudo. Uma boa sobremesa pode ser arruinada por um único ingrediente errado. Uma decisão pode estragar tudo.

Num impulso, levo a bala à boca e a deixo deslizar para dentro. Mordo, e a textura se desfaz na língua. Não tem sabor. Vejo Bê pegar uma bala rosa, e de repente, minhas pálpebras tremem. Escuro. Não vejo nada. Escolho isso. Gosto de não perceber os outros no quarto e desejo que fechar os olhos me faça esquecer até de mim mesma.

Às vezes, um segundo é o bastante para arruinar toda a sua vida. E assim, num único segundo de ousadia, eu desencadeio o novo nível do caos.

CAPÍTULO 58

VEJO AS LUZES SE ACENDEREM, COMO SEMPRE FAZEM, mas desta vez, sem dor. Sorrio ao piscar com força cada vez que elas brilham. Elas brilham de novo, e meu corpo se sacode com pequenos tremores. Por alguma razão, começo a rir, gargalhar. Em instantes, ouço quase todos no quarto rindo também. Abro os olhos. Polar está deitada no chão, com as pernas esticadas. Seus olhos estão bem abertos, imóveis, e a mão direita ainda está dentro do pacote de plástico, que agora está quase vazio.

Sinto dedos longos e gelados virarem meu rosto. Meus olhos encontros os de Bê, que sorri para mim.

— Eu sei onde tá a chave — ele sussurra.

Paro de sorrir, mas ele ri ainda mais.

— Você mentiu pra mim? Era você que tinha pego?

— Não, mas eu lembrei agora. Eles mudaram tudo aqui. Faz tanto tempo que eu nem lembrei que esse era o quarto.

Franzo a testa e, sem perceber, enquanto tento entender, sinto o tecido da calça pinicar minha coxa. Pego um pedaço do tecido brilhoso com uma mão e o esfrego para cima e para baixo contra a pele. Tusso sem controle enquanto o vejo engatinhar até a mesa de centro. De joelhos, Bê começa a bater nas tábuas de madeira, como se o chão fosse uma porta, até ouvir um som oco. Ele remove uma tábua e enfia a mão no buraco, tirando de lá um chaveiro de metal em forma de âncora, com quatro chaves penduradas.

— Não tá lembrando? — Olho bem nos olhos dele. — Sabe do que nome "Bê" é apelido?

Pisco demoradamente e Oliver se senta do meu lado. Ele brinca com pelos da própria fantasia, extremamente concentrado, como se pudesse enxergar um novo mundo minúsculo entre a pelugem de sua roupa.

— Como você sabia que teria uma chave aqui? Você tá na minha casa, e nem eu sei.

— Então, história engraçada... Essa casa é minha. — Calmamente, ele devolve a madeira para o chão, mantendo a chave consigo. Sentado de costas, ele se esquece de ter encerrado a conversa no meio, mas logo, se recorda e se vira para mim outra vez. — Nós brincávamos juntos quando éramos pequenos. Eu lembro de você tentando me convencer a pedir para meu pai te comprar uma boneca para dar a alguém, ou algo assim. Eu nunca respeitei muito meus horários de dormir, e sempre acabava trancado no meu quarto de castigo, então comecei a escapar. Quando meus pais descobriram o que eu fazia quando não estava no meu quarto, me enviaram pra uma escola super-rígida em Londres. Eu sou o Zay, Eden. Zay Leugen, e esse era meu antigo quarto. É por isso que eu sabia onde a chave estava. Na verdade, não tinha certeza de que ainda estaria aqui, a escondi há tantos anos. Mas eu sou Zay Leugen... pera, eu já falei essa parte, né?

— Você mentiu.

— Não. Meus pais realmente não me falaram que estariam viajando, e eu vim para visitá-los de surpresa. É, acho que não deu muito certo.

— Você falou que seu nome era Bê.

— Não, eu falei que me chamavam de Bê, e realmente é assim que todos me chamam na escola. Zay é o apelido do nosso mascote, então eles decidiram me chamar de outra coisa. Como havia uma letra "B" gigante no meu moletom, passei a ser chamado de Bê.

— Mas você disse algo sobre você e seu sete irmãos serem de Londres.

Bê inclina a cabeça, como se buscasse lembrar das cenas de um filme que não é conectado a sua vida.

— Verdade. É, acho que nessa parte, eu menti. Mas quem não faz isso quando se está de férias em outra cidade? Achei engraçado que você não me reconheceu, então inventei uma historinha. Mas eu soube imediatamente quem era você.

Bê parece estar cada vez mais perto, e o resto do quarto cada vez mais distante. Eu jurava que conseguia ver seu nariz derreter e escorrer pela sua fantasia, até formar uma letra "B" na barriga felpuda de lebre.

— Por que não me falou a verdade?

— Não quis te envergonhar. Parecia ser uma noite importante pra você, eu quis ser legal e deixar você ter seu momento antes de contar a verdade. Quer dizer, eu iria dormir na minha própria casa de qualquer jeito, melhor que fosse da forma menos esquisita possível.

Bê, quer dizer, Zay olha para mim enquanto eu o encaro em silêncio, fixada na estranha ausência de nariz.

— Ei, todo mundo — Oliver berra como se sua vez estivesse competindo com duas caixas de som. — Ninguém dá o fora dessa festa sem me pagar, hein. O docinho é caro e não se compra sozinho. Não é tão comum quantos vocês pensam, e foi a maior barra pra conseguir.

— Foi a maior barra — repete Polar, se movendo pela primeira vez em alguns minutos. Sentada, ela começa a rir sozinha, provocando outra onda de risadas no grupo, o que a faz rir ainda mais. Ela cai no chão, rolando de um lado para o outro, com as mãos na barriga, sem ar.

Colocando-se em pé, Zay caminha até a porta, e é o som da chave abrindo a fechadura que finalmente cessa as risadas.

CAPÍTULO 59

EU NUNCA, EM TODOS ESSES ANOS, havia notado como as paredes do andar superior são tão vivas. Elas parecem soltar cor e derreter tinta por toda a sua extensão. Parece até que... estão se movendo. Collapse, elas estão se movendo!

Olho para trás, e estou sozinha no corredor. Para onde foram todos? As paredes se aproximam do centro, como se houvesse engrenagem abaixo dos tijolos, trazendo-as para mais perto de mim. Meu corpo cai de lado, fraco contra a gravidade que o puxa para baixo. Abro as mãos e estico os dedos, pressionando as palmas contra o chão, empurrando com toda a força para o lado oposto.

Não adianta, as paredes continuam se movendo na minha direção, agora já bastante perto do outro lado. Tento correr, mas minhas pernas não funcionam mais. Não lembro como caminha. Congelo. Meu pulmão tenta puxar o ar, que está rarefeito. Eu não quero morrer, mas vou. As paredes vão me espremer até que eu vomite minhas entranhas.

O que acontece quando seus ossos são imprensados? Será que quebram em centenas de pedacinhos ou se esfarelam? E a carne? O que acontece quando ela é esmagada? Está perto demais: meus ombros se encolheram. Arregalo os olhos, e tento respirar. Vamos, Collapse. Faça alguma coisa. Salve a minha vida.

Num espasmo, minha perna esquerda chuta o ar com tanta força que o vento parece empurrar as paredes, mas acabo caindo no chão.

Deitada no piso gelado, abro os olhos lentamente e vejo os objetos retornarem ao seu lugar, me permitindo identificá-los. É a sala de ferramentas. A porta está escancarada. Por quê? Papai sempre diz que os Leungen odeiam quando ela está aberta, por isso nunca cometemos esse erro. Por que a porta está aberta, Collapse? Será que foi a Jenna? Cadê a Jenna? Será que ela ainda está no banheiro? Eu preciso encontrá-la e cuidar dela.

Por que a porta está aberta? Eu gosto do piso gelado; ele refresca meu corpo e me dá uma sensação boa. Eu gosto do piso. Não quero mover nenhum músculo. Há três ferramentas faltando, sei disso porque Elysium é organizado, e cada uma delas tem um lugar específico. Posso até nomeá-las: pá, foice e serrote. Esse piso é tão bom, geladinho. Ele sempre diz que deixar as ferramentas todas juntas as enferruja mais rápido, e que as flores percebem isso e se incomodam. Será que papai está trabalhando agora? Não seria a primeira vez que ele estaria cultivando no meio da noite. Talvez eu devesse ajudá-lo.

Coloco as mãos no chão, criando sustento necessário para erguer o corpo do piso. Apoio, finalmente, o joelho e me levanto, me despedindo da sensação gelada que me trazia conforto.

Entro no quarto de ferramentas e escolho duas delas: uma pequena foice de mão e um regador. Sempre digo a papai que precisamos de mais ferramentas reservas; com uma foice faltando, agora só me resta uma foice de pedra que Elysium construiu ele mesmo há muitos anos, num de seus dias de inspiração, e me deu de presente.

Elysium é bastante criativo e, mesmo sendo um tanto antiga e cega, a foice ainda é eficiente, embora Elysium a ache inútil. Desço as escadas com cuidado, mas pareço ter dois baldes cheios de água presos a cada pé. Arrasto as pernas como se estivesse caminhando na parte mais funda da piscina.

É somente quando alcanço o primeiro andar que ganho tração. "Angel eyes" de Abba toca no rádio, mas não há ninguém aqui, além de uma única menina que dorme de boca aberta, estirada no tapete da sala. Agarrada a uma garrafa vazia de cerveja, ela lembra uma criança segurando sua pelúcia favorita. Ela é extremamente alta. Na verdade, acho que nunca vi alguém tão grande assim. Talvez ela tenha em torno de uns quatro metros. Com as pernas bem esticadas, ela ocupa quase toda a sala. Você precisava ver isso, Collapse, é bizarro.

Caminho até a porta, ainda perplexa com o tamanho da garota no chão, e acabo tropeçando na quina do sofá. Ela acorda num susto. Ela pisca algumas vezes, atordoada e confusa. Tenho medo de que, se se levantar, ela possa bater a cabeça no teto, e a casa despencará sobre nós. Eu não quero morrer soterrada, Collapse. Eu não quero morrer.

Ela se senta, olha para o relógio de parede e arregala os olhos.

— Pra onde você tá indo? Cadê todo mundo? — pergunto quando ela engatinha por mim e passa pela porta.

— Parece que os pais de Cooper saíram de casa hoje e o irmão mais velho dele comprou umas bebidas. Até trouxeram algumas pra cá, mas acabaram rápido, então todo mundo foi pra lá. Não leva pro lado pessoal, sua festa até que tava irada, mas faltava um pouco mais de... emoção, sabe?

Eu sinto o ar entrar pesado pela boca, e não consigo prestar muita atenção nas palavras dela, porque fico olhando para um olho e depois para o outro, assim nenhum dos dois sente ciúme. Sua altura agora é normal, mas o olhar é de um esquilo assustado. Ela segue em frente cambaleante, andando como se os joelhos fossem feitos de gelatina.

Eu a sigo até o jardim. De joelhos, eu a assisto passar pelo portão e volto minha atenção às flores. Estou tão aliviada que aqueles olhos de esquilo não podem mais me perturbar. Eles eram aterrorizantes, Collapse. Papai não está mais aqui, já deve ter ido dormir, mas posso terminar o que ele começou. Com a foice de mão, removo as ervas daninhas e matos pequenos no terreno limpo ao lado das orquídeas. Não trouxe luvas nem pá, porque não estavam lá, mas não me importo em me sujar para ver meu pai feliz.

Com as mãos, cavo três buracos, sentindo a terra encontrar abrigo abaixo das unhas levemente compridas. Elysium estaria orgulhoso. Arrancando uma pétala de três orquídeas, despejo cada uma em um buraco, cobrindo-os de terra outra vez. Com o regador vazio, finjo despejar água sobre os três buracos, agora bem fechados, e me surpreendo ao ver as flores crescerem numa velocidade miraculosa. Jogando as ferramentas ao meu lado, deito-me na terra com a barriga para baixo e apoio a cabeça entre as mãos, assistindo-as florescerem.

Uma lágrima escorre, e me sinto comovida. Nunca havia visto algo tão lindo, Collapse. Se você realmente pudesse vê-las, choraria ao meu lado. Cada uma tem uma cor específica: a primeira é verde; a segunda, roxa; e a terceira, rosa. Mas não é uma coloração normal. São mais cintilantes e vivas do que qualquer outro verde, roxo e rosa. É como se elas existissem em uma camada superior, além das cores que vemos, e eu tivesse a sorte de poder ver esse pequeno fenômeno. Eu estico uma mão para tocá-las. Tão frágeis, ainda assim, majestosas.

Me levanto e recolho as ferramentas. Meu estômago dói, e tudo começa a girar. Que isso, Collapse, vertigem? Devo ter levantado rápido demais. Engulo a saliva e respiro em voz alta, deixando o ar correr por minha garganta. Preciso de um banho.

Volto a caminhar e vejo as fotos de Polar boiando nas águas da piscina. Meu estômago embrulha mais. Tenho sede e fome. Muita fome.

Entro em casa e vou reto até a cozinha. Pego um pacote de bolachas e, equilibrando as ferramentas abaixo do braço, retiro uma garrafa de dois litros de água da geladeira. Não quero subir as escadas, então vou até o banheiro dos empregados, que, para a minha sorte, está vazio. Faço um biquinho ao lembrar que meus convidados estão agora na casa de algum garoto chamado Cooper. Mordo os lábios superiores. Penso. Mordo também os de baixo para que não fiquem com ciúme.

Estou zonza demais para passar pelo esforço de tirar a roupa. Então apenas me sento no chuveiro. Como os cookies enquanto sinto a água me molhar inteira.

CAPÍTULO 60

SENTADO À MINHA FRENTE, DENTRO DO BANHEIRO abaixo do chuveiro, com os braços abraçando os joelhos que agora estão entre os meus, Elysium sorri para mim. Seu olhar é sereno.

— O que você tá fazendo aqui? — pergunto, desconfortável.

— Estou cuidando de você.

— Quero que vá embora.

— Não quer, não.

Eu o olho fundo nos olhos, diversas vezes.

— Quero, sim — minto.

— Por que você gosta de Kaden?

— Como é?

— Você precisa me contar a verdade.

Você também tá sentindo isso, Collapse? Parece que ele injetou em mim uma seringa da verdade. O impulso de falar arde meu pescoço e, quando finalmente desgrudo os lábios, não sou mais capaz de conter as palavras.

— Porque ele me faz acreditar que, sem ele, nunca mais terei uma chance tão boa de alcançar o que quero.

— E o que você quer?

Uma gota erra seu percurso e entra no meu olho aberto. Pisco descontroladamente e esfrego o dorso das mãos no olho até que arda pelo atrito.

— Eu não sei.

Elysium inclina para trás e encosta a cabeça no azulejo.

— E por que acha que ele gosta de você?

Imitando-o, também levo a cabeça para trás, deixando que a água corra agora sobre meu colo, sem tocar nos meus cabelos.

— Quando estamos sozinhos, ele fala comigo de um jeito diferente. É quase como se, sem ele, a expectativa de dias bons morresse.

— Mas como você poderia perdê-lo, se para você, ele já está lá?

Não respondo.

— Tem certeza de que você não sustenta a conversa inteira sozinha? — Elysium se endireita e se aproxima de mim.

— Claro que não, ele me responde — minto outra vez, me esforçando para buscar no mais fundo de você, Collapse, vestígios de que Kaden também se importa, e encontro. Sorrio.

— Kaden já falou que sou como cometas colidindo, e tudo porque havia lhe mostrado uma foto no jornal, e dito que os achava bonitos. Ou seja, ele disse que sou bonita — digo.

— Cometas passam e se perdem para sempre. Rasgam os céus com pressa, deixando rastros de luz que mais parecem feridas brilhantes no tecido da noite. São belos, sim, mas breves.

— Nossas conversas são reais — repito, como se meu cérebro retrocedesse a conversa.

— Não. Tudo de bonito e especial surge de você. O que você admira nele é você mesma.

A frase escorrega para dentro de mim como algo que meu corpo inteiro esperava ouvir, sem saber.

— Você é uma estrela, não um cometa, Eden. Brilha com constância. Persiste. Sua luz chega a olhos que talvez nunca te alcancem, mas que jamais esquecerão do que viram. Estrelas guiam. Elas não precisam anunciar sua chegada, apenas existem. E isso basta.

As palavras dele se desenrolam devagar dentro de mim, como se fossem partes de uma canção esquecida sendo lembradas aos poucos. Elysium me olha fundo, como quem já sabe o fim da história.

— Mas você se apaixonou por um menino que coleciona cometas. Ele é fascinado pelo espetáculo do instante. Por tudo aquilo que brilha intensamente e, por isso mesmo, morre cedo. — Elysium toca meu joelho com gentileza, como se dissesse que não há culpa nisso. — Você tem a atenção dele apenas por um minuto, antes que ele encontre um novo cometa. E assim, você, que nasceu estrela, se convenceu de que era melhor ser gelo e poeira momentânea só para ser notada por ele. Porque quando ele te enxerga, mesmo que por um segundo, ele te faz sentir divina. E, ao mesmo tempo, pequena.

As palavras dele são delicadas. Mas também são verdadeiras. E doem. Do jeito certo.

— Mas veja — ele conclui, com a voz quase um sussurro —, você nasceu para ser amada na sua imensidão silenciosa, sem precisar se estilhaçar para ser notada.

Não reajo, apenas olho para ele, que agora molhado como eu, com algumas mechas cinzentas lhe cobrindo os olhos. Não sinto raiva nem confusão. Não sinto nada além de sono.

— Beba bastante água e descanse. Você precisa limpar seu organismo.
— O que você tá fazendo aqui?
— Eu não tô.

Junto as sobrancelhas ao apertar os olhos para ver melhor. Meu pai desaparece. Olho para os lados, a sensação é como ver a luz pela primeira vez após dormir por horas num quartinho escuro. Ele não está aqui. Bocejo e me estico até meus dedos alcançarem a garrafa de água. Minutos após abri-la e fechar o chuveiro, caio no sono.

CAPÍTULO 61

O GRITO, QUE COMEÇA ALTO E CONSTANTE, mistura-se com o rompimento de pequenas cordas vocais, mudando de um tom agudo para um silêncio quase imperceptível. Ele ressoa tão forte que parece vir de dentro da minha cabeça. Atordoada por ter sido acordada por ele, pressiono as mãos com força contra os ouvidos. Se há algo frágil dentro de mim, tenho certeza de que acabou de se quebrar.

O grito, contudo, me traz de volta à realidade. Pisco algumas vezes e limpo os olhos com o dorso das mãos. Minhas vértebras ardem. Não sei como consegui dormir nessa posição. Preciso me levantar, ver o que está acontecendo. Em pé, não consigo dar nem mais um passo sem abrir a tampa do vaso sanitário. Meu estômago quer explodir. Olho para o lado e vejo as garrafas vazias. Eu tomei tudo isso? Se sim, tomei dois litros de água de uma vez só. Segundos depois e relaxo ao aliviar a bexiga, mas a sensação dura por poucos instantes antes que um novo berro tensione meu corpo por completo.

Subo as escadas com as pernas instáveis. Minhas mãos tateiam as paredes até que eu alcance a origem do som.

Meu olfato é o primeiro a alcançar o quarto: o cheiro forte de sangue me revela, com alguns segundos de antecedência, que sangue tinge lentamente o carpete de vermelho-escuro. Sinto os braços arrepiarem e os ossos congelarem ao subir as escadas. Mas, ao entrar no cômodo e ver a substância pegajosa jorrando fresca, percebo que o calafrio foi causado pela premonição do que encontraria, e não o odor, ainda imperceptível.

Embora exposta a cenas de conteúdo perturbador na televisão, nada me preparou para a repulsa de ver um esôfago dentro de alguém.

Ainda sentindo as gotículas de água correrem pelos fios do meu cabelo e encharcarem o chão, olho para baixo e noto uma sombra escura se formando no carpete ao meu redor. Tremo, mas não sei dizer se é pelo frio ou pelo choque.

É engraçado, de verdade. Eu acho que gargalharia alto se o meu rosto fosse capaz de esboçar qualquer outra reação além da completa inércia.

Quem são essas pessoas, Collapse? Pisco outra vez, e então todos desaparecem, exceto pelas mesmas pessoas que estavam no quarto comigo horas atrás. Eu ainda estou delirando? Não, eu sinto meu corpo. Eu sinto a mistura do calor e frio. Minhas juntas queimam, minha pressão está baixa e minhas palmas suam, mas não, não estou mais delirando.

Meus olhos voltam aos dois corpos — não consigo acreditar.

Seria engraçado, se não fosse trágico, que todos ainda vestem as fantasias de Halloween. Contudo, talvez seja o primeiro momento do ano em que ninguém usa máscaras. Num curto intervalo, o tempo parece congelar, o dinheiro perde o poder e nos tornamos iguais: jovens vulneráveis ao medo, trêmulos e completamente perdidos.

Eu não sei dizer por quanto tempo estamos parados aqui. O quarto não passa de um coral de respirações pesadas e meio engasgadas, numa espécie de sinfonia de gritos silenciosos. Quatro minutos — esse é o curto tempo que nos divide de uma vida com um trauma a menos.

— NÃO! — berra a voz feminina, quebrando o silêncio. A voz sai rasgada e frágil e, ainda assim, muito, muito alta. Não sei se é porque Polar é a primeira pessoa com energia para dizer alguma coisa ou se seu grito foi assustadoramente forte, mas meu corpo arrepiou da espinha até a nuca.

Não, penso. Expressão meio esquisita para bradar depois de encarar por quase cinco minutos dois corpos mortos bem à sua frente. Ou talvez tenhamos encontrado os cadáveres há apenas um segundo e ninguém tenha ficado em silêncio. Pode ser que eu esteja parada e imóvel, alheia ao real ritmo dos ponteiros.

Sinto, em seguida, a textura de pele e de tecido raspar contra meu corpo. Só então percebo que ainda estou encostada na porta e que os demais se movimentam agitados.

Miles se ajoelha em frente a um dos corpos e leva as mãos até a cabeça. Todos estão agitados, mas parecem se mover em câmera lenta.

Num baque, a minha mente é atingida por um cometa de realidade. De repente me torno ciente do estardalhaço do quarto.

Sinto um nó na garganta. Ao cair em mim, me lembro que cheguei há vinte segundos, atraída por um grito. Todos vieram por conta do mesmo som agudo.

Abaixo de mim, a poça d'água está um pouco maior. Eu ainda tremo, mas não encontro energia para esfregar as mãos nos braços e me aquecer. Não tenho forças para nada além do que chorar, mas não soluço. Não. Meu lamento me faz parecer um objeto inanimado vazando água, deixando-a escorrer por todos os cantos, incapaz de reagir a ela. No rosto inexpressivo, as lágrimas seguem um curso tortuoso por minhas bochechas. Me movendo pela primeira vez, belisco meu braço, apenas para comprovar que não estou sonhando. Não estou.

Mas não consigo me mexer.

Collapse, faça alguma coisa. Qualquer coisa...

Collapse... os Harper estão... mortos?

CAPÍTULO 62

KADEN ESTÁ MORTO. Kaden está morto.

Kaden está morto. Kaden está morto.

CAPÍTULO 63

KADEN NÃO PODE ESTAR MORTO.

— Eden! — A voz grave, junto com a mão firme que segura meu braço, traz de volta o som ao normal, como se me tirasse do caos que havia dominado meus sentidos. — Você tá legal?

Olho para Zay e tento responder, mas minha voz sai inaudível.

Seus olhos encontram os meus.

— Vamos dar o fora daqui e chamar a polícia!

Conduzida pela mão firme que me leva em direção ao outro lado da porta, deposito parte do meu peso sobre o corpo de Zay, que me ajuda a caminhar.

— Parem! — diz Aaron em alta voz, ajoelhado ao lado dos cadáveres. Simultaneamente, Zay e eu viramos para trás antes de atravessar o quarto e alcançar o corredor.

— Ninguém vai sair daqui, entenderam? Um de vocês fez isso, mas, quando a polícia chegar, quem vocês acham que eles vão levar pra cadeia? Um dos menininhos de ouro ou o canalha que acharam que iria morrer na cela? Faz menos de uma semana que eu saí de lá, e eu juro pelos meus pais que não vou voltar. Eu ainda tô sob liberdade condicional!

— Que pais? Tá falando dos que você matou? — diz Oliver com terror nos olhos e braços cruzados.

— Você é maluco — Zay responde de maneira ríspida e aperta mais meu braço. Ainda assim, eu não me mexo. — Nós estamos indo embora daqui.

O braço de Zay envolve meus ombros e segura minhas costelas enquanto ele me guia, e eu sigo seu ritmo. Damos dois passos antes que um barulho abafado sacuda a casa. Como um trovão metálico, o estouro corta o ar, reverberando mesmo após o disparo. O projétil atinge o teto, refletindo o som nas paredes, criando uma sensação de explosão. Embora nada me toque além dos braços de Zay, a pressão no peito me empurra para trás. O barulho ecoa, misturado aos destroços de gesso e madeira que caem do teto.

Meu corpo está em alerta, enquanto minha mente repete o mesmo barulho sem parar.

Bastante próximo dos poucos destroços, que por pouco não acertam os cadáveres, Aaron ainda segura a pequena arma apontada para cima. Sua postura está erguida, assim como a cabeça. Com ombros alinhados, coluna reta e pernas relaxadas, ele parece natural e confortável. Tudo isso contrasta com a expressão séria e rígida no rosto.

— Ninguém vai sair daqui, até que eu descubra o verme que fez isso com meus irmãos — repete Aaron, o último Harper de sua família.

CAPÍTULO 64

VOCÊ SABE QUANTO TEMPO LEVA PARA UM CADÁVER começar a cheirar mal, Collapse? Durante a vida, tudo em nós funciona perfeitamente para nos manter vivos. Até para mover um músculo pequeno, como o dedo mindinho, o cérebro envia sinais elétricos pelos neurônios, que passam pela medula espinhal e chegam aos músculos pelos nervos. Para um movimento simples, é preciso uma série de processos biológicos, envolvendo cálcio, proteínas, oxigênio, nutrientes e muito mais, tudo em uma sequência precisa. Milhões de processos acontecem no nosso corpo a cada instante, só para que possamos reclamar de como nos sentimos insignificantes.

Após a morte, o coração para e a circulação sanguínea cessa. No entanto, as células e tecidos não percebem imediatamente que o corpo não está mais vivo. O metabolismo continua ativo por algum tempo, especialmente nas células cerebrais. Algumas células ainda funcionam, usando reservas de energia, e reflexos espinhais podem durar horas. Quando tudo finalmente para, as bactérias começam a se multiplicar e decompõem os tecidos. Mesmo após a morte, a vida insiste em permanecer, como se cada parte de nós lutasse para nos manter aqui. Enquanto vivemos sem propósito, desperdiçando tempo, cada órgão trabalha sem parar. São necessários incontáveis milagres para que tenhamos a capacidade de achar que não valemos nada.

Em poucos dias, o corpo incha, ficando pálido, roxo ou esverdeado, com bolhas de gás visíveis. A decomposição completa pode levar até seis semanas, e o cheiro piora com calor e umidade. No quarto fechado, a temperatura de dez a doze graus desacelera o processo. Agora, todos terão que suportar o cheiro e o terror de ficar trancados com dois corpos. Não sei se saber disso me conforta ou atormenta, mas não trocaria o conhecimento que ganhei lendo centenas de livros de mistério.

Faz cerca de cinco minutos que eu encaro a única janela do quarto, sem parar. Não quero olhar para baixo. Não posso. Não consigo.

O quão doente um homem precisa ser para trancar suspeitos junto com os cadáveres de seus irmãos? Aaron Harper é um espírito perturbado.

CAPÍTULO 65

— **VOCÊ NÃO DEVERIA TER ENTREGUE A CHAVE** — sussurro para Zay, que está sentado do meu lado, no chão, na mesma posição que eu: joelhos dobrados, braços ao redor das coxas.

Ele olha para Aaron, garantindo que não somos o alvo de sua atenção.

— O que você queria que eu fizesse? Ele estava apontando uma arma pra minha cabeça. Se eu não tivesse dado, ele teria as tomado à força de qualquer maneira, e teríamos um novo cadáver no chão.

Me incomoda como ele pronuncia as palavras casualmente, apesar de algumas gotas de suor na testa. Continue olhando para a janela, Eden. Apenas olhe para a janela.

Aaron está sentado no sofá, batendo o pé direito no chão em um ritmo acelerado, criando uma atmosfera tensa no quarto. Com a arma na mão, ele coça o queixo com a ponta do cano e, em seguida, aponta a arma para o chão entre suas pernas abertas.

A tensão no ar é quase palpável, mas logo é abafada pelos soluços descontrolados de Polar, que começa a chorar compulsivamente.

— Cala boca! Tô tentando pensar! — diz Aaron, aos gritos.

Polar chora ainda mais alto, batendo as mãos na cabeça. Seus olhos estão bem abertos, fazendo as lágrimas caírem.

— Eu disse pra calar a boca!

— O que você quer que ela faça? — defende Oliver, levantando-se para se sentar ao lado de Eloise.

— Você é estúpido por acaso? Não vê o que eu tô segurando? Eu vou matar você!

— É uma promessa? — pergunta Oliver, com o queixo erguido.

Aaron se levanta, bem devagar. Polar chora mais alto. Oliver começa a rir alto. Eu o observo, assisto a seus movimentos e decido que essa é a sua mais pura resposta de medo. Eu sinto o calor da mão de Zay esquentar meu braço quando Aaron dá o primeiro passo em direção a Ollie. Miles, até então inexpressivo e imóvel, agora se coloca de pé.

— Aaron — chama Miles. Sua postura é firme, mas sua voz treme, caindo para um tom mais agudo nas duas últimas letras. — Se você atirar em alguém agora, irá voltar para a cadeia com certeza. É isso que você quer?

Aaron não desvia o olhar. Seus olhos ainda perfuram Oliver, como se fossem eles um projétil.

— Eu não tenho mais ninguém. Absolutamente ninguém. Acha mesmo que eu me importo de voltar pra cadeia? Nada me impede agora. — Devagar, ele estende o braço e aponta a arma para Oliver. Este, parando de rir, levanta as mãos com as palmas voltadas para frente.

Pigarreando, Miles retoma o grave da voz.

— Você quer encontrar o assassino, certo? Deve querer honrar a memória da sua família. Mas e se não for o Oliver e você o matar? Isso só vai piorar as coisas, porque o verdadeiro culpado pode colocar a culpa no novo cadáver. Você quer justiça, não é? Atirar em alguém antes de descobrir a verdade inteira pode não ser a escolha mais inteligente.

Todos olham para Aaron. Ele mantém o braço estendido por um tempo antes de finalmente abaixá-lo.

— Nós vamos te ajudar. Vamos descobrir quem fez isso e depois, o resto de nós te deixará sozinho com ele. Ninguém vai chamar a polícia até o amanhecer, mesmo depois que você nos soltar, tá bem? Você nos dá tempo para descobrirmos agora, e nós te damos tempo com o assassino depois. — Suas palavras são calculadas, quase ensaiadas. Suas mãos também estão estendidas agora, e parecem ditar a velocidade de suas palavras. — Só não atire em ninguém. Há cinco pessoas aqui além de você, e quatro de nós está do seu lado.

Cortando o ritmo lento da troca de diálogos, Oliver irrompe uma nova gargalhada desenfreada, tão escandalosa que o faz tossir. Seus olhos continuam sobre Aaron.

— Todo mundo estava fora de si, cara. O docinho é uma parada nova. Ele dura poucas horas, mas é intenso como uma pancada na cabeça. Pode te levar a fazer coisas que você normalmente não faria, mas não muda seus verdadeiros desejos. Alguém aqui realmente queria matar os irmãos.

Ele está certo. Todos nós tivemos alucinações. Viro as mãos no colo, fazendo com que a mão de Zay, que estava apoiada no meu braço, caia para o lado. Aproximo as mãos do rosto e vejo que minhas unhas estão cheias de terra. Meus cabelos e roupas ainda estão molhados. Apesar de ter imaginado coisas irreais, como flores crescendo em segundos, eu sei o que fiz e por onde andei.

Vamos, Collapse, pense, me ajude a lembrar. Mordo os lábios, que estão secos. Tento reviver cada momento, refazendo cada passo mentalmente. Sei que passei pela sala de ferramentas, pelo jardim e pelo banheiro. Posso ter visto alguém, ouvido alguma coisa.

Vamos, Collapse, devolva minhas memórias. Me tire daqui.

Para os corpos estarem abertos assim, é provável que alguém possa ter usado uma das ferramentas. Lembro que três estavam faltando: uma pá, uma foice e um serrote. Com o dorso da mão espremido contra os lábios, controlo uma nova onda de golfadas. Inspiro. Expiro. Inspiro. Expiro outra vez.

Se alguém fez isso com uma daquelas ferramentas, é possível que a pessoa tenha sangue respingado em algum lugar, mas é difícil dizer, já que quase todos pularam na piscina. Se eu puder chegar perto, poderei observar melhor. Polar tem até terra nos saltos, então talvez tenha pulado na piscina e ido até o jardim dentro das últimas horas. Ou seja, ela pode ter se limpado um pouco, mas não acho que tenha sido ela. Não, Collapse. Não foi Eloise.

Eu devo ter visto mais alguma coisa fora do lugar, fora do normal, alguém. Collapse, por favor, me conte o que vimos.

Detesto o fato de que me sinto culpada sequer para chorar por Kaden, como se fosse estrangeira para minhas próprias emoções, como se não fosse digna de sentir tristeza. Afinal, eu nunca o tive para sentir que o perdi. Quem sou eu para entrar em luto?

Você, Collapse, sabe das partes mais feias dos pensamentos que eu nunca serei capaz de confessar a ninguém em voz alta. Quero dizer a mim mesma que choro por ambos, porque sou humana, mas também odeio que nunca serei capaz de viver ao lado de Kaden. Vê-lo morto me faz pensar na vida que *eu* não mais terei ao seu lado. Eu passei anos o amando, mas nunca tive o seu amor, e agora nunca terei. Pessoas podem viver grandes histórias de amor sozinhas, Collapse. Eu sei que me apaixonei por minha própria criatividade, e não por ele, mas era aquele rosto que conversava comigo tão gentilmente, por mais que apenas na minha cabeça. Mesmo em dias que nunca chegaram a acontecer na realidade, era ele que você usava para me acalmar, Collapse. Embora sozinha, eu o amei profundamente, mas ele se foi.

Meus olhos saem da janela e se dividem entre Aaron e Miles, mas, num impulso maldito, olho para baixo. Meu peito aperta como se uma garra pressionasse meu coração com pequenos impulsos intensificados a cada segundo. Do lado de fora, eu o empurro para dentro, tentando devolvê-lo ao lugar. O oxigênio enche meus pulmões com dificuldade, e as imagens invadem meu cérebro, me deixando nauseada outra vez. Quero vomitar de novo, colocar para fora cada emoção até que nada mais exista dentro de mim, além de um breu total, uma tela negra, sem cor e sem nada que possa me machucar.

Acho que a única coisa que me mantém de olhos abertos agora é a adrenalina. Eu preciso sair daqui, Collapse. Não sou capaz de vê-los assim por muito mais tempo. Eu preciso descobrir quem matou Kaden e Evie Harper.

— Eu sei quem foi — diz Zay entre dentes, e juro poder ouvi-los rangerem.

CAPÍTULO 66

— **EU LEMBRO EXATAMENTE DE TUDO O QUE EU FIZ** e de onde fui. Depois que saímos do quarto, eu notei que a casa estava vazia e caminhei até a piscina. Queria ver a casa de frente, reviver alguns momentos da infância, então passei quase o tempo todo ali, sentado na beira com os pés para dentro da água. Eu lembro de ter visto algumas fotos de Polar nua e, horas antes, durante a festa, Kaden estava falando para alguns caras que ela havia dado as fotos para ele. Eram cinco. Foi Kaden quem distribuiu as fotos, e Polar viu. Foi por isso que ela chorou. Ela tem tinta preta seca escorrida nas bochechas até agora, então nem pode negar. Foi Polar. Ela matou seus irmãos, Aaron. — Zay cospe as palavras tão rápido que quase parece não precisar respirar entre elas.

Eloise ergue a cabeça, há terror em seus olhos. Por alguma razão, me perturba vê-la assim.

— Como pode se lembrar de tudo se também estava sob efeito de uma droga? Por mais que saiba do que tenha feito porque suas pernas molhadas comprovam suas lembranças, como é que tem tanta certeza? Tem algo que esteja tão desesperado assim para esconder? — Eu gosto de Zay, Collapse, mas preciso sair daqui, então não me importo em acusá-lo para que o verdadeiro assassino seja descoberto o mais rápido possível. — Eu lembro de um garoto no início da festa se gabando para uma roda de meninos que Kaden havia dado a ele todas as fotos que havia recebido. E eram três fotos.

Retomo o fôlego apenas por um segundo, encontrando a energia que preciso para continuar acusando Zay de mentiroso.

— Você também disse que quando desceu as escadas, viu que a casa estava sozinha, mas você desceu antes de mim, e eu ainda encontrei uma garota dormindo no tapete da sala. Não teria como você ter chegado até a piscina sem passar por ela, então por que não a mencionou na história? Tem mais alguma coisa faltando?

— O que está fazendo? — ele sussurra para mim. Posso ver a linha do maxilar marcar mais à medida em que ele o tensiona.

— Eram nove fotos. — Polar fala sem mover nada além dos lábios. — Kaden pediu por nove fotos porque era seu número da sorte ou algo assim, mas acho que era porque ele queria dar uma para cada amigo.

— Você os matou? — pressiona Aaron, calmamente.

— Vocês não podem estar falando sério. Olhem bem pra mim! Acham mesmo que eu seria capaz de algo assim? Não que eu não tenha tido vontade, mas mesmo que estivessem certos, o que não estão, por que eu teria feito isso com Evie também? Não faz sentido.

Aaron mantém o novo tom calmo adotado pela voz.

— Talvez ela tenha visto o que você estava fazendo com o irmão e quis defendê-lo, então você teve que matar ela também. Eu sei melhor do que ninguém que ela cometeria loucuras para salvar o irmão, e ele por ela.

— Olha pra minha cara, Aaron. — Polar troca de posição, e com as mãos e joelhos no chão, engatinha lentamente até ele, com lágrimas no rosto. — Eu não matei seus malditos irmãos!

Aaron vira o rosto, sentindo o cuspe das últimas palavras de Polar ainda quente em seu rosto. Sem pressa, ele o limpa e a encara novamente.

— E quanto a você, Aaron? — Polar parece ter perdido o medo. Seus olhos o enfrentam como se ele estivesse algemado e não pudesse tocá-la, e ela fala com firmeza. — Você não tem um histórico muito bom com substâncias perigosas, certo? Nem com a lucidez ou a saúde mental. Não me surpreenderia se você tivesse desenvolvido um ciúme profundo durante todos esses anos na prisão. Afinal, seus irmãos estavam aqui fora se divertindo, enquanto você cumpria uma pena difícil sozinho. Quantas vezes eles te visitaram mesmo?

— Kaden me visitou.

— Só ele? Quer que nos convençamos de que você está mesmo fora da lista dos suspeitos só porque são sua família? Quer dizer, isso não te impediu antes, então por que impediria agora?

O estrondo abafado do corpo de Polar chocando-se contra a madeira, empurrada pela pressão do tapa de Aaron, faz o meu coração disparar. Ela leva os dedos finos até o rosto e cobre as bochechas, segundos antes de olhar para ele como se Aaron fosse um monstro abominável.

— Eu. Não. Matei. Meus. Pais. — Cada palavra enfatiza sua frustração. Sendo verdade ou não, Aaron demonstra tristeza e fúria genuínas. — A investigação nunca foi concluída, e ainda está em andamento. Foi uma das razões do porquê me soltaram mais cedo.

— E quanto a Oliver? — Miles olha para Ollie, que, ao lado de Polar, afasta os cabelos escuros dela do rosto vermelho com os dedos. — Quando saímos do quarto, eu ouvi Kaden dizendo a Polar que não pagaria pelo... doce, e disse perto de Oliver, perto o bastante para que ele tenha ouvido.

— É verdade — comprova Polar.

Miles continua:

— Além disso, eu acho que tá bem claro pra todo mundo que Oliver ama Eloise, então seria natural que ele desejasse acabar com a competição.

Oliver assume uma posição de alerta, enrijecendo toda a musculatura.

— Opa, opa, opa! Eu não diria amor, a gente só tem um lance... tinha. Quer dizer, ela é gata, mas eu não mataria por ela.

Polar o encara por um momento, mas logo o ignora, desviando o olhar para o outro lado.

— Mas e você, Polar? Por que deu aquelas fotos para Kaden? Achei que também gostasse de Oliver — indaga Miles.

— Oliver odeia Kaden. Nada muito sério, mas ele detesta como Kaden sempre tirava notas melhores, se vestia melhor e era mais elogiado pelos professores. Por incrível que pareça, Ollie se importa com isso.

— Que mentira. Kaden não era melhor do que eu em nada. Eu nem o notava.

Polar o ignora, como todos no quarto.

— Ollie nunca foi do tipo romântico. Ele demonstra com atitudes, mas de um jeito um pouco possessivo. Quando ele me tocava na frente dos outros, eu sentia que era mais uma marcação de território do que carinho. Há dois dias, tivemos uma briga feia. Eu queria que ele me levasse pra jantar ao invés de sempre comermos pizza no quarto dele, mas ele disse que eu não valia o dinheiro gasto numa noite fora. Eu saí da casa dele e esperei que ele me seguisse, mas ele me deixou ir. Então, na noite seguinte, fui até Kaden porque sabia que isso deixaria Ollie maluco. Kaden sempre me olhou com desejo, eu notava seus olhos toda vez que passava por ele no corredor. Eu tinha certeza de que ele não me rejeitaria e eu estava certa. Foi fácil provocá-lo. Ollie sempre pediu por fotos, então eu tirei e entreguei a Kaden.

    Suas palavras me cortam como uma faca afiada. Sem fôlego, tento me recompor. Polar beijou os lábios que eu sonhei em sentir por anos.

CAPÍTULO 67

— ENTÃO O JOGO NOS LEVA DE VOLTA ATÉ VOCÊ, OLLIE. — Miles cruza os braços. Sua atenção se perde entre os corpos antes de voltarem a Oliver. Seu esforço para mantê-la ali é aparente.

— Co-como eu estava dizendo... — gagueja Ollie — eu nunca gostei tanto assim dela. Quer dizer, Polar é divertida, e ficamos juntos por tanto tempo que sim, eu me importo com ela, mas ela faz o que quiser da vida. Se ela acha inteligente entregar fotos pra outro cara só pra me deixar com ciúme, ela que lide com as consequências.

— Que romântico — debocha Miles, sorrindo de soslaio.

Polar pode estar se escondendo atrás de sua feminilidade, mas o que diz faz sentido. Não acho que a menina que me convenceu, na nossa infância, a dormir toda noite com um ursinho de pelúcia seria capaz de assassinato. Ao contrário do que muitos pensam, Polar não é feita de gelo e machucaria a si mesma antes de machucar fisicamente alguém. Por outro lado, Ollie faria algo assim. Minhas fichas estão todas em Oliver Lopes, a não ser que...

— Pode ter sido Miles — digo impulsivamente. Surpreendendo-me com minha ausência de hesitação. Não quero expô-lo ou feri-lo, mas não respondo por mim mesma. Não sei por quanto tempo mais sou capaz de permanecer nesse quarto antes que meu corpo comece a pifar. Estou perdendo o controle. — Miles sempre gostou de mim, e eu sei que ele sabe que eu sempre gostei de Kaden. Há alguns dias, perdi a apresentação mais importante de violino dele porque estava com Kaden. Não que isso justifique matá-lo, e não acho que alguém gostaria tanto de mim assim.

Mas Miles ama sua carreira acima de tudo. Ele dedica horas ao violino e ao futuro. Evie, que confessou ter sentimentos por ele, anos atrás escondeu uma carta de aceitação de uma escola renomada por vingança, fazendo Miles perdê-la. Ele a odiava por isso, e seus comentários maldosos sobre ela nunca pareceram inofensivos. Alguém que supera uma situação a deixa para trás, não é?

Estou traindo meu melhor amigo. Posso senti-lo me observando agora, e me corrói o fato de que não há raiva em seus olhos. Miles está com medo. Eu quero pegá-lo pela mão e fugir com ele, deixando todo esse caos para trás, mas não posso salvá-lo. Estou tão ferida que não me importo mais de ferir outra pessoa para me sentir segura.

— Miles tem o coração mais lindo que conheço. Tenho certeza de que ele não seria capaz de machucá-la sóbrio, mas, sob influência do doce, talvez possa ter cedido a um desejo inconsciente. Kaden pode ter entrado no meio para defendê-la, e ele acabou ferindo os dois. Eu não sei.

— Miles? — pergunta Aaron.

Miles permanece calado, apenas olhando para mim. Segundos, que mais parecem horas, se passam.

— Eu não a matei.

— Pronto, então agora você já pode ir embora — retruca Aaron, sarcástico. — Você acha que isso é uma piada?

— O que você quer que eu diga? Você não estar convencido não muda o fato de que não matei seus irmãos.

— Mas pode custar sua vida.

— Vá em frente — desafia Miles.

— Por que então estavam tão juntos na festa de hoje? Há poucos dias, disse que cumprimentá-la no corredor era uma tortura — acrescento.

Miles expira demoradamente.

— Quando descobri que você estava com Kaden naquela noite, fui até a casa dele. Foi estúpido. Acho que queria provar que era mais homem do que ele, sei lá. E ele estava espalhando vários rumores sobre você. Fiquei bravo. Mas, ao chegar lá, Evie foi quem abriu a porta e contou que minha antiga escola queria oferecer uma bolsa de estudos a ela, mas ela propôs que eu fosse aceito no lugar de Kaden, como forma de se redimir. Os pais deles têm muita influência por conta de doações feitas à instituição. E, é claro, eles gostam de história de superação. Apesar de não perdoá-la, decidi ficar ao lado dela para garantir minha aceitação. Suportei ela por alguns dias em troca de um futuro promissor.

— Você acha que ela estava falando a verdade? — pergunto.

— Agora não importa mais. Mas eu não teria acabado com a única chance que eu tinha de finalmente conseguir o que sempre quis. Eu não a matei.

CAPÍTULO 68

DO CANTO DO QUARTO, OLLIE RI PRA SI e balança a cabeça negativamente. Aaron deixa de olhar para Miles para que seu novo foco seja eu.

— Você disse que Miles sabia que você gostava de Kaden. O quanto gostava dele?

— O bastante — respondo, sinceramente.

— O bastante pra quê?

— O bastante pra não suportar ver ele morto. O bastante pra acusar meu melhor amigo apenas pra poder sair daqui.

Minha garganta parece fechar de repente. Minha voz sai trêmula, e as lágrimas escorrem novamente. Pelo canto do olho, vejo Miles me encarando com a mesma dor que carrego no olhar.

— Eu lembro que quando Evie tinha nove anos, ela se apaixonou por um garoto. Ela nunca disse seu nome, mas imagino que tenha sido seu amiguinho aqui. — Aaron busca algo distante com o olhar, como se sua visão transcendesse qualquer coisa nesse cômodo, e alcançasse um lugar profundo em suas memórias. — Ela falava sobre ele dia e noite; estava obcecada. Evie era muito nova, mas me mostrou desde cedo como meninas podem ser quando estão apaixonadas. Elas ficam louquinhas — um riso frouxo escapa, mas ele não parece achar graça. — Você deve ter visto o beijo que meu irmão deu em Polar, quer dizer, todo mundo viu. Foi digno de cinema...

Meus dedos dos pés se contorcem, arranhando as solas dos sapatos até doer. Pressiono a língua contra o céu da boca com força, como se isso pudesse me teletransportar para outro lugar.

— Imagine o que isso causou na cabeça de uma garota apaixonada. Você deve ter ficado confusa, afinal, ele tinha saído com você naquela semana, e você achou que havia algo entre vocês, certo? E se, com os sentidos embotados, você se sentiu corajosa o suficiente para fazer justiça com as próprias mãos? O que poderia ser mais trágico e romântico do que matar por amor?

Lembra daquela vez, no dia mais frio de 1980, quando os porteiros não puderam abrir a porta por conta da neve, e tivemos que esperar do lado de fora por quase uma hora até que pudessem limpar um pouco do gelo externo para entrarmos, Collapse? O nosso corpo tremia feito um galho fino na tempestade. Elysium havia nos dito para vestir uma jaqueta mais quente, mas não demos ouvidos. Eu nunca havia tido tão pouco controle sobre meu corpo como naquele dia, até hoje.

As palavras de Aaron e o veneno de sua fala me roubam o controle sobre meu corpo. Chacoalho tanto que bato os dentes. Quero chorar. Quero vomitar. Quero desaparecer. Como Aaron, alguém tão danoso e de reputação tão suja, poderia dizer isso de mim? Ou talvez ache que todos os outros são tão sujos quanto ele. Eu acho que ninguém está pronto para responder uma acusação dessas. Respiro fundo e tento relaxar. Eu sei, que apesar de conturbado, Aaron apenas sente falta dos pais e sofre pelos irmãos. De jeitos diferentes, todos somos expostos à dor.

— Kaden me machucou muito, mas eu só gostei ainda mais dele — falo pausadamente, juntando forças para que minha voz seja audível. Minha garganta arde, e as lágrimas escorrem sem parar. — Quando soube que ele falou do nosso encontro pra escola inteira, quando ele beijou Polar, odiei mais a mim do que a ele. Senti que havia algo de errado *comigo*. — Inclino a cabeça para trás ao rir e a bato com força na parede, o trauma que ainda chacoalha meu corpo me rouba a comicidade da voz, e o senso de sentir mais dor. — Eu passei a noite toda pensando no que poderia ter feito de diferente. Afinal, só saímos uma vez. No fim do dia, ele não fez nada demais.

Aaron me observa atentamente, analisando cada movimento, como se buscasse algum sinal em mim. Ele me vê lutar contra os flashes mentais que queimam meus olhos, trazendo uma enxaqueca.

— Eu não matei Kaden e Evie. Não sou quem você procura. — Queria soar firme, mas minhas palavras saem em sussurros.

Estou exausta, Collapse. Sinto que vou desmaiar, como se minhas energias tivessem acabado. Não quero mais ser salva. Quero desabar com você, Collapse. Por favor, me tire daqui.

— O que você tá fazendo? — Zay parece incrédulo e um tanto surpreso.

Polar acaricia os corpos, manchando suas mãos de sangue. A cena revira meu estômago e vomito outra vez.

— Eu sei quem foi — ela diz com os olhos vermelhos, borrados de maquiagem preta. — Eu sei quem foi — repete.

CAPÍTULO 69

— **EU VOU FALAR.** Eu vou falar. Eu vou falar. — Ela repete várias vezes, como se fossem as únicas palavras que sua mente conseguia formar naquele momento. — Eu só quero sair daqui. Eu vou falar.

Ela presta atenção em Aaron por apenas alguns instantes, antes de afundar seus pensamentos em Evie.

— Como ela consegue parecer tão serena? Quer dizer, olha o rosto dela. Se não soubesse que está morta, apostaria que ela estava tendo um sonho tranquilo agora.

— Polar... — Aaron soa calmo e ameaçador ao mesmo tempo.

Eloise volta a chorar.

— O senhor Lopes estava se separando da senhora Lopes, vocês já devem ter ouvido os boatos.

— Quem? — pergunta Aaron.

Miles responde:

— Os pais de Oliver.

— Fique quieta, Polar. Não é da conta deles. — Oliver parece exausto, como se tivesse corrido uma maratona. Ele sua bastante, e sua pele vai ficando vermelha.

— Eles tiveram uma briga feia, tão feia que até a polícia apareceu. A senhora Lopes quase matou o marido. Ela ficou furiosa quando descobriu que o marido estava tendo um caso, mas eles pagaram os policiais para que a história não viesse a público, é claro. Acontece que Ollie estava em casa. Seus pais não sabiam, mas ele ouviu tudo.

— Polar... — implora Oliver, mas ela o ignora. À procura de ar, ele puxa a gola do colarinho para baixo. Seus punhos estão fechados.

— Há alguns dias, Ollie não conseguia dormir por causa de uma briga dos pais. Uma noite, enquanto comíamos pizza no quarto dele e ele me contou o que tinha acontecido. Ele precisava desabafar. Fiquei chocada ao saber que Evie era o segredinho do pai dele, mas as malas prontas e a carta de transferência de escola me convenceram. Ollie estava prestes a se mudar com a mãe e trocar de escola, com medo de acabar machucando Evie se tivesse que conviver com ela. Eu nunca o tinha visto daquele jeito. Foi a primeira vez que senti medo de ficar no mesmo quarto com alguém... Ele me contou pensamentos sombrios sobre ela, mas achei que eram só brincadeiras. — Ela tosse entre soluços. — Ollie culpava Evie por destruir sua família e precisava de dinheiro para se mudar. Quando Kaden se recusou a ajudar, foi o estopim. Eu fui a penúltima a sair do quarto, e lembro de ver Oliver com as mãos manchadas de vermelho. Na hora, pensei que estava alucinando, porque tudo parecia muito saturado para mim, mas agora as imagens estão mais claras: era sangue.

CAPÍTULO 70

SABE QUANDO A NOITE ESTÁ PERFEITA PARA UM FILME? A chuva cai lá fora, está frio o suficiente para sua coberta favorita, a vela aromática está acesa, e você tem a sobremesa ideal. Mas, nos primeiros minutos, a energia acaba e a tevê desliga. A surpresa te deixa sem saber o que fazer. Você se aproxima da vela e fica parado, perdido, porque naqueles segundos de escuridão, não há o que fazer. É assim que me sinto ao ver Oliver Lopes chorar.

Você precisa entender, Collapse, que jamais pensei que veria Oliver desse jeito. E ao vê-lo sucumbir ao pavor, percebo que minha tentativa de revelar o culpado o mais rápido possível não me faria me sentir melhor. Na verdade, nada poderia me fazer me sentir melhor.

— Eu não conseguia lembrar — começa Ollie. A coriza desliza do nariz até os lábios, e ele enxuga a trilha de lágrimas com as patas falsas. — Eu juro que não lembrava... Eu, eu...

Colocando-se em pé, Aaron caminha calmamente até Oliver.

Ainda apoiado contra a parede, Ollie parece perder as forças. Ele movimenta a cabeça repetidas vezes, mas, de resto, não se move.

— Eu juro que não queria, eu... eu tava com ódio, mas não faria nada. Eram pensamentos inofensivos... — Sua voz quebra. Oliver Lopes está frágil e vulnerável. — Quando estávamos no quarto, após os doces, eu comecei a sentir sede e fui até a escada, mas, no caminho, encontrei um quarto com ferramentas de jardinagem. Eu lembro de ter pensado em usá-las, mas não achava que realmente...

Aaron se prepara para um novo disparo. Oliver ergue as mãos.

— Usei uma dose maior do que nunca, só para fugir da minha mente por algumas horas. Mas foi só quando Polar gritou e eu vi os dois cadáveres no chão que recuperei parte da lucidez. As imagens ainda estão confusas, mas agora me lembro... Fui eu. Sinto muito, Aaron. Eu não queria. Juro. Me perdoa! — Oliver chora alto, com uma voz arrastada que parece fazer o mundo se silenciar só para ouvi-lo melhor.

A mão de Aaron não vacila: aponta para a cabeça de Oliver, que agora implora por sua vida.

— Por favor, Aaron. Eu te contei toda a verdade e todos são testemunhas. Você pode chamar a polícia, eu juro que vou contar a verdade pra eles também. Você não precisa me matar, não precisa voltar pra cadeia, só... deixe eles irem e chame a polícia.

Aaron abaixa a arma.

— Ninguém vai pra lugar nenhum.

— O quê?

— Não me ouviram? Ninguém vai sair daqui hoje.

CAPÍTULO 71

OLIVER NÃO COSTUMA ME CAUSAR PENA OU INDIFERENÇA, mas vê-lo como vítima, completamente vulnerável e tomado pelo medo, me faz sentir um estranho desejo de protegê-lo. De repente, queria poder voltar no tempo para tirá-lo dali. Queria convencer Evie a não destruir uma família. Queria que a noite do dia 31 tivesse sido apenas uma noite de Halloween. Mas não posso mudar o que aconteceu. Então, em silêncio, apenas o assisto sofrer.

Miles, contudo, decide tomar uma atitude diferente. Ele chuta Aaron ao ponto de fazê-lo cair para trás, derrubando a arma e a chave. Confiante ao ver seu algoz desarmado, Oliver pula para cima de Aaron com os punhos fechados.

Sem ponderar, apenas corro em direção à chave, e aproveito a distração para abrir a porta.

Alcançando o outro lado, meus joelhos param de funcionar e me levam ao chão. Respiro como se fosse a minha primeira vez no mundo, ou tivesse acabado de submergir de um quase afogamento. Vejo os corpos de Zay e Polar passarem por cima da minha cabeça, me deixando para trás. Vamos, Eden, levante-se. Um grito vindo de dentro do quarto é o bastante para que algo em mim encontre adrenalina para me trazer energia. Não há barulho de tiros, e não tenho tempo para olhar para trás. Eu preciso fugir daqui.

Com as pernas bambas, os pulmões queimando e a cabeça girando, fico em pé e desço as escadas. Prestes a passar pela sala de estar, a caminho do lado exterior da casa, ouço algo vindo de dentro do meu quarto.

Elysium deve ter acordado. Collapse, meu pai esteve em casa durante todo esse tempo! Não posso deixá-lo aqui. O barulho vindo do andar superior me relembra de que cada segundo é precioso. Corro até meu pai.

A porta do quarto está aberta quando chego. Elysium está ajoelhado de costas para mim, em frente à minha cama, onde guardo o cofre metálico. É curioso como isso foi um presente dele, mais um daqueles presentes inúteis dos Leungen. Mesmo sem nunca ter descoberto a senha que escolhi para o meu cofre, e sem nunca ter guardado nada comprometedor, sempre fico apreensiva quando ele se aproxima desse objeto.

— Pai?

Devagar, assisto à figura curvada e de ombros largos virar-se lentamente para mim, revelando a foice de pedra na mão, coberta de sangue. Os dedos escorrem vermelho, que pinga no tapete. O que ele está fazendo? Por que ele está sujo de sangue, Collapse? Se Oliver matou os Harper, o que a foice está fazendo aqui, no meu quarto? O flash dispara outra vez, e me faz piscar forte. Não faz sentido, a não ser que...

Olho para Elysium e vejo apenas a mais profunda tristeza.

— Filha, o que foi que você fez?

CAPÍTULO 72

— O QUÊ? — PERGUNTO, mais para mim do que para ele.

— Ninguém tem acesso ao seu cofre... Eden, por que ele estava aberto e cheio de sangue?

— O quê?! — repito.

— Eu acordei sentindo um cheiro estranho no quarto. Vi o cofre aberto... Filha, você machucou alguém?

A acusação desperta minha memória, e sou atingida por uma avalanche de cenas vívidas. Posso ver e ouvir tudo outra vez. Fui ao jardim e arei a terra, cavando buracos com as próprias mãos e despejando sementes imaginárias. Como havia três ferramentas faltando na sala de ferramentas, fui ao meu quarto abrir o cofre e tirar a foice de pedra que Elysium fez para mim. É verdade: ela estava no cofre, não na sala de ferramentas. Depois voltei para o andar superior.

Kaden e Evie eram os únicos no quarto. Não sei se foram os primeiros a voltar ou nunca saíram de lá. Estavam grogues, com as vozes arrastadas e gargalhavam. Oh, meu Deus! Uma imagem surge nítida em minha cabeça. Eu me aproximando sem ser notada e depois usando a foice para bater na cabeça de Kaden, que sequer teve tempo de gritar. Pisco. Evie, por sua vez, berrou de pavor. Ela não correu, paralisada pelo medo, ou talvez achasse que eu só machucaria seu irmão. Mas infelizmente ela estava ali, na hora errada, no lugar errado. Não sei o porquê, ela se jogou sob o corpo do irmão, como se o protegesse. Então também a atingi, fazendo-a sangrar. Agora lembro: nem tremi, não vacilei. Atingi os dois com força, mas não lembro de ter perfurado o estômago deles.

— Eden? — chama Elysium, outra vez.

Levanto a cabeça e vejo que ele segura as lágrimas, mas com dificuldade. Seu queixo treme, e as veias do pescoço ficam visíveis.

— Pai — essa pequena palavra basta para Elysium vir até mim. Eu caio como um objeto inanimado sucumbindo ao peso da gravidade, deixando-me ser tomada por seus braços. Sinto o calor de seu corpo enquanto ele me puxa para dentro do quarto, fechando a porta atrás de nós. Estou quebrada e não consigo me manter em pé sozinha.

Me assombra estar presa comigo mesma. Invejo a todos que podem me deixar para trás, mas estou condenada a mim.

— Eu estava fora de mim. Não era pra eu ter feito isso, eu...

— O que aconteceu? Me conte tudo. — Elysium repete, com firmeza. — Eden, me conte o que aconteceu.

— Eu... eu não sei... Eles ainda estão lá em cima, os cadáveres estão lá em cima. Mas... um dos meninos assumiu o crime. Quer dizer, ele disse que não lembrava de ter feito nada, e Polar disse que viu sangue nas mãos dele. Ela não poderia ter estado apenas confusa ou assustada, poderia?

Espero uma repreensão, um tapa, uma palavra que diga o quanto eu falhei. Mas há apenas silêncio, e dois braços fortes me envolvendo. Por que meu pai não está bravo comigo? Por que ele ainda está aqui? Ele levanta a mão direita e acaricia meus cabelos como fazia quando eu era criança. Com o rosto pressionado contra seu peito, mancho sua camisa de maquiagem enquanto soluço. E ele me abraça ainda mais forte.

— Eu acho que matei, pai — sussurro. — Eu matei duas pessoas. Pai, eu matei. — Abro a boca, mas solto somente sons indecifráveis, vindos do âmago. Chorando, fico mais leve. — Eu estava tão focada no quanto eu estava sofrendo que sequer notei quando os machuquei. Eu queria que Kaden pagasse e que se arrependesse, humilhado, talvez, mas morto? Como eu pude fazer isso?!

Luzes vindas da janela e o som de sirene denunciam a chegada da polícia. O quarto, de repente, está todo azul e vermelho. Eles estacionam na frente da mansão e entram pelos portões, se fazendo ouvir por todos aqui dentro.

— Polícia! — anunciam.

Elysium se afasta um pouco do abraço, o suficiente para segurar meu rosto entre as mãos. Olho para meu pai, que não desvia de mim nem por um segundo. Tomada pelo medo e pela dor, desço do pedestal onde me coloquei e assumo minha verdadeira forma: a de filha frágil e dependente. A verdade é que, me agarrar a ele é a unica coisa que pode me salvar de desmoronar por inteiro agora. Novas batidas na porta já aberta me fazem parar de chorar; até minhas lágrimas parecem assustadas demais para cair. Perco o controle dos braços e pernas, como se estivessem anestesiados, e meus lábios ficam dormentes.

— Alguém viu você? — meu pai me pergunta, enquanto sinto seus dedos ainda manchados de sangue na minha bochecha.

Sua voz arrepia minha espinha.

— Não. Eu não sei. Eu acho que não.

— Me escute bem. Os policiais vão entrar e você vai dizer para eles que foi eu, e que você me viu atingindo eles. Eles vão acreditar, porque sou o único adulto. As minhas mãos já estão sujas de sangue, eu vou pegar a foice e me entregar, entendeu?

— O quê?! Não. NÃO!

— Eden! Você me en-ten-deu?! — Elysium repete, enfatizando cada sílaba.

— Não, papai. Não foi você, fui EU!

Contrariando a tensão do momento, Elysium sorri para mim, sereno. E, por um breve instante, sou levada a uma dimensão paralela onde tudo está em paz, onde tudo simplesmente é.

Nesses momentos suspensos no tempo, ele me revela, sem precisar dizer uma palavra, que até os opostos em mim nascem dele. Tudo o que sou — luz e sombra, força e fragilidade — reflete algo que primeiro existiu nele, são partículas suas que correm nas minhas veias. Nada em mim é exagero, nada é ausência. Tudo tem uma medida exata, calculada com delicadeza para que haja equilíbrio. Até minha dualidade, que tantas vezes acreditei ser defeito, é, na verdade, completa. Tal pai, tal filha. Embora escondida por trás de lágrimas e do rosto inchado, sorrio de volta para o homem que sorri para mim. Desafiando o caos, juntos, não colapsamos.

Com o tempo, enquanto nos despedimos com um sorriso, compreendo que não me encaixo — não por falha minha, mas porque meu pai também nunca coube em lugar algum. Se carrego em mim traços que o mundo não compreende, é porque foram herdados dele — não como uma maldição, mas como um espelho sagrado. Aquilo que tantas vezes critiquei em mim, como se fosse peso, fragilidade ou desvio, são, na verdade, ecos do homem que me ensinou a existir com profundidade, impressos na minha carne. Eu sinto demais porque meu pai sente como um mar revolto, como um campo em chamas que ninguém consegue apagar. Eu me importo de forma quase doentia, porque ele também o faz. Eu amo com uma força que rasga, que destrói e vivifica, que me custa noites em claro — porque e assim que ele me ama, até a entrega absoluta, até se colocar entre mim e o fim. E então percebo: meu sentimento não é loucura, é legado. Minha criatividade não é falha, é herança. Minha intensidade não é um erro de fabricação — é o sangue dele correndo em mim como uma terrível benção, como sol e trovão. No fim, por mais que eu me perca de mim mesma, sou, inevitavelmente, a filha do meu pai. E há algo de profundamente belo — e terrivelmente trágico — nisso.

— Me deixe ir, pai. Tá tudo bem, eu vou ficar bem.

— Você é minha responsabilidade, Eden. E sabe bem que eu assumo o que devo fazer.

— Pai... — Minha voz sai engasgada, como uma súplica que perde a força.

— Tá tudo bem, minha garotinha — sussurra. — Eu não estou bravo com você.

Nao era exatamente isso que eu esperava ouvir. Quero implorar outra vez para que ele não vá, que não assuma meu erro, mas, com um beijo molhado na minha testa, ele se despede. Me deixando para trás, eu o assisto ir até os policiais com a foice e o sangue do meu pecado em mãos.

Novos flashes de luz disparam vários clarões em meu cérebro, me fazendo dar um passo para trás. Aperto as têmporas com toda a força e esfrego os olhos. Sinto-os ferver e desejo poder arrancá-los. Essa enxaqueca parece feita de lava, e estou fervendo. Collapse, eu estou queimando.

CAPÍTULO 73

20 DE SETEMBRO DE 1993

CERCADO POR PAPÉIS, SEGURO O BLOCO DE ANOTAÇÕES com firmeza no colo e, em silêncio, peço desculpas pela bagunça, mas não há tempo para pausas. O som dos sapatos de salto alto da senhorita Lesley ecoa mais alto que o tique-taque do relógio, lembrando-me de que o tempo está passando. A sala parece abafada, mas, ao ver as três janelas bem abertas, penso que talvez seja apenas impressão minha. Uma gota de suor escorre da minha testa e cai no papel, manchando o topo do bloco já cheio de rabiscos

Em alguns segundos a escaneio de cima a baixo, certificando-me de que não deixei nada passar, e me volto à nova linha que ganha vida no papel. Procuro, talvez pela vigésima vez, o gravador de voz, que continua na mesa à minha esquerda, certificando-me, ao ver sua luz vermelha, que ainda está ligado. Meus dedos estão inchados e avermelhados de tanto escrever, mas não paro, acostumado à dor. A caneta desliza por mais uma página, em uma velocidade tremenda.

A voz que dita as palavras evoca em mim urgência para registrá-las. A mão esquerda se estica em busca de alívio, puxando a gola da blusa sobreposta pelo terno marrom, enquanto a direita se move freneticamente. O polegar pressiona a caneta com força, o anelar se suja de tinta, e o indicador e o dedo médio, com a pele irritada, já estão quase em carne viva.

Outra vez, confiro o gravador, mas não paro de escrever. Nunca, em todos esses anos cobrindo matérias importantes, alguém havia me feito sentir que uma pausa, mesmo que breve, não faria com que informações cruciais se perdessem.

— Elysium foi preso no lugar de Eden, e Eden o assistiu ser levado pela polícia.

Atrás de mim, o fotógrafo dispara os flashes com cuidado, tirando uma nova foto para a matéria. Embora ele siga minhas instruções de tirar uma foto por vez, com intervalos de quinze minutos entre elas, ainda não é suficiente para evitar que Eden tenha ataques ao ver os flashes brilhando em seu rosto.

— Os flashes de novo. Maldita enxaqueca! Collapse, faça parar. Os flashes estão queimando a pele da Eden! — diz Eden, em terceira pessoa, cobrindo os olhos com as mãos.

Compadecido, prontamente levo a mão estendida para trás, pedindo para que o fotógrafo pare. Eden reclamou sobre os clarões de luz todas as vezes em que foi fotografada nos últimos dias, enquanto entrevistada.

Com o novo silêncio ainda presente, encontro tempo para coçar a barba com as juntas do indicador. Minha visão ainda está rendida à entrevistada, fixada em sua feição ilegível, de olhos esverdeados e cabelos alaranjados.

Eden Scott é a mulher mais fascinante que já conheci.

— Senhor Theodore? — chama a psicóloga, me libertando de meu transe. Pigarreio. — Sim, senhorita Lesley?

— Faz alguns minutos que excedemos do limite de uma hora. É a primeira vez que ela está falando, e não gostaríamos de deixá-la exausta, não é mesmo? — Lesley continua a bater os saltos no chão, criando uma melodia irritante.

— Não. — Pigarreio novamente. — É claro que não. Me desculpe.

Sem se dar ao trabalho de me responder, Lesley levanta as mãos e, estalando os dedos, permite a entrada de dois enfermeiros. Eles se posicionam atrás de Eden e a levam, empurrando a cadeira de rodas. Eden não diz uma palavra ao ser levada. Um segundo antes de ela virar de costas, impedindo que eu veja seu rosto, observo seus olhos mais uma vez. Eles estão parados, vazios, como se ela não estivesse mais ali. Sinto um arrepio. Se os olhos são as janelas da alma, os dela mostram que não há ninguém em casa.

O fotógrafo também se retira. Esperando até que estejamos sozinhos na sala, Lesley coloca os óculos até então sustentados por uma corda de pescoço, feito um colar. O formato quadricular minúsculo revela ainda mais o maxilar um tanto marcado para uma mulher, lhe atribuindo uma imagem rígida.

— Imagino que deva ter muitas perguntas. — Lesley posiciona as palmas das mãos bem abertas sobre as pernas cruzadas. — Pode começar.

CAPÍTULO 74

CONSERTO A POSTURA E, SEM SAIR DO LUGAR, pego o gravador portátil. Por alguma razão, isso me faz me sentir melhor. Pressiono novamente o botão de plástico, atento ao visor. Paro a gravação anterior e começo uma nova, colocando-o, dessa vez, numa mesa próxima da psicóloga.

— Como sempre, e conforme nosso combinado, deixei ela contar tudo, anotei o que precisava saber, e...

— Diga de uma vez — diz a psicóloga, me interrompendo.

— Bem, agora que chegamos ao fim da história, será que a senhora poderia me contar como foi o início?

— Senhorita. Não sou casada. — Lesley se ajeita em seu assento, ajustando a postura ao cruzar as pernas ao contrário, e puxando a saia longa e justa de linho para baixo. — Eden não responde a muitas perguntas. Mesmo quando tentamos abaixar consideravelmente a dosagem de sua medicação, ela ainda não consegue interagir com pessoas. Para ela, é quase como se nem estivessem lá. Logo que a trouxeram para a clínica, há dez anos, ela passou os seis primeiros meses sem pronunciar uma única palavra. Eu tinha apenas trinta e dois anos na época, sete de carreira, e confiaram em mim para cuidar dela. Estive ao seu lado desde então. Quando notei que, em seis meses, ainda parecíamos não ter feito progresso algum, eu tive a ideia de iniciar uma nova abordagem: Collapse.

A psicóloga cruza as pernas, trocando-as de lado outra vez.

— Acostumada a falar sozinha em nossas sessões, sugeri que ela desse um nome às vozes que ouvia na cabeça, explicando que, como viviam dentro dela, precisavam de um nome, como uma amiga, para que ela pudesse controlá-las melhor. Como sempre, não esperava resposta, mas ela sussurrou "Collapse". Foi quando percebi que ela realmente me ouvia. O cérebro de Eden parece bloquear quase qualquer som externo, isolando-a em sua própria mente. Quando vi que funcionava, continuei falando com ela como se quisesse conhecer Collapse. Essa foi a única maneira que encontrei para fazê-la falar: conversando com Collapse. Eden tem uma mente brilhante. Ela é e sempre foi uma romântica incurável, então apenas se refere à Collapse como se ambas se comunicassem através de um livro, onde ela é a personagem principal. No livro, ela retrata a si mesma como quer: uma vítima.

Assimilando as palavras da psicóloga, esqueço de anotar sua palavras. A sensação de não escrever durante uma entrevista é estranha, mas apenas deixo ambas as mãos paradas em meu colo. Pela primeira vez na minha carreira, apenas confio no gravador de voz, torcendo para que não me deixe na mão.

— Então Collapse é uma personagem imaginária que ela criou?

— Collapse não é uma personagem: é a própria mente de Eden. Elas são uma só.

Concordo com a cabeça devagar, observando suas expressões, tentando captar os sentimentos por trás das palavras técnicas da psicóloga. Como jornalista, deveria ser empático e imparcial, e isso nunca foi um problema. Eu deveria focar em anotações objetivas, sem minimizar o sofrimento, mas retratando a verdade imparcialmente. Então, por que me sinto sobrecarregado por uma carga emocional, impressionado pela complexidade da mente de uma mulher que não interagiu com humanos por dez anos?

— O que mais ela faz? Além de falar com Collapse, ela pratica alguma atividade? Que tarefas ela realiza?

— Leitura. Eden adora livros de romance, mistério e suspense, especialmente aqueles sobre assassinatos. Ela lê quase um por dia, às vezes repetindo o mesmo livro várias vezes na semana.

— Não acha que ler sobre assassinas pode prejudicar seu avan... — Notando a feição bastante séria da mulher à minha frente, me calo e limpo a garganta. — Entendo. Que bom que, ao menos, ela ainda pode ler.

Lesley continua me encarando firme, sem se mover.

— Eu preciso perguntar. — Tiro as mãos de meu colo para trazer a direita até meu queixo, enquanto a esquerda, sustenta o cotovelo contrário. Lubrifico os lábios inferiores com a parte de baixo da língua. — Ela realmente matou os gêmeos?

Os movimentos de Lesley são lentos e deliberados. Sua voz, sempre calma.

— Oh — diz, surpresa. — Não, não. O que o senhor ouviu foi apenas a versão dela. A verdade é muito mais complexa.

CAPÍTULO 75

INCLINO-ME NO SOFÁ, APROXIMANDO-ME DA PSICÓLOGA, que permanece sentada na poltrona ao meu lado, com as pernas cruzadas. Repito mentalmente "a verdade" antes de formular minha próxima pergunta com cuidado.

— Como assim?

— Faça perguntas objetivas. — O tom sereno a faz soar afrontosa e ameaçadora.

Puxo a gola da blusa para baixo e confiro o gravador, checando se a luz vermelha está ligada. Engolindo em seco, decido pegar meu bloco de notas e folheá-lo para organizar o tumulto de informações na minha cabeça. Correndo os olhos pelas letras rabiscadas em algumas páginas, penso dessa vez antes de abrir a boca.

— O senhor Leugen realmente matou alguém? Eden disse à Collapse que havia visto muito sangue debaixo da porta num dos quartos do andar superior quando Thomas estava lá.

— Céus, não. Nunca existiu um senhor Thomas. Os Leungen são uma invenção de Eden para manter Collapse distante da realidade.

Como um tique nervoso que não posso controlar, outra vez, checo o gravador de voz.

— Quem então era o dono da mansão?

— O pai dela.

— O jardineiro?

— É verdade que o senhor Elysium era um grande amante de flores e costumava passar muitas horas no jardim com Eden. Quando interrogados pelos detetives, os vizinhos mais antigos disseram que Eden era uma criança alegre e cheia de vida, que passava horas plantando flores lindas com o pai. O jardim era o lugar especial deles, onde pai e filha se conectavam. Eden adorava aquele tempo juntos e acreditava que o pai podia fazer qualquer coisa crescer com suas mãos na terra. Ele era o "jardineiro" e a criou com amor. Elysium era o dono de tudo, mas, desde o incidente, Eden se vê como uma empregada, achando que precisa roubar coisas que, na verdade, sempre foram suas. É como se Collapse a oprimisse, fazendo com que ela não se sinta mais dona de nada. A casa era dela, mas não é o que ela conta para Collapse.

Com as sobrancelhas levemente franzidas e os olhos fixos e estreitados, sinto minhas pálpebras se contraírem enquanto a observo. Lesley, por sua vez, quase não pisca ao me encarar. Apesar de seu esforço para parecer confortável, percebo a tensão em seu corpo. Em dez anos, ela nunca havia aberto a história de Eden para a imprensa.

— Por que a colocaram num hospital psiquiátrico? Quer dizer, o que houve para fazê-la ser posta aqui? — Expiro profundamente. — Eden realmente matou os Harper?

— A festa não era grande, estavam apenas seus amigos mais próximos.

Controlando o impulso de sacudir os ombros frágeis da senhorita à minha frente por não responder à minha pergunta, evito expressar minha frustração com o rumo da conversa. Em vez disso, formulo uma nova pergunta, partindo do pressuposto de que minhas suposições estejam corretas.

— Como descobriram que foi ela, já que Eden conta que seu pai assumiu o crime?

— O tempo acabou. — Lesley se levanta.

Virando-me para trás, confiro os ponteiros do relógio de parede, que não andam para trás não importa o quanto os encare.

— Theodore...

A voz fria me faz olhar para ela, que, com a mão estendida, espera meu cumprimento. Apertando sua mão, me despeço, agradecendo e desculpando-me pela bagunça enquanto recolho as páginas soltas pelo sofá.

CAPÍTULO 76

AO CHEGAR NO ESTÚDIO APERTADO, tiro os sapatos, deixando-os ao lado do tapete de entrada, sem pensar duas vezes. De meias, caminho até a mesa e largo a mochila sobre ela. Abro as janelas, permitindo que o ar circule e encerre a penumbra do apartamento. Não há paredes separando os ambientes, exceto o banheiro. Mesmo da cozinha, posso ver a cama de solteiro e o sofá.

Encostado nas grades da janela, de costas para a vista de prédios do décimo sexto andar, encosto na esquadria e deixo que meu olhar se perca entre o interior do estúdio. Nenhuma lâmpada está acesa, e decido que gosto dos feixes de brilho fraco que entram, vindos das luzes da cidade. Respiro fundo, tentando encontra conforto na claridade que diminui à medida que a noite avança. Sentindo a cabeça e os ombros pesados, tiro o paletó devagar, pendurando-o numa das cadeiras da mesa. O pequeno esforço me faz soltar um gemido.

Preciso de um banho. A caminho do banheiro, tiro as roupas uma a uma e as deixo no chão, mas isso não é suficiente para me livrar da exaustão. Ao ligar o chuveiro, o jato forte de água me faz fechar os olhos e prender a respiração por alguns segundos, até recuperar o fôlego. Cinco minutos são suficientes para me sentir limpo. Enrolo a toalha na cintura e paro em frente ao espelho. Com a ponta dos dedos, escrevo "Collapse?". Por alguns segundos, observo as letras refletirem meus olhos no vidro embaçado. Então, as apago com o antebraço, e a pergunta escorre junto com a umidade do espelho.

Já de pijama, enfio os pés nas pantufas e passo a mão nos cabelos, penteando os fios. Jogando o corpo na cama, deixo que ela sugue minha fatiga. Dela, olho para a mesa com a mochila que guarda informações, e suspiro diante da minha ausência de repostas. Tento encontrar alívio, mas há só o cheiro do mofo, sempre ali, fundido à umidade que nunca seca por inteiro.

O tempo passa rápido, e a luz já se foi, mas não consigo dormir. Mesmo com as janelas abertas, está tão escuro que abrir ou fechar os olhos não faz diferença. Com as pupilas dilatadas, encaro o que imagino ser o teto do estúdio e revivo as cenas do primeiro dia na clínica. As imagens são tão vívidas que consigo ouvir a voz surpresa da psicóloga quando Eden começou a falar com Collapse em voz alta. Lesley disse que era a primeira vez que alguém de fora da clínica ouvia Eden falar, já que repórteres infiltrados nunca conseguiram mais que seu silêncio. Ela também contou como foi difícil lidar com a imprensa, que acusava os profissionais de esconder Eden do público, sem entender que estavam protegendo o bem-estar de uma paciente importante. Lesley admitiu que a história poderia ter sido divulgada antes se Eden aceitasse falar, mas, por anos, apenas ela era considerada digna de ouvir sua voz. Sem o consentimento de Eden, por razões ainda misteriosas, nada poderia ser revelado. Eu não fui o único a ter permissão para falar com Eden, mas fui o primeiro a ouvi-la falar. Lesley não esperava que Eden interagisse, já que eu era um estranho. Lembro de vê-la bocejar quando a cumprimentei pela primeira vez, e de seus olhos arregalados quando ouvimos Eden dizer: "Posso fazer as perguntas que eu quiser?", repetindo o que eu havia dito à psicóloga momentos antes.

Fecho os olhos e agora vejo o rosto pálido e inexpressivo, manchado pelas olheiras profundas. Na visão que tenho, Eden olha para mim. Da cadeira de rodas, ela não move um músculo sequer, apenas permanece ali, como uma boneca de porcelana. Não há movimento algum, exceto por um sorriso que lentamente se desenha em seus lábios.

Embora com o rosto um tanto mais maduro, a imagem dos olhos de Eden, fixos nos meus pensamentos, me leva de volta ao tempo em que eu era apenas um jovem indeciso sobre qual profissão seguir. É quase como se, por um instante, meus dedos pudessem sentir novamente a textura áspera do jornal, e meus olhos, aterrissar outra vez no olhar assustado da garota que saíra nas manchetes como "a filha de um assassino", encontrada em choque, calada.

O caso foi divulgado brevemente, com poucas informações, e logo engolido pelo esquecimento. Mas foi exatamente essa ausência de respostas que me levou à maior revelação da minha vida: eu queria ser jornalista.

Só a possibilidade de entrevistá-la já me deixava nervoso — e agora, levemente obcecado com a ideia de ouvi-la. É como se, de alguma forma inexplicável, estivéssemos conectados.

Abro os olhos e me sento na cama com um sobressalto, ofegante, respirando de forma irregular. Sufocado, levo a mão para puxar a gola para baixo, esquecendo-me de que já estou em meus pijamas. Meus dedos encontram apenas pele e pinicam meu pescoço, coçando-o com as unhas por cortar.

Por que Eden aceitou falar comigo, e por que agora? O que em mim permitiu que ela se sentisse confortável o bastante para abrir a boca? Será que há uma razão plausível para ter me escolhido, ou eu fui apenas o cara que apareceu na hora certa? Há ainda, dentro dela alguma lucidez que justifique ela querer compartilhar sua versão da história com um estranho?

O suor escorre pelas palmas das mãos e pela raiz do cabelo, úmido e pegajoso. Olho para o relógio de parede e os ponteiros marcam quatro e vinte e três da manhã. Caio outra vez sobre o travesseiro e aperto as cobertas com força, agarrando-as como se elas pudessem me trazer as respostas. Então, meu batimento cardíaco desacelera, e eu finalmente caio no sono.

CAPÍTULO 77

SENTADO NO SOFÁ COMO SEMPRE, ajusto a postura com os olhos estreitos, ainda desacostumado à claridade excessiva do cômodo. Jurando que nunca vi paredes tão brancas, me esforço para manter a atenção em Lesley, que, mergulhando o sachê de chá na água fervente, se prepara para iniciar a nossa última sessão, sem pressa.

— Tem certeza de que não vai querer uma xícara de chá?

— Não, obrigado — respondo, ainda um pouco incomodado por Eden não estar mais presente. A sala parece ainda mais perturbadora sem ela aqui. Outra vez, me remexo no sofá, mas sem me sentir mais confortável.

Lesley finalmente leva a xícara até os lábios. Eu sinto o cheiro forte de camomila invadir o ambiente enquanto a assisto dar um gole pequeno demais até para um filhote de passarinho.

Calmamente, ela apoia a xícara sobre as pernas.

— Peço para que seja objetivo hoje, por favor. Tenho muitos afazeres e gostaria que esse não demorasse demais.

— É claro... — Notando o olhar insinuativo, abro a página com minha lista de perguntas. — Ontem, quando perguntei se Eden era culpada pelo assassinato dos gêmeos, a senhora... senhorita, respondeu dizendo que havia poucas pessoas na casa. Poderia me explicar quem estava lá e o como isso elucida quem é o assassino?

Estou com a caneta em riste, pronto para escrever. Aguardo a primeira palavra de Lesley como um maratonista que aguarda o disparo do início de uma corrida.

— Na festa estavam presentes os três Harper, Eloise, Oliver e Miles.

— Porque Zay não era real...

Lesley assente com a cabeça, assustadoramente calma.

— Eden matou todos, por isso está aqui. É a razão de ela ter apelidado a casa de "Mansão Vermelha". A casa é branca, e nunca havia sido chamada assim antes dos assassinatos, mas Collapse a reconhece com esse nome desde o início da história, mesmo antes do acidente. É normal que, após traumas severos, alguns pacientes não consigam lembrar a ordem correta dos acontecimentos.

— Como? — indago, descrente de meus ouvidos.

— Ela não abriu corpos como primeiro descreveu para Collapse. Todos foram atingidos com a foice na cabeça. Sob o efeito de altas doses de drogas, os movimentos e reflexos dos outros estavam lentos, o que permitiu que Eden os atingisse em diferentes partes da casa, não apenas no quarto. Ainda não entendemos por que Eden teve reações tão violentas, mas acreditamos que ela possa ter misturado o "doce" com comprimidos que encontrou na gaveta de Elysium. As lembranças dos corpos mutilados provavelmente surgiram do choque de vê-los sangrando, já que Eden não suporta sangue. Mas, exceto pelos ferimentos na cabeça, a polícia encontrou os corpos intactos. — Lesley leva a xícara ao rosto novamente, mas apenas cheira o chá.

— Se toda a grande festa foi uma ilusão, quem abriu a porta quando todos estavam trancados?

— A porta nunca esteve trancada. Eles estavam sozinhos. Ela nunca gritou no ginásio da escola, convidando a todos para irem à sua casa. Ela entregou convites a eles individualmente. Aaron apareceu para acompanhar os irmãos sem ser convidado. Quando chegaram, todos acharam estranho não ter mais pessoas já que Eden jurou ser um evento enorme. Oliver foi quem, de fato, ofereceu os doces, ao que tudo indica.

— Como era o relacionamento de Eden com Polar?

— Eloise vivia perto da mansão. Criada numa casa com o pai e empregados, Eden costumava brincar com ela. Quando os pais de Polar ganharam dinheiro, se mudaram para uma casa distante, e elas não se viram até o ensino médio, quando se reencontraram.

— E quanto à Jenna? Para onde a menina foi quando desapareceu?

— Não existe. Quer dizer, de fato, as câmeras de segurança mostram uma menina de rua e algumas pessoas pedindo doces. Mas ela nunca entrou na casa. Nunca foi para a festa.

— Então é por isso que há tanta irregularidade na narrativa dela — comento, inclinando-me para frente. — Como quando, mesmo em meio ao suposto caos da festa, ela ainda encontra tempo para maquiar e conversar com uma desconhecida. Não fazia sentido.

— Nunca houve o caos externo que ela afirma ter vivido naquela noite — a psicóloga responde com calma. — Ainda assim, você está certo em notar a estranheza. Ninguém reagiria com tamanha serenidade diante de uma situação tão densa, a menos que estivesse anestesiado por dentro. Porque, veja... o beijo, as brigas, muito do que ela contou sobre os colegas na festa é verdade. Mas a agonia, a bagunça, todo aquele caos... Isso estava dentro dela.

Olho para a lista de perguntas e penso na próxima.

— E como Elysium não acordou enquanto Eden atacava os outros? Ele estava de fato em casa?

— Sim. O carro branco que Eden descreve ver às segundas-feiras nos fundos era de um médico que o visitava. Elysium estava doente. Na verdade, estava morrendo, e, como não tinha salvação, era acompanhado em seus últimos dias por seu médico.

— O que estava acontecendo com ele? E de quem era o sangue que Eden viu no quarto da senhora Leugen?

— Eden criou a história para esconder a verdade. Naquele dia, ela tinha visto o pai ser atendido pelo médico, e havia toalhas sujas de sangue que Elysium cuspira. Eden já não gosta de sangue, e ver o pai naquele estado, ainda mais por já ser órfã de mãe, deixou a menina chocada. Sua imaginação criou uma ilusão para protegê-la da realidade.

— E quanto ao episódio do anel, quando Elysium a repreende? Se os Leungen nunca foram reais, então o que...

— Veja, é verdade que, como pai, ele era firme com ela em certos momentos, especialmente quando percebia que ela estava caminhando por escolhas equivocadas. Como qualquer pai com pulso, que deseja proteger, ele tinha o direito de corrigi-la. Mas há inconsistências claras neste episódio do anel no tapete. O quarto de Selah, afinal, era o quarto de Eden. Não haveria razão lógica para que a presença do anel fosse vista como algo proibido, como um deslize imperdoável. No máximo, como bagunça em seu próprio ambiente. Esse detalhe pode ser interpretado, então, não como um fato concreto, mas como uma construção simbólica. Uma válvula de escape, por assim dizer. Pintar o pai com traços mais duros, quase cruéis, repreendendo-a por conta do anel, desaprovando-a por suas ações e a culpando pela perda da mãe, torna sua entrega — o sacrifício final que ele fez — mais palatável à consciência dela. Ao transformá-lo em vilão por instantes, ela divide o peso da culpa. A narrativa ajuda a amortecer a dor de ter falhado com alguém que a amava tanto. Assim, os fardos emocionais não se acumulam todos sobre seus próprios ombros. É um mecanismo humano, comum entre aqueles que amam profundamente e se sentem, de alguma forma, indignos desse amor.

    Meu estômago embrulha, e preciso me esforçar para prestar atenção no que a psicóloga diz. Ainda não entendo a conexão que tenho com Eden, mas, ao saber mais sobre sua história, sinto que o mundo faz menos sentido. É como se meu corpo ouvisse Lesley em estado de alerta, pronto para reagir a qualquer coisa. Próxima a mim, a psicóloga parece quase uma alucinação, como se sua presença dependesse de eu não piscar. Mas pisco, e ela continua ali, olhando para mim, alheia à tempestade que me consome por dentro.

    — O que tinha de errado com Elysium?

    Lesley beberica o chá e sorri com os lábios fechados ao notar que está morno, do seu agrado. Ele o beberica outras duas vezes e usando a língua, molha os lábios com saliva e camomila.

    — Bem, o caso dele era complicado e, infelizmente, muito doloroso. Ele foi diagnosticado com câncer de pulmão em estágio terminal. O câncer havia se espalhado para o cérebro, tornando tudo ainda mais difícil, não apenas para o corpo, mas para a mente dele também. Ele começou a tomar analgésicos extremamente fortes justamente para controlar a dor insuportável que se tornou sua companhia constante. Esses remédios o deixavam em um estado de profundo torpor, o que o impedia de reagir ao mundo ao seu redor. Ele não ouvia mais nada, e as interações, mesmo as mais urgentes, passavam despercebidas. Por isso ele não poderia ser despertado por estímulos externos. Embora necessário, o tratamento o deixou fisicamente fragilizado a ponto de ele, por vezes, mal conseguir se manter de pé. O corpo, que um dia foi vigoroso, estava agora à mercê da doença. Mesmo se tivesse ouvido algum grito de socorro, ele não teria forças para ajudar. Estava tão consumido pela dor e pela fragilidade física que suas energias estavam esgotadas.

Olho para o gravador de voz acima da mesa, e então volto a atenção ao verso da página que uso para anotações.

— Então por que ele foi detido?

— Horas depois do ocorrido, quando se levantou, Elysium encontrou os corpos no andar superior, onde dormia. Ao descer as escadas, viu mais cadáveres. Saindo, encontrou Eden no jardim, coberta de terra e sangue, segurando a ferramenta. Ela tentava se esconder atrás de folhas de figueira, em choque e sem falar. Elysium conferiu as câmeras de segurança e, ao ver que não havia sinais de intrusão, percebeu que nada incriminava Eden. Ele deu banho na filha e tomou conta dela até a polícia chegar. Sendo um homem rico e influente, pagou para silenciar a imprensa e proteger a reputação da cidade. O prefeito apoiou a decisão devido à sua relação com o empresário, e os pais das vítimas receberam indenizações. A história foi abafada, os jornais pararam de falar sobre o caso. Um deles até chegou a publicar uma manchete sem autorização e teve de pagar uma multa tão alta que acabou fechando as portas meses depois. Assim, as mortes foram atribuídas a uma overdose em uma festa. É claro que alguns boatos se espalharam, e não sei bem como, mas surgiu a história de que dois irmãos foram mortos naquela noite. Eden, sob meus cuidados, nunca havia falado sobre o ocorrido até você, que agora tem a história completa. Espero que a use com responsabilidade.

Diferente de todas as sensações que tive durante nossas conversas, e embora este seja o momento mais justificável para tremer, sentir o peso da pressão ou até náuseas, eu sinto... calma. Por alguma razão, Eden Scott confiou em mim.

— Eu não sei o que dizer — digo, honestamente.

Lesley larga o chá na pequena mesinha ao lado de sua poltrona e abaixa os óculos antes de olhar para mim.

— Às vezes, acho que ela nem está mais aqui, e só existe a Collapse. Sabe, apesar de ter feito coisas ruins, Eden é importante para mim. Às vezes, me pergunto se ajudá-la a encontrar Collapse foi mesmo uma boa estratégia ou a distanciou ainda mais do mundo. E se algum dia serei capaz de trazê-la de volta.

Não lembro quando foi que parei de anotar e não me preocupo em checar o gravador de voz. Eu apenas olho para a psicóloga, que, despindo-se da frieza e indiferença, provoca em mim um sentimento de vulnerabilidade pura. Quero chorar, embora não entenda exatamente o porquê, mas contenho minhas lágrimas.

— Ela ainda pode ser resgatada — deixo escapar por meus lábios, muito sério. Não me arrependo.

Pega de surpresa, senhorita Lesley vira o rosto.

— Eu sei que você ainda deve ter muitas perguntas, mas...

— Não — interrompo. — Eu sei exatamente o que devo fazer.

CAPÍTULO 78

A RUA DO LADO DE FORA DA CLÍNICA PSIQUIÁTRICA é extremamente movimentada. Carros passam por todos os lados da estrada principal. Agarrando firme numa das alças da mochila, espero pelo momento certo de atravessá-la. O barulho do tráfego, interceptado pelos gritos caóticos de motoristas nervosos, o tilintar das bicicletas e o canto dos pássaros fazem meus batimentos acelerarem. Com os olhos semicerrados pelo brilho do sol, olho para os dois lados. Tudo está em movimento: pessoas, carros, ônibus, motocicletas, bicicletas e aves. Tudo, menos eu.

Aos poucos, o caos da rua é difundido pelo som da minha própria respiração e batimentos cardíacos. Não posso mais ouvir o alvoroço externo; é o meu coração que faz barulho agora, e de repente, absolutamente tudo, segue seu ritmo frágil.

Talvez eu seja doido, completamente insano. Mas as informações que reuni, ou melhor, o que aprendi com Eden, são valiosas demais para fazerem parte de outro artigo que acabará sendo engavetado. A ideia de que a história de Eden possa pegar pó faz meus ossos quererem se contorcer. Eden é pecado, mas também é beleza. É perigo e pureza. É decadência e ascendência.

Penso no meu chefe e como ele reagirá ao saber o que planejo fazer com a matéria. Agarrando a alça da mochila outra vez, espero seu rosto ser levado pelo vento.

A caminho do meu estúdio, esboço algumas ideias, rabiscando-as em linhas mentais. Eu nunca havia pensado em violar nenhum de meus deveres profissionais, ou me envolver em questões éticas e legais complexas. Reconheço meu papel de jornalista contratado e que dar as costas para uma grande história traria a perda do meu emprego.

Outra vez, volto a conjecturar e cuspir ideias, lendo as anotações que meu cérebro me permite ver serem escritas nas ruas, nos postes e nos carros. Lesley disse que Eden nunca deixou de ler livros, e que essa é uma das últimas atividades à qual ela ainda responde. E se, ao invés de escrever e publicar uma simples coluna de revista, eu escrevesse um livro para ela? Talvez algo — em algum lugar onde a razão não alcança — a tenha conduzido, ainda que inconscientemente, a confiar sua história a mim. Como se, sem saber, ela soubesse que precisava fazer isso. E, no fundo, talvez eu também precisasse.

Eu poderia começar com os comentários que ela fez à Collapse sobre minhas roupas quando nos vimos pela primeira vez. Ou talvez incluir Lesley e eu como personagens secundários, apenas observadores no início de sua história. Sorrio ao lembrar de quando Eden perguntou a Collapse se eu estava lá para um encontro com a psicóloga. Eu poderia adicionar isso também. Ou, quem sabe, começar exatamente onde ela decidiu iniciar: uma tarde comum em uma cafeteria, no dia 24 de outubro de 1983, quando ela ainda sentia a frustração de ter perdido um livro de mistério.

É isso. Poderia usar estratégias para, aos poucos, reconectá-la à realidade. Eden Scott me fascinou desde o início pela forma única como narrava sua vida, sempre em terceira pessoa. Todas as gravações e anotações que reuni nas últimas semanas já parecem parte dos livros que ela tanto ama. Eu nem precisaria me esforçar muito. Eden já é poesia.

Se eu decidir escrever um livro, poderia começar contando a história pela perspectiva dela, para me conectar com Collapse.

As ideias borbulham aquecendo-me por dentro, e quando vejo, o prédio a minha frente já é o meu. No elevador, retiro a mochila que desde cima cruza a minha cintura e a coloco apenas sobre o ombro. Apressadamente, caminho até a porta do estúdio, desesperado para apoiar os cotovelos sobre a superfície da mesa e começar a escrever.

Se eu realmente fizer isso, quero dizer, ir até o fim com a ideia de escrever um livro, talvez eu possa nomeá-lo *Mansão Vermelha*. Não, parece filme de terror. Talvez *Querida Eden* seja melhor. Balanço a cabeça negativamente. Ou *Memórias de Eden*. Ou que sabe, simplesmente, *Collapse*.

NOTA DA AUTORA

A TODOS AQUELES que já amaram como quem entrega tudo, mesmo sem saber o que vão receber de volta: este livro é para vocês.

Se você já sentiu que estava dando mais do que deveria, se já ficou em silêncio para não parecer "demais", se já sentiu vergonha de sentir, espero que, de alguma forma, esta história tenha te alcançado.

Não quero transformar cada personagem ou cena em um grande símbolo, nem fazer de tudo uma metáfora. Mas também não posso mentir: esta história nasceu de um momento em que eu me sentia esgotada. Escrever foi a maneira mais segura que encontrei de continuar existindo comigo mesma. Colocar palavras no papel, naquela época, me ajudou a não me abandonar. Porque seguir em frente não é o mais difícil — difícil é seguir levando a si mesma quando tudo ao redor tenta te convencer que há algo de errado em ser quem se é. Às vezes, parece que a única forma de não se afogar nos sentimentos é torná-los invisíveis.

Eu não escrevi para provocar compaixão, nem para oferecer respostas. Escrevi para me conectar. E, se algo em você se reconheceu em Eden — nas confusões dela, seu medo do abandono — saiba que você não está sozinho.

Os medos e dores dela são espelhos de sensações que talvez você conheça muito bem — por conta de amizades, de um projeto de amor, ou de ambos. Se você está lendo isso com o coração cansado, respirando com dificuldade, vivendo noites longas demais ou dias sem cor, quero te dizer: isso não te torna uma pessoa fraca. Isso te torna uma pessoa humana.

Talvez a sua dor não se pareça com a minha. Talvez seja mais funda, mais recente ou venha disfarçada de outra coisa. Ainda assim, mesmo quebrado, seu coração nunca estará além do ponto de reconstrução. É possível se refazer. Talvez não do mesmo jeito de antes, mas de uma forma que te torne ainda mais inteiro. Com mais consciência, clareza e coragem também.

Sinto muito se fizeram você se sentir uma pessoa exagerada, dramática ou sensível demais. Más há tempo: você não está atrasado, nem adiantado. Tenha calma. A vida se torna mais interessante quando a trilha sonora soa como música, e não como o tique-taque implacável dos ponteiros do relógio. Viver com intensidade não é correr. É estar presente. É olhar para dentro sem pressa e, talvez, aceitar que algumas respostas precisam de tempo para amadurecer.

Embora eu tenha escrito este livro para todos, há pedaços de mim em cada frase — e, inevitavelmente, suas páginas estão repletas dos princípios que carrego, como o perfume invisível de uma flor. Livros são, por natureza, extensões da alma de quem os escreve. E minha alma foi curada por princípios que, talvez, de forma inesperada, curem você também.

O nome Eden foi escolhido com cuidado. Não apenas por soar bonito, mas porque carrega o significado de um lugar onde algo floresceu pela primeira vez. No dicionário, significa "lugar de delícias" — e foi exatamente isso que Eden sempre foi para seu pai. Seu nome é uma lembrança viva do prazer que ele sentia quando estava com ela, o mesmo prazer que o Pai de todos nós sentiu ao andar entre as flores do primeiro jardim. Um espaço de começo, de beleza, de sentido. E mesmo quando Eden achava que já não havia nada de bom nela, seu pai ainda via jardim. Ainda via valor. Enquanto ela se perdia e colapsava no presente, ele ainda se sacrificava pelo futuro dela.

Essa parte é importante: mesmo quando você não enxerga em si mais nada que seja digno de amor, ainda há beleza. Ainda há possibilidade. Ainda há você.

Se esta história tocou alguma parte sua que estava esquecida, ou trouxe à tona dores que você tentava enterrar, lembre-se que você pode estar em processo de cura. E processo não é fraqueza — é construção. Mesmo que esteja sangrando, seu coração ainda é solo fértil. Você está vivo. Você sente.

Espero que você, querido leitor, lembre-se das palavras de Elysium como se fossem as do seu Pai... porque são. Você é alguém único e essencial neste mundo. Você é digno de amor — não apesar do que viveu, mas também por causa disso.

Seja jardim — inteiro, selvagem, impossível de domesticar. Mantenha viva a sua essência. E nunca, jamais se esqueça: você é herdeiro. Aja como se as coisas fossem suas, porque são. Continue sentindo. Continue sendo. Você não precisa mudar para caber no que não te comporta. Você é suficiente. Ainda é. Sempre foi.

Com carinho e admiração,

Gabriela Costa

Este livro foi impresso em papel pólen natural 80g/m² pela Lisgrafica para a Thomas Nelson Brasil, em 2025. Como todo bom livro, *Collapse* foi editado cena a cena — entre cortes bruscos, diálogos que mais ninguém leu e silêncios que disseram mais do que deviam. A Mansão Vermelha nunca existiu de verdade, mas isso não significa que nós tenhamos saído ilesos dela.